编辑委员会

Movie &TV

影视艺术类专业
考前专项突破教材

文艺常识
全真模拟试题

[第2版]

赵海卫 张福起 主编

中国传媒大学出版社
·北 京·

总 序

“影视艺术类专业考前专项突破教材”是为参加影视艺术类专业高考的考生编写的考前辅导教材，希望广大考生在这套教材的帮助下顺利通过专业考试，圆自己的影视之梦。

2009年7月22日，国务院常务会议通过了《文化产业振兴规划》，这是继纺织、轻工等规划之后的第十一大产业振兴规划。国家将重点推进的文化产业包括文化创意、影视制作、出版发行、印刷复制、广告、演艺娱乐、文化会展、数字内容和动漫等。与西方发达国家以及日韩等国相比，我国的文化产业相对落后。《文化产业振兴规划》的颁布，将会极大地加快我国文化产业发展的进程。文化产业的发展离不开高素质的人才，而高素质的人才需要培养和教育。

目前，我国很多高等院校都开设了与文化产业发展相适应的专业和学科，如广播电视编导、文化产业管理、戏剧影视文学、编辑出版、动漫设计、影视制片管理、会展策划与管理、数字媒体艺术、戏剧影视表演、播音与主持艺术、艺术管理等。其中，影视艺术类相关专业和学科发展迅猛。目前，全国共有100多所院校开设了影视艺术类相关专业，这其中包括影视艺术类专业院校，如中国传媒大学、北京电影学院、中央戏剧学院等。

普通高中生要进入高等院校学习影视艺术类专业，需要参加专业考试，这有别于普通文理科招生录取模式。很多有志于报考影视艺术类专业的考生和家长十分茫然，不知如何复习备考，很多有才华的学生因为方法不当而错失良机，未能跨入影视艺术类院校的大门。

为了使更多的考生进入理想的学府深造，为了使更多有才华的学生圆自己的影视之梦，我们编写了这套“影视艺术类专业考前专项突破教材”。本套教材的编著者大部分来自于影视艺术类专业院校和考前培训机构，有着多年影视艺术类专业招生和教学培训的经验，对影视艺术类考试的命题方向和命题规律有深入的研究。

本套教材具有较强的实用性与针对性，涵盖了影视艺术类专业高考的方方面面，以权威专业的标准、清晰明了的思路、浅显易懂的语言，结合具体实例，全面、系统、精准地阐述了考试的内容、程序、要求。

“影视艺术类专业考前专项突破教材”共8本。这8本书相互补充完善，基本涵盖了考生需要掌握的知识，让考生用更少的时间学习更全面、更系统的知识。这8本书各有侧重，考生可以根据自己的学习需要重点掌握、重点突击，做到有的放矢。

(1)《文艺常识速查速记手册》。本书主要讲解中外文学、电影、广播电视、美术、音乐、舞蹈、戏剧戏曲、曲艺杂技的发展简史，使考生掌握几种艺术形式的发展脉络，为更好地学习本专业知识打下良好的基础。本书根据历年考试真题，总结出了常考知识点并进行星级划分，从而使考生在最短的时间内掌握最多的考试要点和难点，简单明了，易于记忆，可以说是文艺百科知识的精华集锦。

(2)《即兴评述话题宝典》。即兴话题评述是影视艺术类高考面试中的必考科目。本书收录了数百道历年即兴话题评述真题，话题涵盖范围广泛，话题题型分类明确，参考范例思路清晰、评述准确。

(3)《影视高考命题创作》。命题创作主要包括编讲故事、叙事散文写作、小品、栏目策划等几种形式，是戏剧影视文学、广播电视编导、文化产业管理专业考试的必考科目。本书针对命题创作的各种不同形式，根据历年考试真题进行实战训练，从而提高考生的命题创作能力。

(4)《影视高考面试技巧》。面试是影视艺术类高考中的重要环节，通过面试可以了解考生的形象气质、表达能力、综合素质等。本书遵循实践性和指导性并重的原则，对面试细节和应对技巧进行讲解，使考生获得对面试的全面认知和实战经验。

(5)《影评范文点评》。影视作品分析是影视艺术类专业，特别是文化产业管理、戏剧影视文学、广播电视编导类专业的重要考试科目。本书收录了40余篇影评范文，并附有对范文的详细点评，以帮助考生提高影评写作能力。

(6)《电视作品分析》。电视作品主要包括电视专题片、电视纪录片、电视散文等,是广播电视编导专业重要的考试科目。本书详细地讲解了电视作品分析的写作方法,并附录了历年真题和考生例文。

(7)《影评写作教程》。本书是针对影视艺术类专业考试的影评写作教材,集写作方法、影评范文和写作训练于一体,突出实战性和系统性。

(8)《文艺常识全真模拟试题》。对文艺常识知识点的掌握,考生除了记忆知识点外,还应大量练习模拟试题。通过对模拟试题的练习,做到在记忆中练习、在练习中记忆。本书共收录30套影视艺术类专业高考文艺常识全真模拟试题,由历年来各院校考试真题精选而来,涵盖常考知识点和试题类型,每套题后附有参考答案,可以配合《文艺常识速查速记手册》使用。

"影视艺术类专业考前专项突破教材"作为影视艺术类专业的考前辅导教材,会使考生的复习准备更加有目的性和针对性,最终取得理想的考试成绩。本套教材不仅适用于影视艺术类专业考生,而且对于广大的广播影视工作者及其爱好者有一定的参考价值。

最后祝愿广大考生以最佳状态应对考试,金榜题名,圆自己的影视艺术之梦!

前 言

文艺常识是影视艺术类专业高考中的重点内容，同时也因文艺常识内容的庞杂而成为考试中的难点。鉴于此，我们编写了本书。

文艺常识内容繁琐，涵盖多种学科：文学、影视、戏剧、美术、音乐、舞蹈、雕塑等。面对这么繁复的内容，考生如何了解哪些是重点呢？本书的编者在多年的培训和教学过程中积累了大量的考试真题，并对试题的命题方向和命题规律有细致深入的研究。本书编写的目的就是让考生熟悉文艺常识的题型和重点，从而在学习备考的过程中做到有的放矢。

本书的特色有以下几点：

一、题型全面

本书根据考试大纲中的考点，从历年考试真题中精选考题，并按照统一的试题样式——填空题、选择题、名词解释、简答题、论述题进行编排。考生可以通过做全真模拟试题，全面掌握文艺常识的内容。

二、全真模拟试题与参考答案相结合

本书中的30套全真模拟试题，是从历年来各院校的考试真题精选而来，考生通过做全真模拟试题可以准确把握高考命题的最新动向。每一套试题后都附有参考答案，考生可以按照参考答案给自己评分。主观题给出答题思路，以期培养考生多元化的思维方式。

三、实用性与知识性相结合

考生通过做题，才能了解自己的知识掌握情况，从而更好地抓紧有限的时间，提高复习效率。

文艺常识考试内容历来是千变万化的，但万变不离其宗。本书编写的目的是通过大量的真题和真题详解，剖析出考题规律——命题思路和方向、考查重点、试题结构，使之能够更有效地服务于影视艺术类高考。

本书可以作为影视艺术类专业考生自我测试用书，也可作为培训学校的辅导教材。

最后，希望本书能够对广大考生有所帮助，同时也希望得到各位老师和同学们的批评指正，以便进一步补充完善。

祝广大考生在考试中考出优异的成绩！

编　者

2015年4月

目　录 Contents

文艺常识全真模拟试题一

一、填空题（每空1分，共30分）

1. 清代有两位著名戏曲作家，时称“南洪北孔”，其中的“北孔”是指孔尚任，那么“南洪”是指________。

2. ________是意大利文艺复兴时期的代表人物，代表作是短篇小说集《十日谈》。

3. 中国古代有些文艺巨匠被冠以“圣”字，其中“书圣”是________，“画圣”是________，“诗圣”是________。

4. 我国电影界的三大奖项分别是________、________、________。

5. “有的人活着，他已经死了；有的人死了，他还活着。”这首诗运用的修辞手法是________，作者是________。

6. 初唐四杰是指初唐高宗至武后初年出现的“以文章齐名天下”的优秀诗人，他们是王勃、________、卢照邻和________。

7. “新乐府运动”是由唐代诗人________发起的，“花间词派”的创始者是晚唐词人________，“婉约词派”的代表人物是________和________。

8. ________是我国第一部诗歌总集，________是我国第一部军事著作，________是我国第一部纪传体通史，________是我国第一首长篇叙事诗。

9. 古希腊三大悲剧作家是________、________、________，他们的代表作品分别是________、________、________。

10. 成语“萧规曹随”中的“萧”和“曹”分别指________和________。

11. “海上生明月，天涯共此时”出自于唐代________的《望岳怀远》，“春色满园关不住，一枝红杏出墙来”出自宋代叶绍翁的________。

二、选择题（每题0.5分，共15分）

1. 电影发明于（　　）。

A. 1890年　B. 1892年　C. 1895年　D. 1902年

2. 苏轼咏西湖诗云："水光潋滟晴方好，山色空蒙雨亦奇"，此诗说明在观赏自然景物时，不同的（　　）会产生不同的效果。

A．时间　B. 角度　C. 距离　D. 心情

3. 下面连线完全正确的一组是（　　）。

A.《诗学》——亚里士多德——古罗马

B.《十日谈》——维加——意大利

C.《老实人》——伏尔泰——法国

D.《阴谋与爱情》——席勒——俄国

4. 由张艺谋担任摄影师的电影作品是（　　）。

A.《红高粱》　B.《孩子王》　C.《黄土地》　D.《老井》

5. "大明湖畔，趵突泉边，故居在垂杨深处；漱玉集中，金石录里，文采有后主遗风。"这副对联吟咏的是（　　）。

A. 辛弃疾　B. 朱淑真　C. 李清照　D. 赵佶

6. 千古名句"但愿人长久，千里共婵娟"出自于（　　）的诗。

A. 李商隐　B. 苏轼　C. 白居易　D. 李白

7. 以下四个选项中，哪一个不是光的三原色之一？（　　）

A. 黄　B. 红　C. 绿　D. 蓝

8. 普利策奖是什么方面的大奖？（　　）

A. 文学　B. 电影　C. 数学　D. 新闻

9. 电影频道是中央电视台的第几套节目？（　　）

A. 5　B. 6　C. 7　D. 8

10. 下列作品中作者是泰戈尔的是（　　）。

A.《沙恭达罗》　B.《罗摩衍那》　C.《吉檀迦利》　D.《五卷书》

11. 电影中的"杀青"一词一般是指（　　）。

A. 电影的前期拍摄完成　B. 电影同期剪辑制作完成

C. 电影的发行完成　D. 电影收回成本

12.《城南旧事》的导演是（　　）。

A. 吴天明　B. 吴印咸　C. 吴子牛　D. 吴贻弓

13. 享誉世界的《梁祝》是（　　）。

A. 交响乐　B. 钢琴协奏曲　C. 小提琴协奏曲　D. 二胡协奏曲

14. “卧薪尝胆”的故事说的是哪一个人物？（　　）

A. 范蠡　B. 阖闾　C. 勾践　D. 伍子胥

15. 以下哪位作家拒领了颁给他的诺贝尔文学奖？（　　）

A. 萨特　B. 加缪　C. 马尔罗　D. 罗曼·罗兰

16. 电影《十诫》的导演是（　　）。

A. 基耶斯洛夫斯基　B. 伯格曼

C. 塔尔科夫斯基　D. 费里尼

17.《七步诗》的作者是（　　）。

A. 曹植　B. 曹丕　C. 曹操　D. 曹冲

18. 巴尔扎克的主要代表作品有（　　）。

A.《阴谋与爱情》、《高老头》、《欧也妮·葛朗台》

B.《悲情城市》、《高老头》、《巴黎圣母院》

C.《巴黎圣母院》、《欧也妮·葛朗台》、《人间喜剧》

D.《人间喜剧》、《高老头》、《欧也妮·葛朗台》

19. “翁去八百年，醉乡犹在；山行六七里，亭影不孤。”这副对联是为（　　）所作。

A. 小石潭　B. 醉翁亭　C. 黄鹤楼　D. 酒泉

20. 下列作品、剧作家、类别、剧中人物连线完全正确的一项是（　　）。

A.《蔡文姬》——田汉——历史剧——蔡文姬

B.《关汉卿》——郭沫若——历史剧——关汉卿

C.《茶馆》——老舍——历史剧——王利发

D.《桃花扇》——欧阳予倩——历史剧——李香君

21. 下列属于“意识流”电影的是（　　）。

A.《八部半》　B.《罗马 11 时》　C.《喘息》　D.《偷自行车的人》

22. 最早运用平行蒙太奇的成功范例是电影（　　）。

A.《党同伐异》　B.《母亲》

C.《战舰波将金号》 D.《一个国家的诞生》

23.《月光曲》是被誉为“乐圣”的（ ）的佳作。

A. 肖邦 B. 贝多芬 C. 莫扎特 D. 舒伯特

24. 下列电影作品中，不是卓别林主演的是（ ）。

A.《大独裁者》 B.《摩登时代》 C.《淘金记》 D.《美人计》

25.“我是个蒸不烂、煮不熟、捶不扁、炒不爆，响当当一粒铜豌豆”，这是（ ）的自喻。

A. 鲁迅 B. 龚自珍 C. 郭沫若 D. 关汉卿

26. 下列作品中，属于俄国画家列宾的作品是（ ）。

A.《近卫军临刑的早晨》 B.《格尔尼卡》

C.《列宁像》 D.《伏尔加河上的纤夫》

27.“扬州八怪”画家之一的（ ），并擅三绝，尤长墨竹。

A. 金农 B. 郑板桥 C. 李鳝 D. 朱耷

28. 印象画派的创始人之一的莫奈是（ ）人。

A. 法国 B. 英国 C. 德国 D. 西班牙

29. 哥特式建筑的代表作是（ ）。

A. 圣彼得大教堂 B. 巴黎圣母院

C. 比萨大教堂 D. 巴黎万神庙

30.“碧云天，黄叶地，西风紧，北雁南飞”语出（ ）。

A.《窦娥冤》 B.《西厢记》 C.《牡丹亭》 D.《琵琶记》

三、名词解释（每题4分，共20分）

1. 奥斯卡金像奖
2. 法国新浪潮电影
3. 汉乐府
4. 声画合一
5. 戏剧冲突

四、简答题（每题10分，共20分）

1. 为什么说艺术是对社会生活的反映？

2. 中国书法五体是什么？

五、论述题（共 15 分）

分析鲁迅《阿 Q 正传》中阿 Q 的人物形象。其精神实质是什么？为什么说他的形象具有典型性？

参考答案

一、填空题

1. 洪升（昇） 2. 薄伽丘 3. 王羲之 吴道子 杜甫 4. 百花奖 金鸡奖 华表奖 5. 对比 臧克家 6. 杨炯 骆宾王 7. 白居易 温庭筠 李清照 柳永 8.《诗经》《孙子兵法》《史记》《孔雀东南飞》 9. 埃斯库罗斯 索福克勒斯 欧里庇得斯 《被缚的普罗米修斯》《俄狄浦斯王》《美狄亚》 10. 萧何 曹参 11. 张九龄《游园不值》

二、选择题

1. C 2. D 3. C 4. C 5. C 6. B 7. A 8. D 9. B 10. C 11. A 12. D 13. C 14. C 15. A 16. A 17. A 18. D 19. B 20. D 21. A 22. A 23. B 24. D 25. D 26. D 27. B 28. A 29. B 30. B

三、名词解释

1. 奥斯卡金像奖：又称“美国电影艺术与科学学院奖”，是由美国电影艺术与科学学院机构颁发的奖项，是美国最主要的电影奖。1929 年，由美国电影艺术与科学学院在美国加利福尼亚州洛杉矶市创办。每年 12 月提出候选名单，次年 1－2 月评奖，3 月公布获奖名单并颁奖。其宗旨是提高美国电影、教育、科技水平，促进美国电影取得更大成就。

2. 法国新浪潮电影：指法国 1958 年末、1960 年代初的新电影制作及创作倾向，其中不少新导演都是《电影手册》杂志的影评人，包括重要的导演戈达尔、特吕弗、夏布洛尔、里维特等人。他们大都崇尚个人独创性，表现出对电影历史传统的高度自觉，体现出“作者论”的风格主张，强调拍摄具有导演“个人风格”的影片，又被称为“电影手册派”或“作者电影”，其创作的电影不论在主题上还是技巧上都与传统电影大相径庭。代表作有戈达尔的《筋疲力尽》，特吕弗的《四百击》等。

3. 汉乐府：西汉武帝时设立的音乐机关，负责制作、采集、整理乐曲和歌词，以供宫廷演唱。后指该机关采集的民歌或民歌体的文人诗。

4. 声画合一：指声音与画面所表达的情绪、内容完全一致，二者互相配合、渲染、补充，同步进行。这种声画合一的组合方式能增强传播内容的真实感、可信性、完整性和重要性。

5. 戏剧冲突：是社会生活矛盾冲突在戏剧艺术中集中而概括的反映，是构成戏剧的根本因素。作品总是通过冲突的提出、展开和解决而得以完成。由冲突推动戏剧情节的发展，表现人物的性格，进而体现剧本的主题。最早从美学上提出这一理论的是黑格尔。随后，法国戏剧理论家布伦退尔又进一步提出“没有冲突就没有戏剧”。由于戏剧情节结构的不同，冲突可呈现出不同的面貌和特点。

四、简答题

1. 为什么说艺术是对社会生活的反映？

答：任何艺术作品都是艺术家对社会生活的能动反映和艺术创造的产物。因此，艺术创作从主客观两个方面看，都与社会生活有着十分密切的关系。

（1）社会生活是艺术创作的源泉和基础。古今中外的文艺作品只能作为今天创作的借鉴。

（2）艺术家本人作为创作主体，总是属于一定的民族和时代的。艺术家在进行艺术创作时，不仅需要从社会生活中汲取创作的素材和灵感，而且要对社会生活作出自己的判断和评价，从主观方面体现出社会生活对艺术家本人的影响。艺术世界中的人物和诗情画意，都是艺术家人生阅历和生活实践的结晶。

2. 中国书法五体是什么？

答：中国书法五体是楷、行、草、隶、篆。楷书又分欧、颜、柳、赵四种字体，即楷书四大家欧阳询、颜真卿、柳公权、赵孟頫创造的字体。草书又分章草和今草。篆体又分大篆和小篆。

五、论述题

分析鲁迅《阿Q正传》中阿Q的人物形象。其精神实质是什么？为什么说他的形象具有典型性？

答：阿Q是鲁迅在其小说《阿Q正传》中塑造的一个不朽的文学典型，其精神实质是精神胜利法。

阿Q是辛亥革命前后闭塞落后的农村小镇上一个从物质到精神都受到严重戕害的农民典型。阿Q住在土谷祠里，没有固定的职业。从生活地位来看，阿Q受到严重的剥削，他失掉了土地以及独立生活的依凭，甚至失掉了自己的姓氏。阿Q的现实处境十分悲惨，但他在精神上却常处优胜。

鲁迅突出地描绘了阿Q的精神胜利法，同时又表现了他性格里其他许多复杂的因素。阿Q的性格是充满矛盾的。一方面，他是一个被剥削的农民，质朴、愚蠢，长期以来受到封建主义的影响和毒害，保持着一些合乎“圣经贤传”的思想，但这些思想也没有改变他小生产者狭隘守旧的特点；另一方面，阿Q又是一个失掉了土地的破产农民，到处游荡，被迫做过小偷，沾染了游手好闲之徒的恶习。阿Q性格里的某些特征是中国一般封建农村里普通农民所没有的。他既瞧不起城里人，又瞧不起乡下人。从自尊自大到自轻自贱，又从自轻自贱到自尊自大，这是半封建半殖民地社会典型环境里塑造的典型性格。

出现在阿Q身上的精神胜利法，一方面是外国资本主义势力侵入后，近代中国农村错综复杂的社会矛盾的表现，另一方面也为阿Q本身的个人经历所决定。鲁迅从雇农阿Q的生活道路和个性特点出发，遵循主体的需要对人物进行了高度的概括。同时，又突出了人物复杂性格中的某些特点，使其具有鲜明的精神特征，从而塑造了阿Q这样一个意义深刻而又栩栩如生的典型人物形象。

文艺常识全真模拟试题二

一、填空题（每空 1 分，共 30 分）

1. 贝多芬创作有九大交响乐，其中第三是________，第五是________。

2. 中国第一部国产长故事片是________，第一部国产短故事片是________。

3. “元曲四大家”是指元代的杂剧与散曲作家关汉卿、________、________和郑光祖。

4. “乐府双璧”指的是________、________。

5. 中国画中传统人物画的画法大致可分为________、写意、半工半写三类。

6. 《黄河大合唱》的作曲者是________。

7. 中国四大佛教名山是________、________、________、________。

8. 小说《静静的顿河》的作者是________。

9. 电影《黄土地》的导演是________，摄影是________。

10. 电影《阿凡达》的导演是________。

11. ________是描绘“愿普天下有情人都成眷属”这一主题最成功的戏剧。

12. 繁漪是曹禺的话剧________中的人物。

13. 《诗经》分为________、________、________三个部分。

14. “冬天来了，春天还会远吗?”出自诗人________的作品。

15. 格里菲斯的________、________彻底改变了电影作为一门艺术的样式和面貌。

16. 电影《阳光灿烂的日子》改编自王朔的小说________。

17. 我国现代文学史上第一篇白话小说是________。

18. 日本动画大师________的复出之作《千与千寻》获得了 2002 年柏林电影节金熊奖。

19. 屈原创造的新诗歌体裁是________。

二、选择题（每题0.5分，共15分）

1. 紫式部是日本杰出的女作家，她创作的世界上第一部长篇写实小说是（　　）。
   A.《我是猫》　B.《源氏物语》
   C.《伊豆的舞女》　D.《没有太阳的街》
2. 千古名句“但愿人长久，千里共婵娟”出自于（　　）的诗。
   A. 李商隐　B. 苏轼　C. 白居易　D. 李白
3. 鲁迅的《为了忘却的纪念》属于（　　）文体。
   A. 自传　B. 杂文　C. 随笔　D. 自由体
4. “推敲”一词出自（　　）。
   A. 李白《梦游天姥吟留别》　B. 杜甫《春望》
   C. 贾岛《题李凝幽居》　D. 韩愈《题李凝幽居》
5. 下列不属于《西厢记》中的人物是（　　）。
   A. 张生　B. 崔莺莺　C. 柳梦梅　D. 红娘
6. 世界电影史中，20世纪50年代末的电影“新浪潮”运动起源于（　　）。
   A. 意大利　B. 法国　C. 美国　D. 德国
7. 以下不是茅盾“农村三部曲”的作品是（　　）。
   A.《春蚕》　B.《秋收》　C.《残冬》　D.《幻灭》
8. 下列剧目属于莎士比亚四大悲剧的是（　　）。
   A.《李尔王》　B.《第十二夜》　C.《仲夏夜之梦》　D.《威尼斯商人》
9. 徐静蕾导演的电影《一个陌生女人的来信》是根据（　　）的同名小说改编的。
   A. 欧文　B. 惠特曼　C. 茨威格　D. 马克·吐温
10. 汉赋四大家不包括（　　）。
   A. 司马相如　B. 张衡　C. 班固　D. 陶渊明
11. 小津安二郎电影中的“低机位”，实际上是一种（　　）。
   A. 俯视镜头　B. 仰视镜头　C. 平视镜头　D. 斜视镜头
12. 被称为“日本王家卫”的导演是（　　）。
   A. 北野武　B. 宫崎骏　C. 岩井俊二　D. 小津安二郎

13. 3D史诗巨制《阿凡达》的导演还曾执导过被称作票房神话的（　　）。

A.《埃及艳后》 B.《泰坦尼克号》 C.《宾虚》 D.《侏罗纪公园》

14. “最后一分钟营救”的发明者是（　　）。

A. 普多夫金 B. 格里菲斯 C. 爱森斯坦 D. 爱因汉姆

15. 亚里士多德认为艺术是对自然的（　　）。

A. 模仿 B. 改造 C. 创造 D. 写照

16. 下面不属于印象派画家梵·高的作品的是（　　）。

A.《格尔尼卡》 B.《向日葵》

C.《吃马铃薯的人》 D.《耳朵绑上绷带的自画像》

17. 舞剧《天鹅湖》的曲作者是（　　）。

A. 贝多芬 B. 柴可夫斯基 C. 德彪西 D. 莫扎特

18. 1905年秋，由北京丰泰照相馆与京剧名角谭鑫培合作拍摄的京剧片段（　　）为戏曲纪录片，它标志着中国电影的正式诞生。

A.《难夫难妻》 B.《定军山》 C.《阎瑞生》 D.《野草鲜花》

19. 美国最杰出的浪漫主义诗人是（　　）。

A. 斯托夫人 B. 惠特曼 C. 海明威 D. 欧·亨利

20. 灵感是人类思维活动中一种富有创造性的精神状态，是由于创作者思想高度集中、情绪高涨、思虑成熟而突发出来的创造能力。下列不属于灵感特点的是（　　）。

A. 突发性 B. 易逝性 C. 超常性 D. 情景交融

21. 下面连线完全正确的一组是（　　）。

A.《诗学》——亚里士多德——古罗马

B.《十日谈》——维加——意大利

C.《老实人》——伏尔泰——法国

D.《阴谋与爱情》——席勒——俄国

22. 诺贝尔奖是为了纪念（　　）的科学家阿尔弗雷德·贝恩哈德·诺贝尔而设立的。

A. 美国 B. 英国 C. 瑞典 D. 德国

23. 法国古典主义绘画的代表人物，代表作为《泉》，他是（　　）。

A. 安格尔 B. 米勒 C. 达·芬奇 D. 伦勃朗

24. “黑夜给了我黑色的眼睛，我却用它来寻找光明”出自（　　）的诗作。

A. 顾城　　B. 北岛　　C. 舒婷　　D. 食指

25. 元杂剧作品《赵氏孤儿》的作者是（　　）。

A. 关汉卿　　B. 康进之　　C. 纪君祥　　D. 李好古

26. “我国著名的建筑学家和建筑教育学家，广东新会县人。1923 年毕业于清华大学。他是中国建筑学的开拓者之一，曾任清华大学建筑系教授等。他是我国最早用科学方法研究古建筑的学者之一，为中国建筑史的研究做了开创性的工作。”与上述叙述相符的建筑学家是（　　）。

A. 吕彦直　　B. 梁思成　　C. 贝聿铭　　D. 沈尹默

27. “电视之父”是指（　　）。

A. 贝尔德　　B. 卢米埃尔兄弟　　C. 斯密士　　D. 格里菲斯

28. 当代美学著作《美学散步》的作者是（　　）。

A. 李泽厚　　B. 朱光潜　　C. 宗白华　　D. 刘纲纪

29. 下列有关电影的说法不正确的是（　　）。

A. 近代电影最早是由法国人卢米埃尔兄弟发明的

B. 格里菲斯常被冠以“电影之父”、“电影界的莎士比亚”等殊荣

C. 最早的电影是无声电影

D. 默片时代的电影多为悲剧电影

30. 齐白石先生所说的“学我者生，似我者死”反映了艺术的（　　）。

A. 情感性　　B. 创造性　　C. 合规律性　　D. 合目的性

三、名词解释（每题 4 分，共 20 分）

1. 奏鸣曲
2. 吴门画派
3. 新乐府运动
4. 喜剧
5. 意识流电影

四、简答题（每题 10 分，共 20 分）

1. 简述中西绘画的区别。

2. 何谓电影文学剧本？

五、论述题（共 15 分）

齐白石说：“作画妙在似与不似之间，太似为媚俗，不似为欺世”，谈谈你的看法。

参考答案

一、填空题

1.《英雄交响曲》《命运交响曲》 2.《阎瑞生》《难夫难妻》 3. 白朴 马致远 4.《木兰辞》《孔雀东南飞》 5. 工笔 6. 冼星海 7. 山西五台山 浙江普陀山 四川峨眉山 安徽九华山 8. 肖洛霍夫 9. 陈凯歌 张艺谋 10. 詹姆斯·卡梅隆 11.《西厢记》 12.《雷雨》 13. 风 雅 颂 14. 雪莱 15.《一个国家的诞生》《党同伐异》 16.《动物凶猛》 17.《狂人日记》 18. 宫崎骏 19. 楚辞

二、选择题

1. B 2. B 3. B 4. C 5. C 6. B 7. D 8. A 9. C 10. D 11. B 12. C 13. B 14. B 15. A 16. A 17. B 18. B 19. B 20. D 21. C 22. C 23. A 24. A 25. C 26. B 27. A 28. C 29. D 30. B

三、名词解释

1. 奏鸣曲：是一种乐器音乐的写作方式，源自拉丁文，意为发出声响。在古典音乐史上，这种曲式随着各个乐派的风格不同也有着不同的发展。奏鸣曲的曲式从古典乐派时期开始逐步发展完善。19 世纪初，由各类乐器演奏的奏鸣曲大量出现，奏鸣曲成为西方古典音乐的主要表现方式。20 世纪，作曲家依然创作由乐器演奏的奏鸣曲，但相较于古典乐派以及浪漫乐派的奏鸣曲，这一时期的奏鸣曲在曲式方面已有了不同的面貌。奏鸣曲又称“奏鸣曲套曲”，由三四个相互形成对比的乐章构成，用一件乐器独奏或一件乐器与钢琴合奏。

2. 吴门画派：中国明代中期的绘画派别，又称“吴派”。因苏州为古吴都城，有吴门之谓，而其主要代表人物如沈周、文徵明、唐寅、仇英等，均属吴郡人，故名“吴门画派”。

3. 新乐府运动：唐代中期以白居易、元稹为代表的现实主义诗人所倡导的诗歌革新运动。因自制新题以写时事，故与古题乐府相对而称“新乐府”。新乐府运动由白居易、元稹提出并发起，主张恢复古代的采诗制度，发扬《诗经》和汉魏乐府讽喻时事的传统，使诗歌起到“补察时政”、“泄导人情”的作用。白居易提出“文章合为时而著，诗歌合为事而作”的口号，强调文学的社会功用，要求诗歌反映现实。

4. 喜剧：以夸张的手法、巧妙的结构、诙谐的台词展示丑恶、落后与美好、进步之间的矛盾，对被否定的事物加以辛辣的讽刺。喜剧冲突一般比较轻快，往往以代表进步力量的主人公获得胜利为结局，寓庄于谐，其意义在于“将无价值的东西撕破给人们看”。

5. 意识流电影：是指受意识流小说影响，要求在银幕上着重表现人的非理性的、潜意识的、直觉活动的电影。意识流电影出现于20世纪五六十年代之交。在世界电影史上，最早被视为意识流电影的是瑞典著名导演英格玛·伯格曼的《野草莓》，影片主要以人的潜意识为对象，运用意识流的手法，通过人物的回忆、幻觉、梦境等情节，表现了一个老人对死亡的恐惧、对孤独根源的探索以及对生命再生的渴望。这部影片后来成为西方电影研究家们探讨意识流电影的范例。其他具有代表性的意识流电影还有法国导演阿仑·雷乃的《广岛之恋》、意大利导演费里尼的《八部半》等。

四、简答题

1. 简述中西绘画的区别。

答：除了工具、材料、表现主题的一般区别外，概括地讲，中国绘画尚意，西方绘画则尚形；中国绘画重表现、重情感，西方绘画则重再现、重理性；中国绘画以线条作为主要造型手段，西方绘画则主要用光和色来表现物象；中国绘画不受空间和时间的局限，西方绘画则严格遵守空间和时间的界限。总之，西方绘画注重再现与写实，中国绘画注重表现与写意，两者具有鲜明差异。

2. 何谓电影文学剧本？

答：电影文学剧本是一种运用电影思维创造银幕形象的文学样式，是电影剧作者根据自己对生活的感受、认识和理解进行艺术构思，并按照电影的表现手法（包括场景、环境、人物形象、行为、动作、说白、音响及其他细节）通过文字描述以表达自己对未来影片设想的作品。电影文学剧本主要为拍摄影片而写作，因此它必然受到电影特性的制约，必须符合电影艺术的基本规律和要求。它所创造的形象虽然以文字为媒介，但必须能够通过影片的摄制，以电影的各种艺术技术手段在银幕上表现出来。

五、论述题

齐白石说："作画妙在似与不似之间，太似为媚俗，不似为欺世"，谈谈你的看法。

答：似与不似，这是中国艺术尤其是绘画作品的一条美学原则。所谓"似"，是指神气、情感。所谓"不似"，是指形。因为有了形的"不似"，所以才有神韵的"似"。"不似"是手段，"似"是目的。

"作画妙在似与不似之间，太似为媚俗，不似为欺世"，这句话准确地阐述了绘画与客观对象的关系，既不能画得太像，也不能画得太不像，要在像与不像之间寻找一个巧妙的平衡点。其意是说绘画作品不能不逼真，画什么东西不像什么东西，这是对观赏者的欺骗；但又不能完全拘泥于物象外在的形象，而应该抓住物象特有的内在本质，发挥艺术想象，或突出或夸张，融入作者的思考，体现出不同于其他物象的独有特点。齐白石的艺术作品既似，又不似，很好地体现了这一艺术理论。

在齐白石看来，"太似则媚俗"，写生不是制作"标本"，如果一味刻板地临摹物象，艺术家就成为自然的奴隶，放弃了对自然与生活的概括提炼，是对艺术创作的不负责任。"太不似则欺世"，艺术是对客观自然的一种反映，太不似则是对客观自然的一种歪曲，同样是一种不负责任的行为。它失去了艺术"真"的根本，无法引发观赏者的共鸣。齐白石的成功之处就是找到了似与不似之间的巧妙平衡，为中国画的创造与发展作出了巨大的贡献。

齐白石基于对自然和生活的细微观察、对普通劳动者的热爱，把传统的"文人画"从象牙塔带入了民间。他善于从平凡的生活与自然中，提炼出深刻的美学理念与情趣。例如，一群普通的虾，经过齐白石的笔墨处理，变得晶莹透亮、生机盎然。这就是他对于"作画妙在似与不似之间"的成功运用。

文艺常识全真模拟试题三

一、填空题（每空1分，共30分）

1. 中国古人多以“修、齐、治、平”为人生理想，这四个字具体是指______、________、________、________。

2. 明末乐律家 ________首创新法密律，是音乐史上最早的 ________。

3. ________精通各种字体，擅楷书，其代表作为《玄秘塔碑》。

4. 20世纪60年代在周恩来同志直接关怀下创作演出，40多年来久演不衰的红色经典芭蕾舞剧是________。

5. ________主要流传于北方，是一种群众自娱自乐的广场艺术，是最具代表性的汉族民间舞。

6. 我国的佛教四大石窟包括敦煌________、大同________、洛阳________和天水麦积山石窟。

7. ________是魏晋南北朝时期最杰出的文学家，开创了田园诗这种新的题材，其代表作有《归园田居》、《饮酒》等。

8. 法国的启蒙文学代表作家作品包括狄德罗的 ________、________的《忏悔录》、________的戏剧《费加罗的婚礼》等。

9. 被誉为“中世纪的最后一位诗人，同时又是新时代的最初一位诗人”的是________（国家）诗人________。

10. 法国小说家普鲁斯特的作品________宣告“意识流小说”的文学流派已经形成。

11. 张艺谋执导的电影《满城尽带黄金甲》，片名出自唐代 ________的诗句，内容改编自文学名著________。

12. 情节是指叙事性文艺作品中人物性格形成和发展的演变过程，一般包括开端、__________、__________、结局，有的作品还有序幕和尾声。

13. 孔子在齐国观看原始乐舞__________后，竟“三月不知肉味”。

14. 华表奖又叫________奖。

15. 文艺与人民的关系是人民需要艺术，艺术更需要人民，这是由__________同志提出的。

16. 电影《大侦探福尔摩斯》的原著由________（国家）小说家________所写。

17. ________以画人物肖像著称，代表作________以长卷形式分为夜宴、观舞、休息、演乐、宾客酬应等五个场面。

二、选择题（每题0.5分，共15分）

1.《文心雕龙》是我国第一部有严密体系的文学理论专著，作者是（　　）。

A. 东晋的干宝　　B. 魏晋南北朝的刘勰

C. 南朝的钟嵘　　D. 南朝的刘义庆

2. 挪威戏剧家（　　）被称作“现代戏剧之父”。

A. 易卜生　　B. 安徒生　　C. 卡夫卡　　D. 杰克·伦敦

3. 我国小说史上第一部长篇讽刺小说是（　　）。

A.《聊斋志异》　　B.《儒林外史》

C.《官场现形记》　　D.《二十年目睹之怪现状》

4. 在展示情节、人物对话，或作为过场时一般使用（　　）。

A. 远景镜头　　B. 中景镜头　　C. 近景镜头　　D. 特写镜头

5. 赵本山在下列哪一部影片中饰演了一个角色？（　　）

A.《三枪拍案惊奇》　　B.《梅兰芳》

C.《斗牛》　　D.《非诚勿扰》

6.《义勇军进行曲》是哪部电影的主题歌？（　　）

A.《大路歌》　　B.《马路天使》　　C.《风云儿女》　　D.《放下你的鞭子》

7. 被称为“雨巷诗人”的是（　　）。

A. 冯至　　B. 戴望舒　　C. 卞之琳　　D. 何其芳

8.《末代皇帝》的导演是（　　）。

A. 彼得·韦尔　　B. 布莱恩·德·帕尔玛

C. 贝纳尔多·贝托鲁奇　　D. 斯坦利·库布里克

9. 下列作品中由司汤达创作的是（　　）。

A.《复活》　B.《巴黎圣母院》　C.《双城记》　D.《红与黑》

10. 被称为“孤篇压全唐”的是（　　）。

A. 李白的《将进酒》　　B. 张若虚的《春江花月夜》

C. 白居易的《长恨歌》　　D. 王维的《山居秋暝》

11. 下列作品中由关汉卿创作的是（　　）。

A.《蟾宫曲》　　B.《汉宫秋》

C.《唐明皇游月宫》　　D.《救风尘》

12. 下面（　　）是沈从文的作品。

A.《围城》　B.《茶馆》　C.《边城》　D.《色戒》

13. 戏剧的本质是（　　）的艺术。

A. 冲突　B. 动作　C. 情节　D. 结构

14. 回忆和描写公孙大娘舞剑器情景的《观公孙大娘弟子舞剑器行》是著名诗人（　　）的诗作。

A. 李白　B. 杜甫　C. 李贺　D. 白居易

15.《虢国夫人游春图》的作者是（　　）。

A. 张萱　B. 阎立本　C. 顾闳中　D. 张择端

16.（　　）与曾孝谷、欧阳予倩等人在日本创办了我国最早的话剧团体“春柳社”。

A. 老舍　B. 李叔同　C. 郭沫若　D. 蔡元培

17. 芭蕾舞剧《胡桃夹子》的作者是（　　）。

A. 柴可夫斯基　B. 舒曼　C. 斯特拉文斯基　D. 海顿

18. 百花奖在 1962 年举办，1964 年停办，（　　）年恢复。

A. 1981　B. 1980　C. 1990　D. 1984

19. 下列有关文学常识的表达错误的一项是（　　）。

A. 笛福是 18 世纪英国的著名小说家，他的主要作品有小说《鲁滨逊漂流记》、《辛格顿船长》、《杰克上校》等。

B. 被马克思称为“人类最伟大的戏剧天才”的莎士比亚是文艺复兴时期英

国剧作家，他一生创作了 37 部戏剧，《威尼斯商人》是他的著名悲剧作品。

C. 拜伦是 19 世纪英国积极浪漫主义诗歌的杰出代表，著名的长篇叙事诗《唐璜》是他的代表作。

D. 抒情短诗在英国积极浪漫主义诗人雪莱的创作中占有极为重要的地位，《西风颂》和《致云雀》都是脍炙人口的名篇。

20. 下列关于作家作品的表述错误的一项是（　　）。

A. 列夫·托尔斯泰的代表作《复活》，被列宁称为一部“非常及时的书”。

B. 莫泊桑是法国杰出的批判现实主义作家，在十年中写了三百多篇短篇小说，被誉为“世界短篇小说之王”。他的作品《我的叔叔于勒》被选入初中课本，《项链》被选入高中课本。

C. 马克·吐温是美国著名的批判现实主义作家，他对资产阶级虚伪本性的揭露十分深刻，被誉为“社会批评家”，其作品《百万英镑》、《竞选州长》读来令人忍俊不禁，讽刺可谓入木三分。

D. 马克西姆·高尔基是社会主义现实主义文学的奠基人、苏联社会主义文学的创始者，列宁称他为“无产阶级艺术最杰出的代表人物”。长篇小说《母亲》成为社会主义文学划时代的作品，受到列宁同志的高度赞赏，影响十分深远。

21. 下列影片中属于西部片的是（　　）。

A.《美国往事》　B.《与狼共舞》　C.《西北偏北》　D.《乱世佳人》

22.（　　）是法国 17 世纪古典主义最重要的作家、古典主义喜剧的创建者，他在欧洲戏剧史上占有十分重要的地位，代表作为《唐璜》、《伪君子》、《吝啬鬼》等。

A. 莫里哀　B. 雨果　C. 福楼拜　D. 莫泊桑

23. 著名的舞蹈作品《雀之灵》是中国舞蹈家（　　）的代表作。

A. 刀美兰　B. 杨丽萍　C. 崔美善　D. 杨桂珍

24. 第一部以古典名著为题材拍摄的电视剧是（　　）。

A.《关公》　B.《诸葛亮》　C.《东周列国志》D.《武松》

25.“一门三父子，都是大文豪，诗赋传千古，峨眉共比高。”这首诗中的“三父子”，指的是（　　）。

A. 曹操、曹丕、曹植　　B. 苏洵、苏轼、苏辙

C. 班彪、班固、班超　　D. 杜甫、杜牧、杜荀鹤

26. 电影中的慢动作是由于拍摄中摄影机的转速（　　）。

A. 高于每秒 24 格　　B. 低于每秒 24 格

C. 正常转速，演员表演造成　　D. 正常转速，后期制作造成

27. 表达“旧社会把人变成鬼，新社会把鬼变成人”主题的作品是（　　）。

A.《王贵与李香香》　　B.《暴风骤雨》

C.《百合花》　　D.《白毛女》

28.《图兰朵》是（　　）的作品。

A. 普契尼　　B. 瓦格纳　　C. 比才　　D. 威尔第

29. 下列导演中不属于中国第一代导演的是（　　）。

A. 张石川　　B. 郑洞天　　C. 杨小仲　　D. 郑正秋

30. 下列作品中属于存在主义戏剧的是（　　）。

A.《娜拉出走》　　B.《死无葬身之地》

C.《愤怒的回顾》　　D.《等待戈多》

三、名词解释（每题 4 分，共 20 分）

1. 存在主义戏剧
2. 意境
3. 古典主义
4. 章回小说
5. 蒙太奇

四、简答题（每题 10 分，共 20 分）

1. 简述艺术分类的方法。
2. 简述色彩在影视艺术中的主要功能，并举例说明。

五、论述题（共 15 分）

论述艺术家应当具有的素质修养和能力。

参考答案

一、填空题

1. 修身　齐家　治国　平天下　2. 朱载堉　十二平均律理论　3. 柳公权　4.《红色娘子军》　5. 秧歌　6. 莫高窟　云冈石窟　龙门石窟　7. 陶渊明　8.《百科全书》　卢梭　博马舍　9. 意大利　但丁　10.《追忆似水年华》　11. 黄巢《雷雨》　12. 发展　高潮　13.《大韶》　14. 政府优秀影片　15. 邓小平　16. 英国　柯南道尔　17. 顾闳中　《韩熙载夜宴图》

二、选择题

1. B　2. A　3. B　4. B　5. A　6. C　7. B　8. C　9. D　10. B　11. D　12. C　13. B　14. B　15. A　16. B　17. A　18. B　19. B　20. A　21. B　22. A　23. B　24. D　25. B　26. A　27. D　28. A　29. B　30. B

三、名词解释

1. 存在主义戏剧：产生于20世纪30年代末40年代初的法国，其哲学基础是存在主义学说。强调戏剧内容的思想性和哲理性，力图使戏剧对社会政治具有批判作用；强调塑造特定情境下的典型人物，表现人在道德和生命冲突中，在极端情境下的自我选择；遵循现实主义的戏剧结构原则，大部分戏剧情节比较生动、丰富，充满了尖锐的戏剧冲突。代表作家作品有：萨特《苍蝇》《密室》《死无葬身之地》，加缪《局外人》《鼠疫》等。

2. 意境：是指艺术形象或情境中呈现出的情景交融、虚实相生、蕴涵深刻的人生哲理及宇宙意识的至高境界，它是主体情感与客观物象的有机统一。

3. 古典主义：流行于17世纪和18世纪前半期欧洲君主专制时期的文艺思潮或文艺流派。其特征为：在创作实践和文艺理论上，把古希腊文学艺术作品视为必须仿效的最高典范，从中吸取创作经验，并赋予它们新的历史内容。古典主义崇尚完整、和谐，提倡类型说，过分强调理性主义、普遍性和情节的集中、单一，忽视个性，突出类型，不少作品存在公式化、概念化的倾向。代表人物有莫里哀、维吉尔、拉辛、瓦洛、普桑等。

4. 章回小说：是我国古典长篇小说的主要形式，由宋元讲史话本发展而来，其特点是将全书分为若干章节，称为“回”。每回前用两句对偶的文字标目，称为

“回目”，用以概括本回的故事内容。代表作有《三国演义》《水浒传》《西游记》《红楼梦》等，代表了我国古代小说创作的高峰。

5. 蒙太奇：是法语 montage 的音译，原是法语建筑学的一个术语，意为构成和装配，后被借用过来，引申在电影上就是剪辑和组合，表示镜头的组接。简要地说，蒙太奇就是根据影片所要表达的内容、观众的心理顺序，将一部影片分别拍摄成许多镜头，然后再按照原定的构思组接起来。

四、简答题

1. 简述艺术分类的方法。

答：以作品的社会功能为依据，可以将艺术分为审美艺术和实用艺术。审美艺术指审美功能第一、实用功能第二，因而主要是供审美欣赏的艺术，如音乐、美术、文学、舞蹈、戏剧等。实用艺术指实用功能第一、审美功能第二，因而同时可供实用和欣赏的艺术，如建筑、园林、实用工艺美术等。

在审美艺术之内，以审美主体对作品的感知方式（对应于艺术作品所使用的不同媒介）为依据，可以将艺术分为视觉艺术（美术等）、听觉艺术（音乐等）、文学艺术（想象艺术）和视听综合艺术（戏剧、影视剧等）。

在审美艺术之美，以艺术作品在时空中的存在方式为依据，可以将艺术分为时间艺术（音乐、文学等，又可称为动态艺术）、空间艺术（绘画、雕塑等，又可称为静态艺术）和时空综合艺术（戏剧、影视剧等）。

2. 简述色彩在影视艺术中的主要功能，并举例说明。

答：色彩是影视艺术中重要的表意元素。在影像中，色彩的表达可能有多种不同形式。灯光、布景、道具与服装的色彩，都可以影响画面的色彩谱系，从而构成不同的叙事内涵。色彩进入电影，绝非仅仅停留在自然色的还原上，而是艺术家对现实色彩的再创造。艺术家在运用色彩时，要依据色彩艺术的规律和法则，创造出最能贴切表达影片主题和内容的色调。一般来说，色彩在影视艺术中的主要功能有：

（1）色彩有助于人物形象的塑造。如《花样年华》中张曼玉的旗袍一开始时白底碎花，鲜艳热烈，洋溢着幸福；发现丈夫有婚外情后便开始穿蓝花，或者黑白相间竖条纹的，或者黑底白圆点的旗袍，色彩开始转暗，衬托着人物内心的痛苦压抑和忧郁；第一次与周慕云约会时，她穿一件鹅蛋绿绣着黄花的旗袍，情感萌动，到了旅馆则是一身红色，炽热张扬，表现出人物情感的热烈；到了1963年，当感情终结，她穿着土黄色的宽大的旗袍，色彩朴实低调，象征着人物内心的平静和从容。

在这里色彩像是雕塑家手中的雕刻刀，不动声色而又力透纸背地刻画出人物细腻微妙而又复杂的心理变化。

（2）色彩可用来描写环境、渲染气氛。不同色彩常引起人们不同的心理体验，所以电影常用色彩来描绘环境和渲染气氛。《花样年华》怀旧气氛的营造除了音乐的作用外，其墨绿淡蓝的色调也是功不可没。

（3）色彩可用来暗示抽象的意念。由于色彩的象征意义比光影更为明显，因而在电影中色彩被普遍用来暗示某种抽象的意念。如基耶斯洛夫斯基的《红》《白》《蓝》三部曲。

五、论述题

论述艺术家应当具有的素质修养和能力。

答：艺术家首先是社会人，和普通人一样过着世俗生活，但是艺术家之所以成为艺术家，又必须具备一定的艺术素质和能力。艺术素质和能力主要包括：真性情和人格境界、发现的目光和独到的体验、艺术技巧和文化修养，尤其重要的是创造精神。

真性情与人格境界是一个成功艺术家的首要素质。所谓真性情是指人们对待世界的一种态度，率性而发，真挚自然，人格境界则是艺术家的精神实体，是艺术家艺术生命的常青树。例如，贝多芬的音乐被公认为是最伟大的交响乐，但是人们欣赏的不仅仅是他的音乐，还有他伟大的人格境界。

发现的目光要求艺术家有敏锐的洞察力，能够关注到普通人易于忽略的生活与自然内涵，生活体验则主要包括人类生活体验和自然生活体验。发现的目光和丰富的生活体验结合起来，就会形成艺术家独到的艺术思考。

艺术技巧与文化修养是艺术家必备的素质。从一定程度上说，它们制约着艺术家的创作水准。有的艺术家凭借天赋的优势或某种偶然的机缘获得了一定的成功，但是由于缺乏文化底蕴而显得后劲不足，这种现象在艺术界大量存在。

艺术家的创造精神是至关重要的，因为艺术就是创造，没有创造就没有艺术，这是艺术的一个基本命题。衡量一位艺术家水准的高低，创造精神是一个重要的尺度，衡量一件艺术品艺术价值的高低，独创性也是一个重要的尺度。创造精神也是艺术家独特艺术风格的源泉。

文艺常识全真模拟试题四

一、填空题（每空1分，共30分）

1. 我国第一部诗歌总集是________。

2. ________是“竹林七贤”的领袖人物，其有关音乐理论的文章________是千古相传的名篇。

3. 《王子复仇记》又名________，是________国戏剧家________的代表作品。

4. 《樱桃园》的作者是俄国作家、剧作家________，代表作品还有《变色龙》、《装在套子里的人》等。

5. 电影《神女》的女主角是由________扮演的。

6. 歌剧《图兰朵》中采用了我国民歌________的曲调。

7. 《鸿门宴》中项羽的谋士是________。

8. 叶圣陶的第一部长篇小说是________。

9. 电影《乱世佳人》的女主角的扮演者是________。

10. 根据造型形式来看，雕塑一般可分为________和________两类。

11. 象征主义戏剧代表作家________的代表作是《青鸟》。

12. 20世纪50年代兴起的法国“新浪潮电影”运动，得力于________杂志，该杂志的主编是著名电影理论家________。

13. “子虚乌有”出自司马相如的名篇________。

14. 电影《霸王别姬》中程蝶衣的扮演者是________。

15. 电视剧《大明宫词》讲述的是________朝的故事。

16. ________是电影的最基本单位。

17. 阎立本的著名绘画作品有________和________。

18. 元代________创作的《西厢记》中，女主人公是________，男主人公是________。

19. 党的文艺政策中，“二为”方向指的是______，“双百”方针指的是______。

20. 小说《家》、《春》、《秋》的作者是________。

21. 《基督山伯爵》的作者是________。

二、选择题（每题0.5分，共15分）

1. “电影”这个名称来自（　　）。

   A. 爱迪生　B. 牛顿　C. 伽利略　D. 毕加索

2. 世界三大宗教有佛教、基督教和（　　）。

   A. 道教　B. 伊斯兰教　C. 天主教　D. 东正教

3. 电影《十面埋伏》的导演是（　　）。

   A. 张艺谋　B. 陈凯歌　C. 冯小刚　D. 田壮壮

4. “但愿人长久，千里共婵娟。”这一著名诗句的作者是北宋文学家（　　）。

   A. 苏轼　B. 李白　C. 杜甫　D. 柳宗元

5. 我国第一部编年体史书是（　　）。

   A. 《春秋》　B. 《史记》　C. 《国语》　D. 《汉书》

6. 下列诗句中是曹操写的是（　　）。

   A. 蜀道之难，难于上青天

   B. 老骥伏枥，志在千里；烈士暮年，壮心不已

   C. 江碧鸟逾白，山青花欲燃

   D. 庄生晓梦迷蝴蝶，望帝春心托杜鹃

7. 我国著名的杂技之乡是（　　）。

   A. 河北吴桥　B. 湖北武汉　C. 江苏南京　D. 湖南长沙

8. 中景一般表现的范围是（　　）。

   A. 人物身体膝盖以上的景别　B. 人物全身的景别

   C. 人物身体胸部以上的景别　D. 人物身体肩部以上的景别

9. 在西方音乐史上，被称为“交响乐之父”的是（　　）。

   A. 海顿　B. 莫扎特　C. 贝多芬　D. 勃拉姆斯

10. 电视剧《京华烟云》根据同名小说改编，原作者是（　　）。

    A. 老舍　B. 周作人　C. 沈从文　D. 林语堂

11.《荷塘月色》的作者是（　　）。

A. 郁达夫　　B. 冰心　　C. 叶圣陶　　D. 朱自清

12. 散文诗集《野草》的作者是（　　）。

A. 巴金　　B. 茅盾　　C. 鲁迅　　D. 老舍

13.（　　）的书法被誉为“龙跳天门，虎卧凤阙”，他被后代尊为“书圣”。

A. 钟繇　　B. 颜真卿　　C. 柳公权　　D. 王羲之

14. 被人们称为“诗史”的是（　　）。

A. 李白　　B. 杜甫　　C. 杜牧　　D. 白居易

15. 代表先秦诸子散文艺术最高成就的作家是（　　）。

A. 孟子　　B. 荀子　　C. 庄子　　D. 韩非子

16.“采菊东篱下，悠然见南山”出自陶渊明的（　　）。

A.《归去来兮辞》　B.《桃花源记》　C.《饮酒》　D.《归园田居》

17. 我国十大古典悲剧有纪君祥的《赵氏孤儿》、高则诚的《琵琶记》、冯梦龙的《精忠旗》、孟称舜的《娇红记》、李玉的《清忠谱》和（　　）等。

A.《孔雀东南飞》　　B. 李渔的《风筝误》

C. 方成培的《雷峰塔》　　D. 吴敬梓的《儒林外史》

18. 雕刻《晨》、《暮》、《昼》、《夜》的作者是（　　）。

A. 米隆　　B. 吕德　　C. 米开朗基罗　　D. 罗丹

19. 我国汉代提出六十律理论的律学家是（　　）。

A. 李延年　　B. 京房　　C. 何承天　　D. 嵇康

20. 流行于我国唐代的戏剧表演形式是（　　）。

A. 杂剧　　B. 南戏　　C. 百戏　　D. 参军戏

21.“让暴风雨来得更猛烈些吧!”这句话出自（　　）。

A.《战争与和平》　B.《苦难的历程》C.《海鸥》　D.《海燕》

22. 下列关于题材与素材的区别正确的一项是（　　）。

A. 题材比素材广泛　　B. 题材是素材的原材料

C. 素材是题材的原材料　　D. 题材就是素材

23. 新中国成立后，拍摄的第一部新闻纪录片是（　　）。

A.《民主东北》　B.《普通一族》　C.《桥》　D.《定军山》

24. 神话的创作方法是（　　）。

A. 浪漫主义　B. 现实主义　C. 古典主义　D. 自然主义

25. 以动物为表现题材的原始壁画，产生的根源是（　　）。

A. 人们的巫术信仰　B. 人们的狩猎生活

C. 人们的审美观念　D. 人们的理想愿望

26. 背景气氛型音乐着重于（　　）。

A. 描绘客观景物　B. 表达自己的主观态度

C. 增强影片的艺术感染力　D. 刻画形象

27. 电影《画皮》的导演是（　　）。

A. 陈嘉上　B. 李安　C. 陈可辛　D. 吴宇森

28. 下列采用现实主义手法创作的作品是（　　）。

A. 《牡丹亭》　B. 《神曲》　C. 《西游记》　D. 《红楼梦》

29. “写情则沁人心脾，写景则在人耳目，述事则如其口出是也。”这句话是说（　　）。

A. 意境　B. 风格　C. 抽象性　D. 品位

30. 被萧伯纳称为“电影艺术中绝无仅有的天才”的艺术家是（　　）。

A. 卢米埃尔兄弟　B. 格里菲斯　C. 卓别林　D. 贝尔德

三、名词解释（每题4分，共20分）

1. 交响乐
2. 景深
3. 建安七子
4. 表现主义
5. 小品

四、简答题（每题10分，共20分）

1. 简述艺术创作主体与客体的关系。
2. 应怎样正确看待文学创作中的灵感现象？

五、论述题（共15分）

论述陈凯歌的创作历程及其代表作品。

参考答案

一、填空题

1.《诗经》 2. 嵇康 《声无哀乐论》 3.《哈姆雷特》英 莎士比亚 4. 契诃夫 5. 阮玲玉 6.《茉莉花》 7. 范增 8.《倪焕之》 9. 费雯丽 10. 圆雕 浮雕 11. 梅特林克 12.《电影手册》巴赞 13.《子虚赋》 14. 张国荣 15. 唐 16. 镜头 17.《历代帝王图》《步辇图》 18. 王实甫 崔莺莺 张生 19. 文艺为人民服务，为社会主义服务 百花齐放，百家争鸣 20. 巴金 21. 大仲马

二、选择题

1. A 2. B 3. A 4. A 5. A 6. B 7. A 8. A 9. A 10. D 11. D 12. C 13. D 14. B 15. C 16. C 17. C 18. C 19. B 20. D 21. D 22. C 23. A 24. A 25. A 26. B 27. A 28. D 29. A 30. C

三、名词解释

1. 交响乐：又称交响曲，是一类器乐体裁的总称。这种体裁的共同特征是：一是由大型的管弦乐队演奏；二是音乐内涵深刻，具有戏剧性、史诗性、悲剧性、英雄性，或者音乐格调庄重，具有叙事性、描写性、抒情性、风俗性等；三是有严谨的结构和丰富的表现手段。

2. 景深：是指在摄影机镜头或其他成像器前，沿着能够取得清晰图像的成像器轴线所测定的物体距离范围。景深与镜头使用光圈、镜头焦距、拍摄距离等的要求有关：光圈越大，景深越小；光圈越小，景深越大。镜头焦距越长，景深越小；焦距越短，景深越大。距离越远，景深越大；距离越近，景深越小。

3. 建安七子：指活跃于建安时期曹魏集团的一批文士，包括孔融、陈琳、王粲、徐干、阮瑀、应玚、刘桢。“建安七子”的诗歌以五言为主，多反映时代的乱离，风格悲凉慷慨，遒劲有力。

4. 表现主义：20 世纪初流行于德国和奥地利等国的文学艺术流派。它首先出现于美术界，后来在音乐、文学、戏剧以及电影等领域得到重大发展。他们反对印象派的创作主张，比野兽派更狂热，更具主观性，更不拘于形式。其代表人物有奥地利的特拉克尔、卡夫卡，瑞典的斯特林堡和美国的奥尼尔等。

5. 小品：狭义的小品泛指较短的关于说和演的艺术，它的基本要求是语言清晰，形态自然，能够充分理解和表现出各角色的性格特征和语言特征，最具代表性的是喜剧小品。我国喜剧小品起源于20世纪80年代初，继承和发展了话剧、相声、二人转、小戏等剧目的优点。

四、简答题

1. 简述艺术创作主体与客体的关系。

答：与艺术创造相关联的客体是主体观照、实践和创造的对象。艺术创造客体是包括社会生活、自然界和人在内的客观世界，它应具有一定的审美价值，或经过提炼而具有审美价值。

艺术创造主体与客体之间的关系是相互交流运动和相互作用的关系，这是艺术活动的核心。

在这种相互交流运动的过程中，主体应居于矛盾运动的主导方面，主体的价值将通过对客体的实践和创造而得到实现。

2. 应怎样正确看待文学创作中的灵感现象？

答：灵感是创造性劳动中经常出现的客观现象，要科学地认识文学与社会生活的关系，就应该对灵感现象有正确的理解。

灵感的特征有三点：突发性，事先难以预料和控制；超常性，极为兴奋、强烈的创造激情；易逝性，持续时间短暂，稍纵即逝。

灵感来自强烈的生活感受、丰富的知识积累和艰苦的艺术构思。形象思维和灵感具有交互作用，灵感是形象思维的深度表现。

五、论述题

论述陈凯歌的创作历程及其代表作品。

答：陈凯歌是中国第五代导演的代表人物之一，执导过《黄土地》、《大阅兵》、《霸王别姬》、《荆轲刺秦王》等多部经典作品。其电影是超脱艺术电影和商业电影之外的一种形式，兼顾了艺术电影的“神”和商业电影的“形”。

1. 开山之作《黄土地》

《黄土地》的经典就在于它的开创性，影片的影像冲击力颠覆了此前中国电影传统的叙事结构和表现方式。天高地阔、气势磅礴的黄土地，浊浪滚滚的黄河，鼓乐齐鸣的腰鼓队伍，烈日炎炎下的求雨场面，众多中国象征和风俗民风的描写，加上人物命运的压抑悲怆，使影片集叙事、象征、隐喻于一体，通过土地、民俗与人物命运反思了中国文化和民族特性。

2. 经典之作《风月》

《风月》借助一个封建家庭里的故事对历史进行了沉重的反思，从庞杂却不紊乱的情节里可以看出陈凯歌对宏观性大题材的驾驭能力。影片不能简言之为一个讲女性从一而终的故事，更是一个即将逝去时代的最后一曲混乱的挽歌。影片不仅批判了传统男权社会的弊端，也表现了女性在黑暗压抑的旧社会里的自我觉醒。

3. 绝世之作《霸王别姬》

这是陈凯歌艺术才华最鼎盛时期的巅峰之作。片中，我们看到了时代的烙印、人性的变迁。影片的艺术性和现实性俱佳，从中我们看到了一个艺术家的社会责任感和人文关怀。电影还贡献了程蝶衣这个完美的艺术角色。

4. 褒贬之作《荆轲刺秦王》

对于这部片子的评价，很有争议。陈凯歌在这部片子里面显现出了深厚的国学功底，也是第一个把目光投向千年之前的导演。从这一点看，他引领着时代的潮流，开创了一种历史电影的风格。此片之后，历史电影接踵而来。此片从人物刻画到故事情节均属上乘，而且颠覆了以往的人物塑造方法。近几年对此片的评价，逐渐转为褒贬参半。

纵观陈凯歌的电影，无论是具有寓意象征的《黄土地》、《边走边唱》，具有较强反思精神的《大阅兵》、《孩子王》，还是影像华丽的《霸王别姬》、《无极》，其影片都有着他对人生、历史和社会的思考。用电影表达自己对文化的反思，一直是陈凯歌电影的灵魂。他一贯的艺术目标就是在史诗格局中注入文化反思，达到超验的理性和哲学的意味。他的创作活动也有一条连贯的主线，就是通过电影阐述中国文化历史的变迁和沉浮。

作为一个有着敏感的电影触觉的导演，陈凯歌从未放弃将他的人生哲学和文化思辨注入电影中。他总是试图把自己对个体与群体、传统与现代、生命与理想的反思以压倒一切的方式体现出来，透露出知识分子深沉的社会责任感与忧患意识。尽管他这种居高临下的精英之气与肆无忌惮的话语知觉，难免与普通观众拉开距离。

文艺常识全真模拟试题五

一、填空题（每空 1 分，共 30 分）

1. 联句：“心事浩茫连广宇，____________。”“____________，雪却输梅一段香。”“仰天大笑出门去，____________。”“____________，野渡无人舟自横。”

2. 世界电影史公认电影诞生在________年，以________拍摄的________为标志。

3. 被韩国媒体誉为“21 世纪最具领导潜力的导演”的是________。

4. 中国导演________的作品________，在第 62 届戛纳电影节上获最佳编剧奖。

5. 文学是指以语言文字为工具，形象化地反映客观现实以及表现人物内心精神世界的艺术，主要包括__________、__________、__________、__________等体裁。

6. 著名画作《蒙娜丽莎》是画家________的作品。

7. 每个朝代的文学作品都有自己的形式，唐代以唐诗著称，宋代和元代分别以________和________著称。

8. 小说《祝福》的作者是________。

9. 小说《小二黑结婚》是________派作品。

10. 电影被称为继绘画、音乐、戏剧等艺术后的第________艺术。

11.《双城记》的作者是英国小说家________，《樱桃园》是________（国别）作家________的戏剧作品。

12. 戏剧《朱丽小姐》是________（国别）戏剧家________的作品，小说《青年近卫军》是苏联作家________的作品。

13.“它是朝鲜古典文学作品，在古典文学史上的地位，正如《红楼梦》之于中国古典文学一样，作者不详。据记载，其故事早在 12 世纪即流传于民间，18 世纪末形成完整小说，19 世纪上半叶，经申在孝整理加工，成为优秀戏剧传统剧目，在我国的黄梅戏中也有同名剧目上演。”这部作品是________。

14. “米勒三部曲”指的是________、________和《晚钟》。

15. MTV 的汉语名称是________。

二、选择题（每题 0.5 分，共 15 分）

1. 下列属于语录体散文的是（　　）。

A. 《老子》　B. 《庄子》　C. 《韩非子》　D. 《论语》

2. 小篆是在（　　）统一的。

A. 秦朝　B. 西周　C. 汉朝　D. 唐朝

3. “一对恋人谈恋爱——水面上一对白鹅”属于（　　）蒙太奇。

A. 比喻　B. 象征　C. 平行　D. 重复

4. 《辛德勒的名单》的导演是（　　）。

A. 查理・卓别林　B. 史蒂文・斯皮尔伯格

C. 乔治・卢卡斯　D. 奥逊・威尔斯

5. 香港电影史上的第一部电影是（　　）。

A. 《精武门》　B. 《狮王争霸》　C. 《庄子试妻》　D. 《龙门客栈》

6. 《项链》的作者是（　　）。

A. 法国的福楼拜　B. 法国的莫泊桑

C. 英国的狄更斯　D. 西班牙的塞万提斯

7. 影视中的“空镜头”是指（　　）。

A. 无景物的人物镜头　B. 无人物的景物镜头

C. 字幕镜头　D. 电子美术镜头

8. 新中国第一家电视台是（　　）。

A. 中央电视台　B. 上海电视台　C. 北京电视台　D. 延安电视台

9. 维克多・弗莱明导演的《乱世佳人》改编自小说（　　）。

A. 《安娜・卡列尼娜》　B. 《飘》

C. 《呼啸山庄》　D. 《茶花女》

10. 下面不是茅盾“农村三部曲”的是（　　）。

A. 《春蚕》　B. 《秋收》　C. 《残冬》　D. 《幻灭》

11. 《蓝色多瑙河》的作者是（　　）。

A. 理查·施特劳斯　　B. 约翰·施特劳斯
C. 柴可夫斯基　　D. 舒伯特

12. 下列作品中属于存在主义戏剧的是（　　）。
A.《娜拉出走》　　B.《死无葬身之地》
C.《愤怒的回顾》　　D.《等待戈多》

13. 被孔子评价为观后“三月不知肉味”的是（　　）。
A.《大韶》　B.《大武》　C.《大夏》　D.《大秦》

14. 兼爱是（　　）的中心思想。
A. 孔子　B. 墨子　C. 孟子　D. 庄子

15. 电影《画皮》的故事来源于哪一位作家的小说？（　　）
A. 蒲松龄　B. 白先勇　C. 苏童　D. 林海音

16. 北宋第一个致力于写词的词人是（　　）。
A. 王安石　B. 欧阳修　C. 苏轼　D. 柳永

17. 1915年9月，由陈独秀主编的杂志（　　）创刊，标志着新文化运动的开端。
A.《新月》　B.《新青年》　C.《敬告青年》　D.《青年杂志》

18. 小说《第二十二条军规》的作者是（　　）。
A. 欧·亨利　B. 海明威　C. 惠特曼　D. 海勒

19. 法国20世纪“新小说”流派的创始人是（　　）。
A. 普鲁斯特　B. 罗曼·罗兰　C. 凡尔纳　D. 阿兰·罗布－格里耶

20. 伦勃朗是欧洲17世纪最伟大的画家之一，也是荷兰历史上最伟大的画家。下列哪部作品是他的顶峰之作？（　　）
A.《杜普教授的解剖学课》　　B.《夜巡》
C.《倒牛奶的女仆》　　D.《拾穗者》

21. 在柏林电影节上，（　　）是最高奖项。
A. 金像奖　B. 金熊奖　C. 金鸡奖　D. 银熊奖

22. 泰戈尔是（　　）的文学家、艺术家和社会活动家。
A. 19世纪后半叶、20世纪初　　B. 20世纪
C. 17世纪后半叶、18世纪初　　D. 19世纪

23. 下列（　　）不是欧洲古典主义戏剧的代表人物。

A. 高乃依　　B. 萧伯纳　　C. 拉辛　　D. 莫里哀

24. 人面鱼身纹是（　　）彩陶上最具代表性的纹饰。

A. 仰韶文化　　B. 庙底沟　　C. 马家窑　　D. 半山

25. “唐宋八大家”指的是苏洵、苏轼、苏辙、韩愈、柳宗元、欧阳修、王安石和（　　）。

A. 杜牧　　B. 李清照　　C. 曾巩　　D. 陆游

26. 鸳鸯蝴蝶派是清末民初出现的一个（　　）。

A. 美术流派　　B. 文学流派　　C. 音乐流派　　D. 戏剧流派

27. 在《故事新编》中，最能体现鲁迅的“复仇”情结的是（　　）。

A.《补天》　　B.《铸剑》　　C.《采薇》　　D.《起死》

28. “才自精明志自高”是《红楼梦》中对（　　）的判词。

A. 贾元春　　B. 王熙凤　　C. 贾迎春　　D. 贾探春

29. 下列著名建筑、建造朝代、所在地连线正确的一组是（　　）。

A. 拙政园——清代——苏州　　B. 安济桥——隋代——赵县

C. 晋祠——唐代——太原　　D. 佛宫寺释迦塔——唐代——山西应县

30. 下列诗句中，上下句关系与“欲穷千里目，更上一层楼”相同的是（　　）。

A. 随风潜入夜，润物细无声

B. 少壮不努力，老大徒伤悲

C. 开轩面场圃，把酒话桑麻

D. 风云三尺剑，花鸟一床书

三、名词解释（每题 4 分，共 20 分）

1. “四功五法”
2. 情景喜剧
3. 音乐剧
4. 信天游
5. 戏剧语言

四、简答题（每题 10 分，共 20 分）

1. 简述戏剧的基本特征。
2. 简述巴尔扎克的文学成就。

五、论述题（共15分）

长期以来，电影市场就存在这样一个问题：艺术电影艺术性高，但是市场盈利少，商业电影艺术性低，但是有利可图。进入21世纪，国产大片不断涌现，却都是毁誉参半。请你谈谈电影艺术性与商业性之间的关系。

参考答案

一、填空题

1. 于无声处听惊雷　梅须逊雪三分白　我辈岂是蓬蒿人　春潮带雨晚来急　2. 1895年　卢米埃尔兄弟　《火车进站》　3. 金基德　4. 娄烨　《春风沉醉的夜晚》　5. 戏剧　诗歌　小说　散文　6. 达·芬奇　7. 宋词　元曲　8. 鲁迅　9. 山药蛋　10. 七　11. 狄更斯　俄国　契诃夫　12. 瑞典　斯特林堡　法捷耶夫　13.《春香传》　14.《播种者》《拾穗者》　15. 音乐电视

二、选择题

1. D　2. A　3. A　4. B　5. C　6. B　7. B　8. C　9. B　10. D　11. B　12. B　13. A　14. B　15. A　16. D　17. B　18. D　19. D　20. B　21. B　22. A　23. B　24. A　25. C　26. B　27. B　28. D　29. B　30. B

三、名词解释

1. “四功五法”：是戏曲界的术语，是戏剧的基本功。“四功”是指唱、念、做、打（唱功、念白、做工、武打）。“五法”是指手、眼、身、法、步（手势、眼神、身段、技法、台步）。

2. 情景喜剧：是一种喜剧演出形式，最开始出现在广播中。情景喜剧一般有固定的主演阵容，一条或多条故事线，围绕着一个或多个固定场景进行，如家庭或办公室。这种形式一般认为出现在美国广播的黄金时代20世纪20年代至50年代，如今在世界范围内被广泛接受。在很多国家，情景喜剧都是最受观众欢迎的电视节目之一。一般来讲，情景喜剧的人物大多都是独立的完整体，也就是说角色很大程度上是相对静态的，每一集结尾处此集故事也会结束。

3. 音乐剧：由喜歌剧、轻歌剧演变而来，早期称作“音乐戏剧”，简称“音乐剧”。是19世纪末起源于英国的一种歌剧体裁，由对白和歌唱相结合而演出的戏剧形式，融合戏剧、音乐、歌舞等形式，富于幽默和喜剧色彩。代表作有《音乐之声》《西区故事》《猫》《歌剧魅影》等。

4. 信天游：是流行在西北一带富有黄土高原特色、流传久远的民歌，它属于民歌中的山歌体。曲调纯朴，节奏自由，高亢悠长，内容包罗万象，深受广大劳动人民的喜爱。有的地方称其为“山曲”、“爬山调”。又因为其中有很大一部分是歌唱男女之间丰富多彩的情感思想，故又叫“酸曲”。信天游一般为两句体，上句起兴作比，下句点题，基本上是即兴之作。代表作有《兰花花》、《山丹丹花开红艳艳》等。

5. 戏剧语言：可以分为两类：一类是人物的语言，即台词，包括对白、独白和旁白，是剧本塑造人物形象、描绘戏剧冲突、表现主题的重要手段。一类是作家的“舞台提示”，指剧中对人物的动作、表情，对舞台灯光、音响效果的提示和要求等。戏剧语言必须适应戏剧舞台性、表演性的要求，从而具有性格化、动作化等基本特征。

四、简答题

1. 简述戏剧的基本特征。

答：(1) 空间和时间要高度集中。戏剧不像小说、散文那样可以不受时间和空间的限制，它要求时间、人物、情节、场景高度集中在舞台范围内。小小的舞台上，几个人的表演就可以代表千军万马，走几圈就可以表现跨越了千山万水，变换一个场景和人物，就可以说明到了一个全新的地方或相隔多少年之后。相隔千万里，跨越若干年，都可通过幕、场的变换集中在舞台上展现。

(2) 矛盾冲突要尖锐集中。各种文学作品都要表现社会的矛盾冲突，而戏剧则要求在有限的空间和时间里反映的矛盾冲突更加尖锐集中。戏剧这种文学形式是为了集中反映现实生活中的矛盾冲突而产生的，所以说，没有矛盾冲突就没有戏剧。剧本受篇幅和演出时间的限制，所以要求剧情反映的现实生活必须凝缩在适合舞台演出的矛盾冲突中。

(3) 语言要表现人物性格。戏剧的主要语言是台词。台词就是剧中人物所说的话，包括对话、独白、旁白。对话是两个或更多的人物之间用语言的直接交谈，独白是剧中人物独自抒发个人情感和愿望时说的话，旁白是剧中某个角色背着台上其他剧中人物对观众说的话。戏剧主要是通过台词推动情节发展、表现人物性格，因此，台词语言要求通俗自然、简练明确，适合舞台表演，能充分地表现人物的性格、身份和思想感情。

2. 简述巴尔扎克的文学成就。

答：巴尔扎克是法国19世纪伟大的批判现实主义作家、欧洲批判现实主义文学的奠基人和杰出代表、法国现实主义文学成就最高者之一。代表作品主要有《人间喜剧》、《欧也妮·葛朗台》、《高老头》等。

巴尔扎克在法国文学史上的地位十分重要。巴尔扎克拓展了小说的艺术空间，几乎无限度地扩大了文学的题材。他借鉴了其他文学题材的特点，把戏剧、史诗、绘画、造型等多种艺术形式融入小说创作当中，在西方文学史上第一次极大地丰富了小说的艺术技巧。

巴尔扎克对现实主义文学最大的贡献在于他对典型人物形象和社会风俗的细致刻画，并反映人物性格在社会环境中的变化和发展。他以“编年史的方式”描绘上升中的资产阶级对贵族社会日甚一日的冲击。他所创造的人物高老头、葛朗台、高布赛克、拉斯蒂涅、吕西安、贝姨、伏托冷等等，几乎已经成为文学史不同类型资产阶级代表人物的样板形象，对以后的现实主义文学产生了深远的影响。

五、论述题

长期以来，电影市场就存在这样一个问题：艺术电影艺术性高，但是市场盈利少，商业电影艺术性低，但是有利可图。进入21世纪，国产大片不断涌现，却都是毁誉参半。请你谈谈电影艺术性与商业性之间的关系。

答：电影的艺术性与商业性是统一的。一方面作为艺术品，电影应当具有自己独特的个性，保持应有的艺术品位和寓教于乐的社会效益；另一方面，作为文化产品和商业化生产的电影，又必须追求商业利润。

中国电影长期以来受到国家的大力支持，导演只管拍摄，不计较成本和盈利，造成了电影业的畸形发展，实际上违背了电影发展的一般规律。一些导演为追求电影的个性而使其高度艺术化，使艺术电影“曲高和寡”，失去了广大观众。

当今，以张艺谋为首的众多电影人正在探索一条艺术与商业结合的道路。例如张艺谋的《英雄》因为获得了商业上的巨大成功，已经成为中国电影营销策划的重要案例之一。但是，中国电影毕竟处于探索阶段，出现错误和挫折是难免的，我们不能因噎废食。

我国电影应该继续这条探索之路，努力在艺术性与商业性之间寻找一个平衡点。只有如此，中国电影业才能更好地发展。因为，电影的商业性与艺术性是缺一不可的。

文艺常识全真模拟试题六

一、填空题（每空 1 分，共 30 分）

1. 文学作品中塑造的四大吝啬鬼形象是夏洛克、葛朗台、阿巴贡、泼留希金，其作者分别是__________、__________、__________、果戈理。

2. ________和《白雪》是古代楚国的歌曲名，后用来比喻高深、不通俗的文学艺术作品；________和《巴人》也为古代楚国的歌曲名，后用来比喻通俗的文学艺术作品。

3. 高适有诗《人日寄杜二拾遗》，其中的“人日”是指农历________；朱淑贞《生查子》“去年元夜时，花市灯如昼”，描绘的是农历________夜晚的情景；孟浩然《过故人庄》“待到重阳日，还来就菊花”，“重阳”为农历________。

4. 在摄影中，__________构图会给人以稳定感。

5. ________是好莱坞第一次重金购买翻拍权，并由大导演执导、巨星演出，夺得几项大奖的香港电影。

6. 长篇历史小说《少年天子》的作者是________，长篇历史小说《曾国藩》的作者是________。

7. 《尼罗河上的惨案》是被称为英国“推理小说女王”________的作品。

8. 《三国演义》全名为________。

9. 我国第一部在国际上获奖的影片是________。

10. 《楚辞》是由西汉________辑录成集。

11. 《永州八记》中一直为人们所传诵的一篇是________。

12. 喜剧家哥尔多尼的代表作是________，除此之外，还有《女店主》、《狡猾的寡妇》等。

13. 两人以同一题目作文，且都成名篇，古代有________、苏辙的《六国论》，现代有朱自清、________的《桨声灯影里的秦淮河》。

14. ________由清康熙年间吴楚材、吴调侯编选，上起先秦，下迄明代，共选文222篇，流传较广，当时为启蒙读本。

15. “时代三部曲”是指________、________、________，是________的作品。

16. 由南朝徐陵编纂的________，共10卷，成书于梁代，是继《诗经》、《楚辞》后很有影响的古诗总集。

17. 小说《倾城之恋》的作者是________。

18. 《再别康桥》的作者是________，是________的代表人物。

19. 杜牧《赠别》诗：“娉娉袅袅十三余，豆蔻梢头二月初。”这里“豆蔻年华”指的是女子________岁。

二、选择题（每题0.5分，共15分）

1. 下列文学常识说法完全正确的是（　　）。
   A. 按表达方式，诗歌可以分为抒情诗、叙事诗。《木兰诗》、《周总理，你在哪里》都是叙事诗。
   B. 《背影》和《春》都是朱自清的散文；《藤野先生》和《社戏》都选自鲁迅的小说集《呐喊》。
   C. 《最后一课》、《竞选州长》都是短篇小说，前一篇的作者是都德，后一篇的作者是马克·吐温，他们都是法国人。
   D. 《捕蛇者说》的作者柳宗元、《陋室铭》的作者刘禹锡和《石壕吏》的作者杜甫都是唐朝人。

2. 下面哪一项不属于文化景观？（　　）
   A. 厂矿　　B. 城市　　C. 山脉　　D. 道路

3. 道教是在何时兴起的？（　　）
   A. 东汉　　B. 西汉　　C. 东晋　　D. 西晋

4. “我不想变成上帝，或居住在永恒之中，或者把天地抱在怀里，属于人的那种光荣就够了。我自己是凡人，我只要求凡人的幸福。”这句话体现的思想是(　　)。
   A. 禁欲主义　　B. 蒙昧主义　　C. 人文主义　　D. 理性主义

5. 中国最早的电影皇帝是（　　）。

A. 葛优　　B. 金焰　　C. 夏雨　　D. 李炎

6. 以下被誉为“东方第一老太”的演员是（　　）。

A. 胡蝶　　B. 吴茵　　C. 阮玲玉　　D. 斯琴高娃

7. 摄制组的行政领导和最高负责人被称为（　　）。

A. 导演　　B. 制片　　C. 监制　　D. 剧务

8. 下列作家与作品完全对应的一项是（　　）。

A. 池莉——《班主任》　　B. 刘震云——《伏羲伏羲》

C. 陈忠实——《白鹿原》　　D. 王安忆——《红高粱》

9. 屈原是战国时期（　　）的爱国政治家和伟大的诗人。

A. 魏国　　B. 赵国　　C. 楚国　　D. 齐国

10. 下面哪项不属于音响效果？（　　）

A. 飞机的声音　　B. 虫鸟的叫声

C. 人说话的声音　　D. 风雨雷电的声音

11. 下列不属于德国新电影四杰的是（　　）。

A. 施隆多夫　　B. 法斯宾德　　C. 文德斯　　D. 加夫拉斯

12. 下列哪个选项不属于色调在影视作品中出现的情况？（　　）

A. 画面中某局部的颜色　　B. 整部影片

C. 一个段落　　D. 一个场景

13. 下面不属于红色的象征效果的是（　　）。

A. 生命　　B. 革命　　C. 冷静　　D. 爱情

14. 1930 年，（　　）的播出，拉开了电视剧历史的帷幕。

A. 《花言巧语的人》　　B. 《威尼斯商人》

C. 《平民百姓》　　D. 《晚餐来客》

15. 有“元人第一”之称的是（　　）。

A. 关汉卿　　B. 白朴　　C. 马致远　　D. 纪君祥

16. 我国第一部最能体现新文学实绩的小说集是（　　）。

A. 《狂人日记》　B. 《呐喊》　　C. 《女神》　　D. 《包身工》

17. 人类最古老的文学体裁是（　　）。

A. 诗歌　　B. 散文　　C. 小说　　D. 杂文

18. 鲁迅创作的唯一一部中篇小说是（　　）。

A. 《药》　B. 《狂人日记》　C. 《伤逝》　D. 《阿 Q 正传》

19. 在下列乐器中，属于打击类乐器的是（　　）。

A. 古琴　B. 柳琴　C. 月琴　D. 扬琴

20. 下列作品中不属于“三言二拍”的是（　　）。

A. 《喻世明言》　B. 《警世通言》

C. 《二刻拍案惊奇》　D. 《醒世通言》

21. 中央电视台每晚黄金时间播出的新闻评论节目是（　　）。

A. 《新闻联播》　B. 《午间新闻》　C. 《焦点访谈》　D. 《第 10 放映室》

22. 美国动画电影《花木兰》、《功夫熊猫》成功地对（　　）进行了吸收和利用。

A. 中国元素　B. 数码技术　C. 网络传播　D. 美国文化

23. 在文学四门类中，戏剧与小说属于（　　）。

A. 抒情文学　B. 长篇　C. 叙事文学　D. 书面文学

24. 以下哪个作品与“纵贯线”成员无关？（　　）

A. 《亡命之徒》　B. 《真心英雄》　C. 《童年》　D. 《情书》

25. 以下哪个乐器弦最多？（　　）

A. 古琴　B. 吉他　C. 琵琶　D. 古筝

26. 以下哪部文学作品不涉及同性文化？（　　）

A. 《兄弟》　B. 《八月未央》　C. 《青蛇》　D. 《孽子》

27. 以下哪个景点没有运用在第五套人民币背面？（　　）

A. 长江三峡　B. 万里长城　C. 布达拉宫　D. 杭州西湖

28. 标志着中国话剧艺术开始走向成熟的是（　　）的问世。

A. 《茶馆》　B. 《雷雨》　C. 《日出》　D. 《骆驼祥子》

29. 晚年以单口相声征服观众的相声艺术家是（　　）。

A. 常宝林　B. 马季　C. 马三立　D. 刘宝瑞

30. 影片《泰坦尼克号》中的“海洋之心”钻石项链，在影片中多次出现，每次出现画面不同但都勾起了对前几次的回忆，这种拍摄手法是（　　）。

A. 重复蒙太奇　B. 积累蒙太奇　C. 对比蒙太奇　D. 平行蒙太奇

三、名词解释

1. “三贴近”
2. 白描
3. 左岸派
4. 间离效应
5. “三吏三别”

四、简答题（每题10分，共20分）

1. 简述声画组合的方式。
2. 简述中央电视台《艺术人生》栏目的特点。

五、论述题（共15分）

试析《西厢记》中张生的人物形象。

参考答案

一、填空题

1. 莎士比亚　巴尔扎克　莫里哀　2.《阳春》《下里》　3. 正月初七　正月十五　九月初九　4. 三角形　5.《无间道》　6. 凌力　唐浩明　7. 阿加莎·克里斯蒂　8.《三国志通俗演义》　9.《渔光曲》　10. 刘向　11.《小石潭记》　12.《一仆二主》　13. 苏洵　俞平伯　14.《古文观止》　15.《黄金时代》《白银时代》《青铜时代》　王小波　16.《玉台新咏》　17. 张爱玲　18. 徐志摩　新月诗派　19. 十三

二、选择题

1. D　2. C　3. A　4. C　5. B　6. B　7. B　8. C　9. C　10. C　11. D　12. A　13. C　14. A　15. A　16. B　17. A　18. D　19. D　20. D　21. C　22. A　23. C　24. D　25. D　26. A　27. B　28. B　29. C　30. A

三、名词解释

1. “三贴近”：十六大以来，以胡锦涛总书记为核心的新一代领导集体提出文化宣传工作要“三贴近”，即要“贴近实际、贴近生活、贴近群众”。

2. 白描：中国绘画技法，是一种完全用线条来表现物象的画法。用墨线勾描物象，不着颜色修饰，多画人物、花卉。因取舍力求单纯，对虚实、疏密关系刻意对比，故而白描有朴素简洁、概括明确的特点。白描也是文学表现手法之一，主要用朴素简练的文字描摹形象，不重辞藻修饰与渲染烘托。

3. 左岸派：20世纪50年代末至60年代初法国电影的一个派别。在法国新浪潮电影运动兴起的同时，在巴黎有另外一批电影艺术家，拍摄了一批与传统叙事技巧大相径庭的影片。由于他们都住在巴黎塞纳河左岸，因此被称为“左岸派”。代表人物主要有阿仑·雷乃、阿涅斯·瓦尔达、克利斯·马尔凯、玛格丽特·杜拉斯等。代表作品主要有雷乃的《广岛之恋》、《去年在马里昂巴德》等。“左岸派”导演与“新浪潮”导演的不同之处在于：“左岸派”导演只把专为电影编写的剧本拍成影片，而不改编文学作品，一贯把重点放在对人物的内心活动的描写上，他们的影片具有更为浓重的现代派色彩。

4. 间离效应：戏剧运用的一种舞台艺术表现方法，是德国戏剧革新家布莱希特为推行新型戏剧，而在戏剧结构、舞台结构和表演方法等方面所做的一系列改革实验中所遵循的基本原则，是叙述体戏剧所特有的特征。它能够充分调动观众的主观能动性，促使其进行冷静的理性思考，从而达到推倒舞台上的“第四堵墙”、彻底破坏舞台上的生活幻觉的目的，突出戏剧的假定性。

5. “三吏三别”：是唐代诗人杜甫的著名作品，这些作品写出了老百姓的困苦和作者对老百姓的同情及对战争的控诉。“三吏”是指《新安吏》、《潼关吏》、《石壕吏》，“三别”是指《新婚别》、《垂老别》、《无家别》。

四、简答题

1. 简述声画组合的方式。

答：声画组合主要有声画同步、声画对位、声画分立三种方式。

（1）声画同步即声画合一，观众感受到的视觉形象和声音完全同步，这是影视语言表现中最为基本的方法。

（2）声画对位即非同步关系。声音不是机械地重复画面中已经表达了的内容，而是要表现更多的内容。在电影语言中，声画对位是指声音和画面同时进行但又独立发展，相互对比又两相呼应。

(3) 声画分立也是非同步关系。视觉形象和听觉形象平行出现，独立存在。画面和声音既无存在上的相干，也无内容上的从属，只有逻辑上的关联。将这两种表面上无联系的声与画结合在一起，常会产生多层含义，使银幕形象具有很强的象征寓意。

2. 简述中央电视台《艺术人生》栏目的特点。

答：《艺术人生》是中央电视台综艺频道的一档谈话类节目。作为一档高品位的谈话节目，从创办至今，它凭借温馨、温情以及对人生命运的关注在观众中产生了深远的影响。其特点主要表现在以下几个方面：

(1) 明星嘉宾的选择。在访谈类节目中，嘉宾的选择十分重要。嘉宾的定位决定了一档栏目的特色。《艺术人生》所邀请的嘉宾都是文艺界的知名人士，这是吸引观众眼球的首要因素。

(2) 独特的主持风格。主持人是谈话类节目的灵魂和核心。主持人控制着节目的整个节奏，谈话节目的风格与成败取决于主持人的水平与魅力。《艺术人生》的成功离不开主持人朱军扎实的主持功底和儒雅、温和、机智而不失幽默的主持风格。

(3) 独特的表现形式。《艺术人生》的结构也很有特色，每一期节目都能根据不同嘉宾的个性特点、不同的话题，用不同的方式来组织谈话内容，使故事的叙述总是处于上升和前进状态，最后在高潮中结束。《艺术人生》也擅长用特别的道具来引领谈话内容，用意外的“礼物”来制造悬念，营造谈话氛围。

(4) 新颖的栏目形式。如设置现场乐队，根据谈话的节奏和进展进行音乐伴奏，以渲染现场气氛；为了强化舞台背景，栏目组常常以被访者的生平剧照、童年影像等作为舞台背景装饰，使节目增强了可视性。

综上所述，《艺术人生》不论是在嘉宾选择，还是在主持风格、栏目表现形式上都紧紧抓住了观众的眼球，让观众在一个又一个既好看又真诚的情感故事的交流中，获得了一次又一次的审美愉悦。

五、论述题

试析《西厢记》中张生的人物形象。

答：王实甫在《西厢记》中塑造了一个温文尔雅、执著志诚、略带傻气的张生形象。

张生虽是一介白衣书生，但在追求爱情的曲折过程中，热烈真挚又矢志不渝，前人用“志诚种”来概括他的形象。张生对莺莺一见钟情后，就将科举考试抛在脑后，为了莺莺，他月下吟诗，写信退贼；崔母赖婚，他失望得要悬梁自尽；莺莺变卦，又使他病倒书斋；后来也还是为了莺莺，他强打起精神上京应试。他的志诚是他克服外界各种阻力，冲破重重障碍获得爱情的动力。

张生的英俊潇洒、富有才学和胆略，为他追求属于自己的爱情婚姻提供了保障。而由于对莺莺的刻骨相思，又使张生变成一个“银样蜡枪头”，比如他第一次和素不相识的红娘搭讪，就冒冒失失地自报家门，并不合时宜地打听：“敢问小姐常出来么?”结果被红娘骂作“傻角”。出现意外情况时，他都傻相十足，瞠目结舌，一筹莫展。他的傻气源于他对莺莺的深情，也正是这份“傻气”让他获得了莺莺的倾心和红娘的同情。

在冲突的不断形成与发展中，剧本充分体现了张生性格的复杂性与立体性，给人留下了鲜明生动的深刻印象。张生的一切言行皆是出自他真心的流露，他的形象拥有着人性的光辉，也增添了许多喜剧色彩，不断给观众以轻松舒畅的感受。张生的人物形象影响了后世爱情题材的文学创作，激励着后世的青年们积极追求爱情婚姻自由，勇于反抗封建礼教。

文艺常识全真模拟试题七

一、填空题（每空1分，共30分）

1. ________也称映画，是由活动照相术和幻灯放映术结合发展起来的一种现代艺术。

2. 张大千是杰出的________艺术大师，与________并称为“齐张”。

3. 名画《向日葵》的作者是________。

4. 《樱桃的滋味》的导演是________，《小鞋子》的导演是________。

5. 《天堂电影院》的导演是________，《放牛班的春天》的导演是________。

6. 以“最后的晚餐”为题材进行创作的画家有意大利的________和西班牙的________。

7. 在唐代有两位书法大家，均以草书著称于世。一位生性嗜酒，酒后挥毫狂草，颜真卿曾向其请教草书笔法，此人是________。另一位曾将弃笔埋于山下，号称“笔冢”，也曾以蕉叶做纸练习书法，曾作《小草千字文》等，此人是________。

8. 小说《钢铁是怎样炼成的》的作者是________，书中的主人公是________。

9. 《战舰波将金号》的导演是苏联人________。

10. 诗歌《恶之花》的作者是________，诗歌《荒原》的作者是________。

11. 戏曲的幕和场叫________。

12. 《毛诗序》提到诗有“六艺”，分别是________、________、________、________、________、________。

13. 1790年，________皇帝诏令四大徽班进京。

14. 梅兰芳编导并主演的《洛神》吸取了曹植辞赋________和顾恺之名画________的精华。

15. 新闻媒体主要有报纸、________、广播、电视以及近年来兴起的________。

16. 唐代诗人王维诗画精通，作品被赞誉为“诗中有画，画中有诗”，此外他还是________画的开山鼻祖。

二、选择题（每题 0.5 分，共 15 分）

1.“文起八代之衰，道济天下之溺”是苏轼称赞散文家（　　）的文章。

A. 柳宗元　　B. 韩愈　　C. 王安石　　D. 欧阳修

2.《掷铁饼者》是什么时期的作品？（　　）

A. 古希腊时期　　B. 古罗马时期

C. 文艺复兴时期　　D. 资产阶级革命时期

3.“羌笛何须怨杨柳，春风不度玉门关”是（　　）的诗句。

A. 李贺　　B. 王昌龄　　C. 王之涣　　D. 李白

4. 成语“布鼓雷门”与下列哪个成语意思最相近？（　　）

A. 蚍蜉撼树　　B. 狐假虎威　　C. 张冠李戴　　D. 班门弄斧

5.“临风舒四翼，映水作双身”描写的是（　　）。

A. 燕子　　B. 蝴蝶　　C. 蜻蜓　　D. 蜜蜂

6.“【皂罗袍】原来姹紫嫣红开遍，似这般都付与断井颓垣。良辰美景奈何天，赏心乐事谁家院！朝飞暮卷，云霞翠轩；雨丝风片，烟波画船，锦屏人忒看的这韶光贱！”以上是谁的唱词？（　　）

A. 李香君　　B. 杜丽娘　　C. 崔莺莺　　D. 杜十娘

7. 魏巍的《谁是最可爱的人》是写（　　）时期采访到的事例。

A. 抗日战争　　B. 抗美援朝　　C. 中越战争　　D. 十年内战

8. 下列不是俄国作家的是（　　）。

A. 普希金　　B. 泰戈尔　　C. 高尔基　　D. 契诃夫

9. 1956 年木偶片（　　）获第八届威尼斯国际儿童电影节儿童文娱片一等奖，这是中国美术片第一次在国际上获奖。

A.《铁扇公主》　　B.《猪八戒吃西瓜》

C.《神笔》　　D.《女篮五号》

10. 下列文学常识表述中有误的一项是（　　）。

A.“建安文学”是指汉末建安时期的文学，代表作家有曹氏父子和建安七子。

B. “风雅”指的是《诗经》中的《国风》和《大雅》、《小雅》，儒家诗论把“风”、“雅”，列为“六艺”中的两类。

C.《倪焕之》、《骆驼祥子》、《子夜》、《上海屋檐下》的作者依次是叶圣陶、老舍、茅盾、夏衍。

D. 雨果是19世纪浪漫主义文学运动的领袖，代表作品有《悲惨世界》、《巴黎圣母院》、《幻灭》等。

11.“临渊羡鱼，不如退而结网”，出自（　　）。

A.《论语·为政》 B.《淮南子》 C.《礼记》 D.《荀子》

12. 王维的文集称《王右丞集》，杜甫的文集称《杜工部集》，高适的文集称《高常侍集》，宋濂的诗文集称《宋学士文集》，这是各自以他们的（　　）命名他们的作品。

A. 号 B. 谥号 C. 官职 D. 字

13. 沙威是小说作品（　　）中的人物。

A.《悲惨世界》 B.《巴黎圣母院》 C.《大革命》 D.《茶花女》

14. 著名雕塑“昭陵六骏”的出土地是在（　　）。

A. 陕西省 B. 河南省 C. 山东省 D. 山西省

15.“对酒当歌，人生几何”的作者是（　　）。

A. 曹植 B. 曹丕 C. 曹操 D. 孔融

16. 下列作品中不属于李后主的是（　　）。

A.《乌夜啼》 B.《浪淘沙令》 C.《夜雨寄北》 D.《虞美人》

17. 程式化是（　　）的特征。

A. 荒诞派戏剧体系 B. 斯坦尼斯拉夫斯基体系

C. 布莱希特体系 D. 中国梅兰芳戏剧体系

18. 对中国影响很大，被称为“钢琴王子”的是（　　）。

A. 德彪西 B. 莫扎特 C. 肖邦 D. 理查德·克莱德曼

19.“台阁体”是出现在（　　）时期的一种文风。

A. 明朝 B. 清朝 C. 宋朝 D. 元朝

20. 它被称为是“世界电影之窗”，每年的5月份在地中海边的一个小城市举行，该电影节选片严格，一向以“作家电影大本营”自称，该电影节的最高奖是“金棕榈奖”。这个电影节是（　　）。

A. 威尼斯电影节 B. 柏林电影节 C. 戛纳电影节 D. 东京电影节

21.“说，学，逗，唱”中“唱”是指（　　）。

A. 唱歌　B. 说大段富有节奏性的台词

C. 唱“太平歌词”　D. 演唱戏曲片段

22. 影视剧音乐中最重要的运用方法是（　　）。

A. 重复　B. 贯穿　C. 变奏　D. 发展

23. 一般的影视片中，其声画关系是以（　　）为辅。

A. 对白　B. 音乐　C. 画面　D. 声音

24. 摄影机沿光线轴方向向后移拍摄，画面内容范围逐渐扩大，这在镜头运动的术语中叫作（　　）。

A. 摇镜头　B. 推镜头　C. 移镜头　D. 拉镜头

25. 富有激情、质朴刚健的京剧“麒派”唱腔的代表人物是（　　）。

A. 程砚秋　B. 周信芳　C. 梅兰芳　D. 尚小云

26.“不尚虚构”是（　　）的特点。

A. 美术　B. 散文　C. 音乐　D. 舞蹈

27. 1922 年 1 月，由顾肯夫、陆洁等创办的中国第一本电影刊物（　　）出版。

A.《影戏学》　B.《电影讲义》　C.《影戏杂志》　D.《当代中国电影》

28. 维克多・弗莱明导演的《乱世佳人》改编自小说（　　）。

A.《安娜・卡列尼娜》　B.《飘》

C.《呼啸山庄》　D.《茶花女》

29.“感于物而动，故形于声”指的是（　　）。

A. 音乐　B. 舞蹈　C. 影视　D. 戏剧

30.（　　）是法国 17 世纪古典主义文学最重要的作家、古典主义戏剧的创建者，他在欧洲戏剧史上占有十分重要的地位。他的作品对贵族、僧侣和新兴资产阶级的丑恶本质进行了揭露和讽刺，代表作为《唐璜》、《伪君子》、《吝啬鬼》等。

A. 莫里哀　B. 雨果　C. 福楼拜　D. 莫泊桑

三、名词解释（每题4分，共20分）

1. 艺术鉴赏
2. 威尼斯画派
3. 浪漫主义戏剧
4. 巴洛克艺术
5. 广告

四、简答题（每题10分，共20分）

1. 电视节目可以分为哪几种类型？
2. 戏剧只依赖单纯的动作是不够的，还需要感情的补充，其原因是什么？

五、论述题（15分）

简述艺术批评的几种主要形态，并论述艺术批评的作用。

参考答案

一、填空题

1. 电影 2. 国画 齐白石 3. 梵·高 4. 阿巴斯 马基德·马基迪 5. 吉赛贝·托纳多雷 克里斯托夫·巴拉蒂耶 6. 达·芬奇 达利 7. 张旭 怀素 8. 奥斯特洛夫斯基 保尔·柯察金 9. 爱森斯坦 10. 波德莱尔 艾略特 11. 折 12. 风 雅 颂 赋 比 兴 13. 乾隆 14. 《洛神赋》《洛神赋图》 15. 期刊 网络 16. 文人

二、选择题

1. B 2. A 3. C 4. D 5. C 6. B 7. B 8. B 9. C 10. D 11. B 12. C 13. A 14. A 15. C 16. C 17. D 18. D 19. A 20. C 21. C 22. A 23. D 24. D 25. B 26. B 27. C 28. B 29. A 30. A

三、名词解释

1. 艺术鉴赏：是以艺术作品为对象，以受众为主体的欣赏活动，是接受者在审美经验基础上对艺术作品的价值与属性的主动选择、吸纳和扬弃。它是一种积极能动的审美创造活动。

2. 威尼斯画派：是16世纪以威尼斯画家乔尔乔内和提香为代表的绘画流派，他们吸收了文艺复兴鼎盛时期画家的精华，在色彩上进行创新，使画作更为生动明快，同时人物背景的风景比例更大。代表作品有乔尔乔内的《沉睡的维纳斯》《暴风雨》，提香的大型壁画《圣母升天》《欧罗巴被劫》《达娜厄》等。

3. 浪漫主义戏剧：产生于18世纪末19世纪初，是波及整个欧洲的戏剧流派。从产生背景来看，它反对古典主义的既定规则，反对三一律。从创作思想来看，它崇尚主观，强调剧作家的激情、个性、想象和灵感；既无视艺术程式的束缚，也不受生活真实的局限。从艺术形式看，它运用强烈的对比和夸张，展现个人的内心情感，抒发自我对社会人生的价值判断。从题材看，它多表现忠贞不渝的爱情，寄托剧作家的美好愿望。代表作家作品有歌德《浮士德》，席勒《强盗》《阴谋与爱情》，雨果《欧那尼》等。

4. 巴洛克艺术：指17世纪至18世纪上半叶的艺术风格，特别指绘画、建筑、音乐方面的艺术风格。既有宗教特色又有享乐主义的色彩；打破理性的宁静和谐，具有浓郁的浪漫主义气息，强调艺术家的想象力；关注作品的空间感和立体感，善用动势，强调光线。

5. 广告：是为了某种特定的需要，通过一定形式的媒体，公开而广泛地向公众传递信息的宣传手段。广告有广义和狭义之分，广义广告包括商业广告和公益广告。公益广告指不以赢利为目的的广告，又称效应广告，如政府行政部门、社会事业单位乃至个人的各种公告、启事、声明等，其目的在于向公众传播一种健康社会、造福于民的公益观念，或对公众进行教育引导，以提高公众素质。狭义广告仅指商业广告，是指以赢利为目的的广告，通常是商品生产者、经营者和消费者之间沟通信息的重要手段，或企业占领市场、推销产品、提供劳务的重要形式，主要目的是提高经济效益。

四、简答题

1. 电视节目可以分为哪几种类型？

答：（1）电视新闻资讯节目。以现代电子技术为传播手段，以声音、画面为传播符号，对公众关注的最新事实信息进行报道的电视节目类型。

（2）电视谈话节目。以面对面人际传播的方式，通过电视媒介再现或还原日常谈话状态的一种节目形态，通常由主持人、嘉宾（有时还有现场观众）在演播现场围绕话题或个案展开即兴、双向、平等的交流，本质上属于大众传播活动。

（3）电视文艺节目。以文学、艺术和文艺演出作为创作原始素材和基本构成元素，在保留原有艺术形式的基础上，运用电视视听语言进行二度创作，具有较高欣赏艺术性和审美价值的电视节目类型。

（4）电视娱乐节目。以电视为传播媒介，利用综合性的表达手段，将多种娱乐性的元素组合在某一种形式中，在某一时段强化电视的娱乐功能，单纯地使观众身心放松、精神愉悦的电视节目类型。

（5）电视纪录片。指纪录型的电视专题报道类节目，是运用电子采录设备和手段，对政治、经济、文化等新闻题材，作比较系统完整的纪实报道。它运用新闻镜头，客观真实地记录社会生活中的真人、真事、真情、真景，着重展现生活原生形态的完整过程，排斥虚构和扮演。

（6）电视剧。灵活运用文字、戏剧、电影等多种表现手法，广泛深入历史、社会、生活的方方面面，综合使用电子传播、家庭传播、人际传播的各种手段，在当下社会影响最大、收视份额最多的电视节目类型。

（7）电视电影。按照电影的艺术规范和电视的叙事规律来制作，通过电视媒介播放的电视节目类型。

（8）电视特别节目。各级电视机构打破常规播出栏目、时间、长度等诸多限制，充分投入人、财、物资源，以各类特别事件作为内容载体，以特别策划、精心编排为形式特征，能够收获巨大社会影响和经济效益的特殊的电视节目类型。

2. 戏剧只依赖单纯的动作是不够的，还需要感情的补充，其原因是什么？

答：在动作之前或者随之而来的性格描写，可以引发对有关人物的同情或反感。这种同情或反感把纯粹的兴趣转变为强烈的感情反应。虽然形体动作在戏剧中是根本的，但如果没有带感情的性格描写来说明和解释动作，戏剧就不能从粗糙的情节剧发展成为更高级的形式，也不能达到感染观众的目的。

形体动作或者因为它有了性格化，或者因为它有助于剧情发展，就其本身而言也能使人产生兴趣。然而戏剧中的动作还意味着单纯形体动作以外的某种内容。例如，小仲马的《乔治公爵夫人》全剧开始时，外部动作幅度不宽，变化有限，但这一场戏毋庸置疑是有戏剧性的，其所表现的感情能使观众产生情感反应。

显著的内心活动同样具有戏剧性，梅特林克的《盲人》剧首的那个场面，一群盲人被他们的领路人遗弃在森林之中，以至于手足无措、畏首畏尾，几乎不敢移动一步，所用的形体动作为数极少。然而他们的怀疑和恐怖，都很明白地传达给了我们。

一个人物在舞台上表演，其形体和心理极端静止，也并不意味着是非戏剧性的。如果剧作者能使观众感受到完全静止的人物的过去和现在两者之间的对比，也能激起观众的感情，从而使这个素材具有戏剧性。

五、论述题

简述艺术批评的几种主要形态，并论述艺术批评的作用。

答：艺术批评是以艺术理论为指导，对艺术作品和艺术活动进行分析、总结、评价的活动。艺术批评的主要形态有伦理批评、社会历史批评、心理学批评、审美批评等。

伦理批评是以道德为标准对艺术作品进行评价的一种批评形态，其基本范畴是善、恶，它以是否符合道德标准为尺度衡量艺术作品，重视艺术的教化功能。

社会历史批评是以艺术与社会的关系为标准评价艺术的一种批评形态，其主要功能是认识功能和历史价值。这种批评方法以艺术作品为中心，联系艺术家的生平和作品的时代背景进行分析研究。

心理学批评是指借用现代心理学成果对艺术作品或艺术家的心理进行分析，从而探求艺术作品原型、真实意图与内在架构的一种批评方法。

审美批评是以艺术作品审美内蕴和审美价值为中心对艺术进行研究的一种批评方法，它关注艺术作品的美感在观众方面引起的反应，如愉悦、升华、畅神等。审美批评最早依附论理批评和社会历史批评而存在。

艺术批评是艺术学的组成部分，其主要作用是通过对艺术作品和艺术活动的分析、研究和总结，探讨艺术作品的审美特征和艺术发展规律，促进艺术繁荣。艺术批评是沟通艺术作品和观众的桥梁，能够提高观众的鉴赏能力。

文艺常识全真模拟试题八

一、填空题（每空1分，共30分）

1. 唐朝文学家韩愈等人发起了一场文学革命运动，史称________。

2. 从比较文学的角度来看，与莎士比亚同时代的中国著名剧作家是________。

3. 明朝时________将广泛收集的话本整理成世称“三言”的集子。

4. ________是我国近代史上著名的政治活动家、启蒙思想家、史学家和文学家，号饮冰室主人。

5. 一个茶馆是清末民初社会风俗和阶级关系的窗口，这个茶馆出现在________的笔下。

6. 巴尔扎克以其小说总集________奠定了他作为19世纪批判现实主义杰出作家的地位。

7. “冬天到了，春天还会远吗?”出自________的《西风颂》。

8. 讽刺和谴责小说是清朝小说创作的两大流派，其中创作《儒林外史》的是________。

9. 清朝时洪升根据史实和白居易的《长恨歌》，创作了戏剧作品________。

10. 世界著名的电影之都是________。

11. 请完成下面的诗句：“两岸猿声啼不住，____________。”“____________，蜡炬成灰泪始干。”

12. 《巴黎圣母院》的作者是法国人________。

13. 我国现存最早的兵书是________。

14. 芭蕾舞剧《天鹅湖》的作曲者是________。

15. 在世界电影史上被称为“悬念大师”的是著名电影导演________。

16. 1924年经过留美专攻戏剧的洪深的积极倡导，成功地演出了根据英国王尔德作品改编的__________，从此拉开了中国现代话剧的序幕。

17. 1905 年，有据可考的第一部中国电影________在北京的丰泰照相馆诞生。它只是对京剧表演片段的简单记录，由著名京剧演员 ________表演。

18. 丁玲，女作家，其长篇小说________荣获“斯大林文学奖”。

19. “一字千金”来源于________（作品）。

20. ________的诗保留下来的有 9300 多首，是我国现存诗最多的诗人。

21. 关汉卿、________、郑光祖、________合称元曲四大家。在元剧作家中，以________的创作数量最多，影响最大。

22. ________是由清初吴楚材、吴调侯编选的一部普及性的古文选本。

23. 戴望舒是 20 世纪 30 年代“现代派”的代表诗人，________是他的代表作。

24. “二桃杀三士”是________的计谋。

25. “史家之绝唱，无韵之离骚”这是________对《史记》的赞语。

26. 谜语：衣锦还乡。打一明代作家________。

二、选择题（每题 0.5 分，共 15 分）

1. 文人对各种植物有自己的偏爱，陶渊明喜爱菊花，北宋文豪苏东坡则说过：“宁可食无肉，不可（　　）”。

A. 居无松　　B. 居无竹　　C. 居无梅　　D. 居无菊

2. 下列不属于以吝啬鬼形象出现的小说人物是（　　）。

A. 葛朗台（《欧也妮·葛朗台》）　　B. 泼留希金（《死魂灵》）

C. 严监生（《儒林外史》）　　D. 聂赫留朵夫（《复活》）

3. “司空见惯”中的“司空”是指（　　）。

A. 一位诗人　　B. 一位高僧　　C. 一种官职　　D. 一位画家

4. “两句三年得，一吟双泪流。”“语不惊人死不休”，分别是哪两位诗人的自况？（　　）

A. 孟郊、李白　　B. 贺知章 、杜甫　　C. 贾岛、杜甫　　D. 孟郊、陆游

5. “唐宋八大家”指的是（　　）。

A. 政治家　　B. 理论家　　C. 改革家　　D. 散文家

6. 下列诗歌属于古体诗的是（　　）。

A. 《登鹳雀楼》　　B. 《登幽州台歌》　　C. 《静夜思》　　D. 《春望》

7. 小品应属于（　　）。

A. 相声　　B. 电视剧　　C. 话剧　　D. 滑稽戏

8. 先秦诸子中法家的代表人物是（　　）。

A. 韩非子　　B. 荀子　　C. 庄子　　D. 老子

9. 我们常称风韵犹存的中年妇女为“半老徐娘”，这个“徐娘”原是指一位(　　)。

A. 王妃　　B. 农家妇女　　C. 女将军　　D. 明代徐文长的母亲

10. 有“小提琴之王”之称的作曲家是（　　）。

A. 帕格尼尼　　B. 贝多芬　　C. 海顿　　D. 莫扎特

11.“似曾相识燕归来”的上一句是（　　）。

A. 无可奈何花落去　　B. 相逢一笑泯恩仇

C. 东边日出西边雨　　D. 双手推开床前月

12. 冯小刚导演的电影《唐山大地震》是根据（　　）的小说《余震》改编的。

A. 艾米　　B. 张翎　　C. 莫言　　D. 王朔

13. 历史上《干将莫邪》的故事出自（　　）。

A.《太平广记》　B.《世说新语》　C.《昭明文选》　D.《搜神记》

14. 老舍原名（　　）。

A. 舒舍予　　B. 周树人　　C. 赵平复　　D. 舒庆春

15. 脍炙人口的著名诗句“天若有情天亦老”是谁的名句?（　　）

A. 王维　　B. 韩愈　　C. 李白　　D. 李贺

16. 叙事长诗《格萨尔王传》是我国哪一民族世代创造的艺术精品?（　　）

A. 维吾尔族　　B. 回族　　C. 藏族　　D. 蒙古族

17.《简·爱》和《呼啸山庄》的作者是（　　）关系。

A. 姐妹　　B. 兄弟　　C. 兄妹　　D. 姐弟

18. 我国古代文学名作《世说新语》的作者是（　　）。

A. 刘义庆　　B. 汤显祖　　C. 干宝　　D. 柳宗元

19.《死魂灵》的作者是俄国的（　　）。

A. 果戈理　　B. 普希金　　C. 托尔斯泰　　D. 契诃夫

20.《琵琶行》的作者是我国唐代诗人（　　）。

A. 白居易　　B. 杜甫　　C. 李白　　D. 李商隐

21.《皇帝的新衣》、《卖火柴的小女孩》等童话的作者是安徒生，他是（　　）。

A. 丹麦人　　B. 法国人　　C. 西班牙人　　D. 英国人

22.“在真正有才能的作家笔下，每个人物都是典型；对于读者，每个典型都是一个熟悉的陌生人”是文艺理论家（　　）的著名论断。

A. 别林斯基　　B. 恩格斯　　C. 歌德　　D. 鲁迅

23. 被称为第七艺术的是（　　）。

A. 电影艺术　　B. 摄影艺术　　C. 书法艺术　　D. 电视艺术

24. 电影的发明者是卢米埃尔兄弟，他们是（　　）。

A. 法国人　　B. 英国人　　C. 美国人　　D. 意大利人

25. 被茅盾誉为“扛鼎之作”的作品是（　　）。

A.《蚀》　　B.《二月》　　C.《灭亡》　　D.《倪焕之》

26. 作品的主人公曾在哈尔滨修江堤时，为了发财而故意让江堤出险，淹死了两千多名工人。这一内容出自曹禺的话剧（　　）。

A.《雷雨》　　B.《日出》　　C.《原野》　　D.《北京人》

27. 在张爱玲的作品中，描写上海与香港双城的故事是（　　）。

A.《茉莉香片》　　B.《沉香屑：第一炉香》

C.《倾城之恋》　　D.《红玫瑰与白玫瑰》

28. 我国第一首电影歌曲是（　　）。

A.《寻兄词》　　B.《开矿歌》　　C.《红日》　　D.《大路》

29.《马踏匈奴》是纪念和歌颂霍去病功绩的（　　）雕塑。

A. 汉朝　　B. 秦朝　　C. 西周　　D. 殷商

30. 新中国第一家电视台开办时的名称是（　　）。

A. 中央电视台　　B. 上海电视台　　C. 北京电视台　　D. 延安电视台

三、名词解释（每题4分，共20分）

1. 人声
2. 空镜头
3. 歌剧《白毛女》
4. 文学研究会

5.《闲情偶寄》

四、简答题（每题10分，共20分）

1.“左翼电影”的主要特点有哪些?

2. 简述电影技术的三次革命。

五、论述题（共15分）

论述艺术的功能。

参考答案

一、填空题

1. 古文运动　2. 汤显祖　3. 冯梦龙　4. 梁启超　5. 老舍　6.《人间喜剧》　7. 雪莱　8. 吴敬梓　9.《长生殿》　10. 好莱坞　11. 轻舟已过万重山　春蚕到死丝方尽　12. 雨果　13.《孙子兵法》　14. 柴可夫斯基　15. 希区柯克　16.《少奶奶的扇子》　17.《定军山》　谭鑫培　18.《太阳照在桑干河上》　19.《吕氏春秋》　20. 陆游　21. 白朴　马致远　关汉卿　22.《古文观止》　23.《雨巷》　24. 晏子　25. 鲁迅　26. 归有光

二、选择题

1. B　2. D　3. C　4. C　5. D　6. B　7. C　8. A　9. A　10. A　11. A　12. B　13. D　14. D　15. D　16. C　17. A　18. A　19. A　20. A　21. A　22. A　23. A　24. A　25. D　26. A　27. C　28. A　29. A　30. C

三、名词解释

1. 人声：是指影视作品中的人物语言，包括对白、独白和旁白。对白又称对话，是指影视作品中人物之间进行交流的语言。旁白是指以画外音的形式出现的人物语言。独白是指剧中人物在画面中对内心活动所进行的自我表述。人声是影视艺术反映现实生活和塑造艺术形象的重要手段，主要功能是配合影像交代说明、推动叙事，表现人物的心境和情感，塑造人物特殊的性格，直接表达创作者的观点和作品的主题。

2. 空镜头：又称“景物镜头”，指影片中做自然景物或场面描写而不出现人物（主要指与剧情有关的人物）的镜头。常用以介绍环境背景、交代时间空间、抒发人物情绪、推进故事情节、表达作者态度，具有说明、暗示、象征、隐喻等功能。有写景与写物之分，前者称为“风景镜头”，往往用全景或远景表现；后者称为“细节描写”，一般采用近景或特写。

3. 歌剧《白毛女》：创作于1945年初，由延安鲁迅艺术学院集体创作，由贺敬之、丁毅执笔，马可、张鲁、刘炽等人作曲，1945年4月在延安首演。《白毛女》是1943年延安开展的新秧歌运动中诞生的中国第一代歌剧，曾获得1951年度斯大林文学奖。音乐采用河北、山西、陕西当地民歌、地方戏等音乐素材，进行改编整理，塑造出各有特色的音乐形象。

4. 文学研究会：1921年1月在北京成立，是新文学运动中成立最早、影响和贡献最大的文学社团之一，由周作人、郑振铎、沈雁冰、叶绍钧、许地山等12人发起。将经过革新的《小说月报》作为代用会刊，其宗旨是“研究介绍世界文学，整理中国旧文学，创造新文学”。“反对把文学作为消遣品，也反对把文学作为个人发泄牢骚的工具，主张文学为人生。”从“为人生”出发，他们主张“文学应该反映社会的现象，表现并且讨论一些有关人生一般的问题”，反对唯美派脱离人生的“以文学为纯艺术”的观点。

5. 《闲情偶寄》：中国古代戏曲理论专著，是我国最早的系统戏曲论著，作者是清代李渔。包括词曲、演习、声容、居室、器玩、饮馔、种植、颐养等八部，内容较为驳杂，涵盖戏曲理论、养生之道、园林建筑等。涉及戏曲理论的是词曲、演习、声容三部，词曲部论述戏曲结构、音律、语言等问题，提出“主立脑”“减头绪”“密针线”等主张，演习部探讨戏曲演唱技术，声容部论述表演者的神态美、姿色美等审美效果。

四、简答题

1. “左翼电影”的主要特点有哪些？

答：（1）题材宽广。左翼电影以强烈的社会使命感展现民族危机，反映处于底层的工人、农民、妇女的命运，用电影艺术形式真实地再现了20世纪30年代的社会生活。

（2）现实性、批判性强。左翼电影以大量生动的社会事件、生活细节，真实地反映广大人民的现实处境；同时又以积极的人生观和世界观为电影增添昂扬向上的精神，鼓舞人民为改变阶级命运和民族命运而斗争。

（3）塑造了多样化的艺术形象。《桃李劫》中抱着热情和幻想从学校踏进社会的陶建平、黎丽琳的悲剧，《十字街头》中在困顿的逆境面前仍然对生活充满信念的老赵和小杨，他们的理想和苦闷、追求和幻灭，对那个年代的中国青年知识分子是具有典型性的。《马路天使》、《迷途的羔羊》从被社会遗弃的底层发掘苦难者的性格中的美，充满了富有民族特色的生活情趣和人情美。

（4）在艺术风格上，采用了中国老百姓喜闻乐见的形式，把电影的蒙太奇手段与我国传统手法相结合。

2. 简述电影技术的三次革命。

答：电影是技术的产物，技术上的每一次重大进步都丰富了电影的表现手段，甚至使它产生质的变化。自 1895 年诞生以来，电影经历了三次技术革命：

1927 年有声电影正式诞生，这是电影技术的第一次革命。这次革命为电影引入了声音，它使电影美学发生了质的变化，同时创造了一种新的大众传播媒介。

第二次技术革命发生在 20 世纪 30 年代。这次革命为电影引入了色彩，电影从黑白时代进入彩色时代，从而使电影这一视听艺术的呈现形态发生了巨大的变化。

20 世纪 80 年代数字电影的诞生，标志着电影技术进入了第三次革命。数字电影是高科技的产物，随着计算机技术的飞速发展，许多传统电影无法实现的特效镜头需要借助电脑完成，于是传统电影引入了数字技术，极大地拓展了电影的表现空间，使电影的感染力、震撼力达到了前所未有的水平，色彩更加鲜明、饱满，清晰度大大提高。数字技术营造出极度的虚拟空间，这些是普通电影制作手段无法展示的。数字电影不仅避免出现胶片老化、褪色，保证影片的放映质量，而且数字电影的发行不再需要洗印大量的胶片，既节约发行成本又有利于环境保护。数字电影技术的巨大潜能，使之成为当今世界电影发展的趋势和方向。

五、论述题

论述艺术的功能。

答：第一，实用功能。艺术可以为创作者及生产传播发行者带来各种物质利益。在实用艺术（如建筑、园林、工艺美术等）中，艺术的实用功能体现得非常明显，如建筑可以供人居住，工艺品可以供人使用。在审美艺术（如音乐、美术、戏剧、文学等）中，艺术的实用功能在当代主要体现为文化产业功能，可以为创作者、生产者及其他各种投资者带来各种形式的经济收入。

第二，精神功能。(1) 艺术的审美娱乐功能，或称审美功能、怡情功能，是指通过艺术鉴赏活动，使人们通过生动的形象、优美的意境、健康的趣味等获得身心的愉悦。(2) 艺术的审美认知功能，或称认知功能、益智功能，是指通过艺术家对社会生活的真实描绘或真实体验的抒发，使人们可以从中了解一定时代的社会风貌、人文习俗以及政治、经济、历史、道德等各个方面的状况，从而开阔眼界、增长知识、丰富生活经验，加深对于社会和历史的某些本质规律的认知。(3) 艺术的审美教育功能，或称教化功能、养性功能，主要是指通过艺术欣赏活动，使人们受到真、善、美的熏陶和感染，思想上受到启迪、认识上得到提高，在思想、感情、理想、追求上发生深刻的变化，从而正确地理解和认识生活，树立起正确的人生观和世界观。

在艺术的精神功能中，审美娱乐功能最为重要，因为没有审美娱乐功能，艺术的认识功能与教化功能也无法实现。

文艺常识全真模拟试题九

一、填空题（每空 1 分，共 30 分）

1. 灵感的特征包括 ________性、________性和________性。

2. 王羲之的________被誉为“天下第一行书”。

3. ________是我国现存最大、最完整的一组古代宫殿。

4. 《思想者》是 19 世纪末 20 世纪初法国雕塑家________的作品。

5. 壁画《创世纪》是欧洲文艺复兴时期画家________的作品。

6. 电影在发展的过程中，利用拍摄成的胶片可以任意组接这一优势，创造了________。

7. 油画《雅典学院》是意大利文艺复兴时期“美术三杰”中________的作品。

8. 《霓裳羽衣舞》是我国________代的著名舞蹈作品。

9. 法国象征主义先驱________在浪漫主义的基础上大加发挥，创作了著名的象征主义诗集《恶之花》。

10. 在艺术发展的模式论中，认为“否定之否定”是艺术发展的必然规律。“否定之否定”是德国哲学家________哲学体系中一个重要的范畴。

11. 在古今中外的艺术史上，贯穿其始终的两大创作方法主流是________和________。

12. 狮身人面像是________（国家）著名的建筑奇观。

13. 《日出·印象》是法国著名印象派画家________的代表作。

14. 音乐包括声乐和________。

15. 1927 年 10 月 6 日，世界第一部有声电影________在美国纽约上映，标志着有声电影时代的到来。

16. 在欧洲舞蹈史上，最负盛名的当数________舞。

17. 吴荪甫是________的小说________中的人物。

18. 冰心的代表诗集有________等，散文集有________等，她的作品处处透露着一种“爱的哲学”。

19. 元曲《窦娥冤》的作者是________。

20. 电影《阿甘正传》的主演是____________。

21. “昨夜西风凋碧树。独上高楼，望尽天涯路。”“衣带渐宽终不悔，为伊消得人憔悴。”“众里寻他千百度，蓦然回首，那人却在灯火阑珊处。”王国维所说的“三种境界”引用的三句词的作者分别是________、________和________。

22. 古华的代表作是________，后来被________（导演）拍摄成电影。

二、选择题（每题0.5分，共15分）

1.《学习雷锋好榜样》的曲作者是（　　）。

A. 何占豪　　B. 生茂　　C. 陈钢　　D. 冼星海

2. 陕北最流行的“信天游”有下面哪一首？（　　）

A.《平川号子》　　B.《小河淌水》

C.《横山里下来些游击队》　　D.《樱花》

3. 首次让女演员立起脚尖跳舞的芭蕾舞剧是（　　）。

A.《天鹅舞》　　B.《吉赛尔》

C.《仙女》　　D.《关不住的女儿》

4. 著名的《四小天鹅舞》出现在《天鹅湖》的第（　　）章。

A. 一　　B. 二　　C. 三　　D. 四

5.“业精于勤，而荒于嬉”是哪位古人提出来的？（　　）

A. 孔子　　B. 孟子　　C. 韩愈　　D. 柳宗元

6. 由（　　）导演的《党同伐异》一片奠定了“交替蒙太奇”的电影美学基础。

A. 格里菲斯　　B. 布努埃尔　　C. 爱森斯坦　　D. 劳伦斯·奥立弗

7. 被誉为“美国的莫泊桑”的短篇小说大师是（　　）。

A. 马克·吐温　　B. 海明威　　C. 欧·亨利　　D. 卡夫卡

8. 创作了“临川四梦”的杰出剧作家是（　　）。

A. 汤显祖　　B. 关汉卿　　C. 王实甫　　D. 马致远

9. 钱钟书的唯一一部长篇小说是（　　）。

A.《谈艺录》　　B.《围城》　　C.《管锥编》　　D.《春水》

10. 中国文学史上的“乐府诗”在（　　）最为兴盛。

A. 南北朝　　B. 唐朝　　C. 明朝　　D. 汉朝

11.（　　）的《群鬼》、《玩偶之家》是社会问题剧的代表作。

A. 萧伯纳　　B. 易卜生　　C. 莫里哀　　D. 梅特林克

12.“吴带当风”是指（　　）的绘画风格。

A. 吴道子　　B. 曹不兴　　C. 苏轼　　D. 吴镇

13.“扬州八怪”是指（　　）朝活跃在扬州的八位风格相近的革新派画家。

A. 宋　　B. 元　　C. 明　　D. 清

14. 影片《城南旧事》由（　　）导演，曾获金鸡奖。

A. 谢添　　B. 谢晋　　C. 吴贻弓　　D. 滕文骥

15.《红字》是美国作家（　　）的代表作。

A. 奥尼尔　　B. 霍桑　　C. 爱默生　　D. 福克纳

16. 在我国近代，提出“我手写我口”、“我口写我心”，提倡“诗界革命”的人是（　　）。

A. 龚自珍　　B. 魏源　　C. 黄遵宪　　D. 蔡元培

17. 20 世纪 30 年代赵丹和周璇主演的影片（　　）是我国电影艺术基本成熟的最重要的标志。

A.《一江春水向东流》　　B.《小城之春》

C.《马路天使》　　D.《渔光曲》

18.（　　）提出了“以美育代宗教”的主张。

A. 鲁迅　　B. 胡适　　C. 毛泽东　　D. 蔡元培

19. 影片《黄土地》是由（　　）导演的。

A. 谢晋　　B. 孙道临　　C. 张艺谋　　D. 陈凯歌

20. 芭蕾舞剧《天鹅湖》是（　　）国的作品。

A. 英　　B. 法　　C. 德　　D. 俄

21.《蜀道难》是我国唐代诗人（　　）的名篇。

A. 杜甫　　B. 李白　　C. 白居易　　D. 高适

22. 何占豪、陈钢创作的《梁山伯与祝英台》是一首（　　）。

A. 大提琴独奏曲　　B. 小提琴协奏曲

C. 二胡独奏曲　　D. 交响曲

23. 诗剧《浮士德》是（　　）的代表作。

A. 雨果　　B. 歌德　　C. 狄德罗　　D. 席勒

24.《石壕吏》属于（　　）。

A. 抒情诗　　B. 叙事诗　　C. 词　　D. 散文诗

25. 澳大利亚的悉尼歌剧院是（　　）建筑的代表作品。

A. 象征主义　　B. 存在主义　　C. 表现主义　　D. 浪漫主义

26.（　　）艺术最适合抒发情感。

A. 雕塑　　B. 书法　　C. 音乐　　D. 电影

27. 油画《父亲》是当代画家（　　）的作品。

A. 齐白石　　B. 罗中立　　C. 陈逸飞　　D. 徐悲鸿

28. 诗集《红烛》、《死水》的作者是（　　）。

A. 闻一多　　B. 徐志摩　　C. 胡适　　D. 郁达夫

29. 剧目《天仙配》属于（　　）。

A. 黄梅戏　　B. 越剧　　C. 京剧　　D. 评剧

30. 著名的《卡门》组曲是法国 19 世纪作曲家（　　）的代表作。

A. 德彪西　　B. 比才　　C. 舒伯特　　D. 帕格尼尼

三、名词解释（每题 4 分，共 20 分）

1. 京剧
2. 大特写
3. 昆曲
4. 现代舞
5. 四书五经

四、简答题（每题 10 分，共 20 分）

1. 请说出五位“第五代导演”的名字，并说出他们的至少一部代表作。
2. 在戏曲表演中，什么是“反串”？

五、论述题（共15分）

请论述电影《疯狂的石头》的黑色幽默性体现在哪些方面。

参考答案

一、填空题

1. 突发　超常　易逝　2.《兰亭序》　3. 故宫　4. 罗丹　5. 米开朗基罗　6. 蒙太奇　7. 拉斐尔　8. 唐　9. 波特莱尔　10. 黑格尔　11. 现实主义　浪漫主义　12. 埃及　13. 莫奈　14. 器乐　15.《爵士歌王》　16. 芭蕾　17. 茅盾《子夜》　18.《繁星》《寄小读者》　19. 关汉卿　20. 汤姆·汉克斯　21. 晏殊　柳永　辛弃疾　22.《芙蓉镇》　谢晋

二、选择题

1. B　2. C　3. C　4. B　5. C　6. A　7. C　8. A　9. B　10. D　11. B　12. A　13. D　14. C　15. B　16. C　17. C　18. D　19. D　20. D　21. B　22. B　23. B　24. B　25. A　26. C　27. B　28. A　29. A　30. B

三、名词解释

1. 京剧：又称“皮黄”“西皮”“二黄”等，是我国流行最广、最有代表性的戏曲剧种。京剧的形成以清朝乾隆年间四大徽班进京为标志，由此形成了以西皮、二黄两种腔调为主的板腔体唱腔系统，以胡琴（又称“京胡”）为主奏乐器、伴以管弦乐器和锣鼓的音乐系统，以唱念做打为主的表演体系。

2. 大特写：又称“细部特写”。主要表现的是某一个局部的细微变化，如人物的面部表情、眼神，包括动作过程的细节和形体运动中的微妙差异，具有鲜明、强烈的视觉效果。

3. 昆曲：于元末明初之际产生于江苏昆山一带，是我国古老的戏曲声腔、剧种，原名“昆山腔”，清朝以来被称为“昆曲”，现又被称为“昆剧”。昆曲的表演有独特的体系、风格，最大的特点是抒情性强、动作细腻，歌唱与舞蹈结合得巧妙而和谐。代表作有汤显祖的《牡丹亭》《紫钗记》，孔尚任的《桃花扇》，洪升的《长生殿》。另外还有一些著名的折子戏，如《游园惊梦》《思凡》等。

4. 现代舞：是20世纪初在西方兴起的一种与古典芭蕾相对立的舞蹈派别。其主要美学观点是反对古典芭蕾的因循守旧、脱离现实生活和单纯追求技巧的形式主义倾向，主张摆脱古典芭蕾舞过于僵化的动作程式的束缚，以合乎自然运动法则的舞蹈动作，自由地抒发人的真实情感，强调舞蹈艺术要反映现代社会生活。其创始人是美国舞蹈家伊莎多拉·邓肯。

5. 四书五经：中国儒家的经典书籍。“四书”指《论语》、《孟子》、《大学》和《中庸》；“五经”指《诗经》、《尚书》、《礼记》、《周易》和《春秋》，简称《诗》、《书》、《礼》、《易》、《春秋》。

四、简答题

1. 请说出五位“第五代导演”的名字，并说出他们的至少一部代表作。

答：第五代导演是指20世纪80年代从北京电影学院毕业的年轻导演。他们强烈渴望通过影片探索民族文化的历史和民族心理的结构，在选材、叙事、刻画人物、镜头运用、画面处理等方面，都力求标新立异。

（1）陈凯歌。陈凯歌的电影成就主要在于其高度的人文精神，对人的本体与人的生存状态的关注。他善于剖析历史和传统的重负对人的精神的制约与影响，展现人的复杂性，同时针砭人性的弱点。影片《黄土地》将土地、民俗文化和人物相统一，将叙事、隐喻、抒情和哲理相统一，表现了陕西古朴的民风，表达了对民族、农民命运的思考。主要作品有《黄土地》《霸王别姬》《梅兰芳》等。

（2）张艺谋。张艺谋电影作品的突出特点是，对中国传统封建意识的深刻认知和强烈的批判精神，以及强烈的历史意识和生命意识。影片《红高粱》以浓烈的色彩、豪放的风格，颂扬了中华民族激扬昂奋的民族精神，电影熔叙事与抒情、写实与写意于一炉，充分发挥了电影语言的独特魅力。主要作品有《红高粱》《菊豆》《大红灯笼高高挂》等。

（3）吴子牛。吴子牛的代表作基本都属于战争题材，战争与人的关系，消弭战争，呼唤和平，是他创作的主题。主要作品有《喋血黑谷》《晚钟》《南京大屠杀》等。

（4）田壮壮。田壮壮电影的突出特点是对人的心灵、对大自然的关注，叙事模糊、哲理深刻、情感描写细腻流畅。影片《猎场扎撒》中对朴素醇厚的蒙古族习俗的描写，对辽阔壮美的大自然景观的展现，表现了创作者心目中天、地、人之间和谐、平衡的理想境界。主要作品有《九月》《猎场萨扎》《盗马贼》等。

（5）黄建新。黄建新的电影关注城市，关注现实，关注青年人，直面人生，表现出对社会的责任感与使命感。1985 年，黄建新首次独立执导影片《黑炮事件》，该片讲述民族文化心理以及政治模式对人的禁锢所造成的异化。主要作品有《黑炮事件》《背靠背脸对脸》《埋伏》等。

2. 在戏曲表演中，什么是“反串”？

答：反串是中国传统戏曲演出中的一种演出方式，主要是指演出与自身本工的行当不同的角色。其原意与性别无关，仅指角色的客串。如男性的梅兰芳作为一个旦行演员演出女性角色，他曾在《辕门射戟》一剧中演生角的吕布则是反串。除了旦串生之外，生串旦、生串净等情形也都很常见。现在通常所说的反串就是指男扮女或女扮男的扮装表演，即扮演与自己性别不一致的角色。

五、论述题

请论述电影《疯狂的石头》的黑色幽默性体现在哪些方面。

答：一是语言的强烈讽刺性。例如影片中三个土贼中的老大被称为“道哥”，字面上的意思是讲道义的大哥，可事实上，这个道哥却一点都不讲道义。再比如奸商在卖给大盗麦克绳子时，一边坏笑，一边说：“真正地保质保量。”趁着大盗一不留神就把绳子给剪短了。这样的情节在反讽的同时，又具有很强的黑色幽默性。

二是多线索的叙事结构。影片采用的是一种多线索的叙事结构。影片开头倒序与顺序的结合、言简意赅的镜头语言、紧凑的节奏感，很快将观众带入电影的情境中，引起观众的兴奋感和愉悦感。影片中，每条线索之间看似毫无关联却总能结合在一起，本身就具有一种黑色幽默性。

三是反英雄式的人物。影片中塑造的各类人物形象大都是来自社会底层的小人物，迷茫、焦虑的厂长，困惑、窘迫的保卫科长，一心想着发财的保安，还有被翡翠迷了心窍的三个“土贼”。影片中的人物都无一例外地成为被嘲讽的对象，也是黑色幽默的载体。

文艺常识全真模拟试题十

一、填空题（每空1分，共30分）

1.《管锥编》的作者是________。

2. 电影《三枪拍案惊奇》改编自科恩兄弟的________。

3. 古代诗词常以“月”烘托意境。如李白《月下独酌》中的“__________，对影成三人”；张九龄《望月抒怀》中的“__________，天涯共此时”；李清照《一剪梅》中的“雁字回时，________”。

4. 在中国文学史上“小李杜”指的是晚唐诗人________、________。

5. 楹联“文章西汉两司马，经济南阳一卧龙”里的“两司马”指的是________、司马相如，卧龙指的是________。

6.“人可以被毁灭，却不可以被征服”出自于海明威的小说________，请再列举他的一部代表作________。

7. 电视剧《奋斗》的导演是________。

8. 云想衣裳花想容，________________。

9. 新中国第一位被称为“人民艺术家”的是________。

10.“____________，零丁洋里叹零丁。人生自古谁无死，____________。”选自 ________的________。

11. 以艺术形象的存在方式作为分类依据，可以把各门艺术分为________、________和________。

12. ________被观众称为“芒果台”。

13. 魏晋南北朝时期，佛教建筑兴盛，形成了石窟、________、________三种建筑形态。

14. 电影《大路》的导演是________。

15. 侯孝贤的《悲情城市》荣获1989年度________（电影节大奖）。

16. 世界上第一次公开放映电影是在1895年，第一部影片的作者是________兄弟。

17. “四功五法”就是戏曲的基本功。“四功”指________，“五法”指________。

18. 金牛奖是用来奖励________题材的电影创作。

二、选择题（每题0.5分，共15分）

1. 以下四个选项中哪一个不是光的三原色之一？（　　）

A．黄　　B. 红　　C. 绿　　D. 蓝

2. 不负民族气节，在苏门答腊被害的现代著名作家是（　　）。

A．沈从文　　B. 郁达夫　　C. 徐志摩　　D. 柔石

3. “八卦”出自（　　）。

A.《周易》　　B.《黄帝内经》　　C.《封神演义》　　D.《搜神记》

4. “工笔”是哪种绘画形式的技法？（　　）

A. 水彩画　　B. 油画　　C. 水粉画　　D. 国画

5. 以下哪位作家是美国作家？（　　）

A. 司汤达　　B. 欧·亨利　　C. 福楼拜　　D. 米兰·昆德拉

6. Google是一个（　　）。

A. 搜索引擎　　B. 购物网站　　C. 翻译软件　　D. 聊天软件

7. 如果一个人随身带着一双筷子，那么下列原因中哪一项是最不可能的？（　　）

A. 他是个环保主义者　　B. 他为了省钱

C. 他害怕传染病　　D. 他准备出国

8. 当今电影出口量位居第一的国家或地区是（　　）。

A. 美国　　B. 中国香港　　C. 法国　　D. 意大利

9. 著名摄影师顾长卫的电影作品是（　　）。

A.《边走边唱》、《霸王别姬》、《鬼子来了》、《兰陵王》

B.《有话好好说》、《霸王别姬》、《活着》、《菊豆》

C.《霸王别姬》、《孩子王》、《阳光灿烂的日子》、《菊豆》

D.《霸王别姬》、《活着》、《鬼子来了》、《兰陵王》

10. “红杏枝头春意闹”的修辞手法属于（　　）。

A. 通感　B. 夸张　C. 比喻　D. 象征

11. 叶圣陶先生的原名叫（　　）。

A. 叶小刚　B. 叶绍翁　C. 叶圣陶　D. 叶绍钧

12.《天涯歌女》的作词者是（　　）。

A. 田汉　B. 夏衍　C. 欧阳予倩　D. 聂耳

13. 1920 年，（　　）在《美术的起源》一书中首次提到“工艺美术”一词。

A. 鲁迅　B. 刘海粟　C. 蔡元培　D. 徐悲鸿

14.《4 分 33 秒》的作曲者是（　　）。

A. 约翰·凯奇　B. 谭盾　C. 勋伯格　D. 李斯特

15. “双百”方针是（　　）提出来的。

A. 邓小平　B. 周恩来　C. 孙中山　D. 毛泽东

16. 不属于“五个一工程”评选内容的是（　　）。

A. 一部电影　B. 一首歌　C. 一个人　D. 一出戏剧

17. 既是著名语言学家又是作曲家的是（　　）。

A. 青主　B. 黄自　C. 马思聪　D. 赵元任

18. 下列不属于电影的特征的是（　　）。

A. 运动的画面　B. 声画结合　C. 纪实性　D. 追求逼真

19. 在 18 世纪，音乐、诗歌、绘画、雕刻被总称为（　　）。

A. 艺术　B. 人文科学　C. 美的艺术　D. 五艺

20. 近百年来，（　　）逐渐形成博大精深的艺术体系，在戏曲舞台上的地位很高，被称为“国剧”。

A. 川剧　B. 湘剧　C. 黄梅戏　D. 京戏

21. 五线谱最早出现在（　　）。

A. 法国　B. 奥地利　C. 德国　D. 意大利

22. 中国左翼作家联盟成立于（　　）年。

A. 1928　B. 1930　C. 1937　D. 1942

23. 下列不属于“画坛三杰”的是（　　）。

A. 达·芬奇　B. 米开朗基罗　C. 拉斐尔　D. 提香

24. 蟒是中国古代帝王及高级官员的穿着，它以不同颜色标志品级高低，以下颜色按照地位高低依次下降的顺序排列是（　　）。

A. 黄绛白红蓝黑　　B. 黄白红蓝绛黑

C. 黄蓝绛黑白红　　D. 黄黑白红蓝绛

25. 近代学者王国维把审美意境分为“有我之境”与“无我之境”。“‘泪眼问花花不语，乱红飞过秋千去。’……有我之境也。‘寒波澹澹起，白鸟悠悠下。’……无我之境也。有我之境，以我观物，故物皆着我之色彩。无我之境，以物观物，故不知何者为我，何者为物。”（《人间词话》）据此，下列诗句中同属“有我之境”的是（　　）。

A. 明月出天山，苍茫云海间　　B. 明月松间照，清泉石上流

C. 星垂平野阔，月涌大江流　　D. 片云天共远，永夜月同孤

26. 西方国家所称的“毕达哥拉斯定理”，在中国则被称作（　　）。

A. 九章算术　B. 圆周率　C. 剩余定理　D. 勾股定理

27. 下列作品不属于唐传奇的是（　　）。

A.《柳毅传》　　B.《莺莺传》

C.《李娃传》　　D.《杜十娘怒沉百宝箱》

28. “黑夜给了我黑色的眼睛，我却用它来寻找光明”这句诗出自顾城的（　　）。

A.《惠安女子》　B.《一代人》　C.《童话诗人》　D.《纪念碑》

29. 下列国歌名称与国家对应错误的是（　　）。

A. 南斯拉夫《嗨，斯拉夫人》　　B. 希腊《自由颂》

C. 法国《马赛曲》　　D. 冰岛《祖国》

30. “说甚神仙，看千年石洞开时，城郭人民还是耕田凿井；阅成今古，听半夜金鸡叫醒，兴亡秦汉都归流水桃花。”这副对联应是为（　　）所作。

A. 杏花坞　B. 桃花岛　C. 桃花溪　D. 桃花源

三、名词解释（每题 4 分，共 20 分）

1. 中景
2. 中国四大石窟
3. 波普艺术
4. 淡入淡出
5. 海斯法典

四、简答题（每题10分，共20分）

1. 简述艺术消费的二重性。

2. 简述散文的艺术魅力。

五、论述题（15分）

简述张艺谋的创作历程及其代表作品。

☞ 参考答案

一、填空题

1. 钱钟书　2.《血迷宫》　3. 举杯邀明月　海上生明月　月满西楼　4. 李商隐　杜牧　5. 司马迁　诸葛亮　6.《老人与海》《太阳照常升起》　7. 赵宝刚　8. 春风拂槛露华浓　9. 老舍　10. 惶恐滩头说惶恐　留取丹心照汗青　文天祥《过零丁洋》　11. 时间艺术　空间艺术　时空艺术　12. 湖南卫视　13. 佛寺　佛塔　14. 孙瑜　15. 威尼斯电影节金狮奖　16. 卢米埃尔　17. 唱、念、做、打　手、眼、身、法、步　18. 儿童

二、选择题

1. A　2. B　3. A　4. D　5. B　6. A　7. D　8. A　9. C　10. A　11. D　12. A　13. C　14. A　15. D　16. C　17. D　18. C　19. C　20. D　21. D　22. B　23. D　24. A　25. D　26. D　27. D　28. B　29. D　30. D

三、名词解释

1. 中景：是主体大部分出现的画面，从人物来讲，中景是表现成年人膝盖以上部分或场景局部的画面，能使观众看清人物半身的形体动作和情绪交流。在中景中，人物如果开始走动，这个中景一般会变成全景或近景，所以“中景镜头”又称为“看戏的镜头”或“交流的镜头”。

2. 中国四大石窟：甘肃敦煌莫高窟、甘肃天水麦积山石窟、河南洛阳龙门石窟和山西大同云冈石窟。

3. 波普艺术：是流行艺术（popular art）的简称，又称新写实主义。它代表着

一种流行文化。它是在美国现代文明的影响下而产生的一种国际性艺术运动，多以社会上流的形象或戏剧中的偶然事件作为表现内容。它反映了“二战”后成长起来的青年一代的社会与文化价值观，力求表现自我、追求标新立异的心理。

4. 淡入淡出：又称“渐显渐隐”，是电影中表现时间、空间转换的技巧之一。后一个画面逐渐显现，最后完全清晰，这个镜头的开端称“淡入”，表示一个段落的开始；前一个画面渐渐隐去直至完全消失，称“淡出”，表示一个段落的结束。淡入、淡出节奏舒缓，具有抒情意味，并能给观众以视觉上的间歇，产生一种完整的段落感。

5. 海斯法典：美国历史上限制影片表现内容的审查性法规。由全美电影制片和发行人协会主席 W. 海斯与耶稣会教士 D. 洛德等人起草制订，1930 年 3 月 31 日公布。主要内容有：遵守禁酒令，不得宣扬烧酒；不可详细描述谋杀、盗窃、抢劫的方法；不得出现拷打场面；不得表现不道德的性关系；不准出现裸体镜头；不许对国旗不敬；不许出现粗暴对待动物的场面；等等。海斯法典一公布，即遭到电影创作人员的普遍反对，而且出现了许多违反规定的影片。1966 年，海斯法典被正式取消。

四、简答题

1. 简述艺术消费的二重性。

答：艺术作品具有二重性：其一，它是一种精神产品，满足受众的精神需要；其二，它是一种物质产品，具有经济价值。相应的，艺术消费也同样具有物质消费与精神消费的二重性。

从理想的角度看，艺术作品的精神价值和市场价值应该是一致的，即精神价值与精神价值成正比。但在实际的消费市场上，两者之间经常发生不一致的矛盾。但是，从发展的、长远的角度看，优秀艺术作品的精神价值和市场价值基本上是一致的。一个艺术作品一时一地会出现两种价值不一致的现象，但优秀的艺术作品往往能够超越时空限制，广泛地受到各个时代、各个地域的人们的喜爱，其精神价值和市场价值是一致的。

2. 简述散文的艺术魅力。

答：（1）形散而神不散。“形散”主要是指散文取材广泛自由，不受时间和空间的限制；表现手法不拘一格；可以叙述事件，可以描写人物形象，可以托物抒情，也可以发表议论。“神不散”主要是指散文所要表达的主题必须明确而集中。

（2）散文的意境深邃，注重表现作者的生活感受，抒情性强，情感真挚，能够引发读者的想象，从而产生共鸣。

(3) 语言凝练优美，富于文采。散文素有“美文”之称，它除了要有深刻的见解、优美的意境外，还要有清新隽永、质朴无华的文采。

五、论述题

简述张艺谋的创作历程及其代表作品。

答：张艺谋是中国电影第五代导演群体中的代表人物。张艺谋的创作风格可归纳为两点：一是浓郁，由最初的创作冲动生长晕染而成一种氛围；二是质朴，质朴的人物性格给影片带来相应的表现形态。

他在电影创作中运用了两种电影修辞艺术——象征和夸张，极大地增强了电影的造型感染力和视觉冲击力，赋予他创造的艺术形象以巨大的丰富性和强烈的独创性。

张艺谋的电影大致可以分为几个阶段。第一阶段是他任影片摄影的时期，代表影片有《一个和八个》（张军钊导演）《黄土地》（陈凯歌导演）。第二阶段是他任导演早期，代表影片有《红高粱》《菊豆》《大红灯笼高高挂》。第三阶段是他逐渐脱离第五代导演风格的时期，代表影片有《活着》。第四阶段是他逐步走向商业片的时期，代表影片有《有话好好说》《幸福时光》。第五阶段是大片路线时期，代表影片有《英雄》《十面埋伏》和《满城尽带黄金甲》。

1987 年导演影片《红高粱》，以浓烈的色彩、豪放的风格，颂扬中华民族激扬昂奋的民族精神，熔叙事与抒情、写实与写意于一炉，发挥了电影语言的独特魅力。

1990 年导演影片《菊豆》，讲述了一个“被禁锢的激情”的故事。影片具有一种悲剧般的力量，在十年的时间跨度中展现了三代人之间强烈的情感冲突。

1991 年导演影片《大红灯笼高高挂》，影片的光影、构图、色彩均十分讲究，文化气息十足，象征意味浓厚，受到广泛欢迎。

1992 年导演影片《秋菊打官司》，影片一改张艺谋以往的风格，采取了纪实风格、大量采用非职业演员的半纪录片手法，真实反映了当代中国农村的面貌。

1994 年导演影片《活着》，影片以中国内战和新中国成立后历次政治运动为经，以男主人公福贵的一生为纬，反映了一代中国人的命运，被观众和影评人普遍推崇为张艺谋最优秀的作品。

1995 年导演影片《摇啊摇，摇到外婆桥》，影片从一个小孩子的眼光反映 20 世纪 30 年代上海帮会斗争的人心险恶。影片凭借美妙的构图和饱满的色调，获得众多国际电影节的提名和奖项。

1997 年导演影片《有话好好说》，这是一部都市轻喜剧，京味十足，诙谐幽默，影片汇集了姜文、李保田、瞿颖、葛优、李雪健、傅彪等诸多明星大腕。

1998 年导演影片《一个都不能少》，影片反映了中国农村教育的现状，是张艺谋唯一一部完全采用非职业演员的作品，真挚感人。

1999 年导演影片《我的父亲母亲》，这是一部唯美、深情、感人的爱情片，像一篇娓娓道来的散文诗。影片中，现实与回忆相交错，现实用黑白表现，回忆用彩色表现，被誉为“世纪末的爱情绝唱”。

2002 年导演影片《英雄》，这是张艺谋第一部古装商业大片，全片明星阵容相当强大：李连杰、张曼玉、梁朝伟、章子怡、陈道明、甄子丹。

2004 年导演影片《十面埋伏》，由刘德华、金城武、章子怡主演，获得了很高的票房收入。

2005 年导演影片《千里走单骑》，主演是日本老牌影帝高仓健。本片感情深沉而丰富，感人至深，荣获华表奖优秀故事片奖。

2006 年导演影片《满城尽带黄金甲》，剧情取材于曹禺的《雷雨》，这部影片是国产片票房纪录保持者，获得了奥斯卡最佳服装设计提名、香港电影金像奖 4 项大奖。

2010 年导演影片《山楂树之恋》，讲述了“文革”时期静秋与老三之间一段唯美浪漫的爱情故事。

从《红高粱》、《菊豆》到《秋菊打官司》、《一个都不能少》，再经过《英雄》、《十面埋伏》到《山楂树之恋》，张艺谋二十几年的创作历程经历了从主题回归和艺术叛逆，虚幻的理想家园和现实的本土回归，最终以理想与现实整合的审美走向，标志着张艺谋电影艺术风格的逐步成熟。

文艺常识全真模拟试题十一

一、填空题（每空1分，共30分）

1.《离骚》的作者是________。

2. 笔、墨、纸、砚称为________。

3. 王羲之的行书________被誉为“天下第一行书”。

4. 陶渊明开创了________诗派。

5. 殷商时代在龟甲兽骨上刻的字称________。商周时代在青铜器上铸刻的铭文称________，也称________。

6. ________的电影被称为“诗电影”。

7. 泰纳认为，文艺创作及发展取决于三种力量，即__________、__________、__________。

8. 在古希腊神话中，宙斯为众神之主，阿波罗为________，雅典娜为智慧女神，丘比特为________，缪斯为文艺科学之神。

9. 列夫·托尔斯泰是俄国最伟大的作家，著有________、《复活》等长篇小说。

10. 在小说________中，小职员格里高尔·萨姆沙突然变成一只令家人都讨厌的甲壳虫的荒诞情节，表现了现代社会中人精神“异化”的主题。

11. “一个是阆苑仙葩，一个是美玉无瑕，若说没奇缘，今生偏又遇着他；若说有奇缘，如何心事终虚化？”其中“阆苑仙葩”指的是《红楼梦》中的人物________，“美玉无瑕”指的是________。

12.《我是一条小河》的作者是________，他曾被鲁迅称为“中国最杰出的抒情诗人”。

13. “为善的受贫穷更命短，造恶的享富贵又寿延”之语出自________。

14. 存在于传播主体之外的声音，包括伴随着事物发生的声音，因采访发生的声音和周围环境的声音，这些声音被称为________。

15. 根据关键词写出电影名字：马大三、日本鬼子、挂甲台、姜文__________。

16. 1983 年元旦，中央电视台《为您服务》栏目出现了专题节目主持人，被认为是中国电视史上第一个固定栏目的节目主持人，她是________。

17. 先秦诸子百家中主张“性恶论”的是________。

18. 莫道不销魂，帘卷西风，________。

19. 夏菊花是我国著名的________表演艺术家。

20. 国画《愚公移山》的作者是________。

21. 成语“刻舟求剑”出自________，此书又名________，相传为秦相________和其门人共同创作的。

22. 电影的发明人是________。

二、选择题（每题 0.5 分，共 15 分）

1. 下列剧种与所在省份连线正确的一项是（　　）。

A. 吕剧——山西　　B. 越剧——上海

C. 黄梅戏——江苏　　D. 越调——河南

2. 下列画家、朝代、作品的连线正确的一组是（　　）。

A. 展子虔——唐——《游春图》　　B. 顾恺之——晋——《洛神赋》

C. 周昉——唐——《十指钟馗图》　　D. 黄公望——宋——《富春山居图》

3.（　　）代表作是《三都赋》，当时写成后在洛阳轰动一时，人们竞相传抄，造成“洛阳纸贵”的景象。

A. 扬雄　　B. 班固　　C. 张衡　　D. 左思

4. 魏巍的《谁是最可爱的人》是写（　　）时采访到的事例。

A. 抗日战争　　B. 抗美援朝　　C. 中越战争　　D. 十年内战

5. 契诃夫的短篇小说《变色龙》中的奥楚蔑洛夫是（　　）。

A. “多余人”形象　　B. “忏悔贵族”的形象

C. “见风使舵”的走狗形象　　D. 贵族知识分子形象

6.《女史箴图》是我国古代著名画家（　　）的代表作。

A. 阎立本　　B. 吴道子　　C. 顾恺之　　D. 赵孟頫

7. 在拍摄用光时，起主导作用的光是（　　）。

A. 副光　　B. 轮廓光　　C. 软光　　D. 主光

8. 秦汉时期设立的国家音乐机构是（　　）。

A. 太常寺　　B. 乐府　　C. 鼓吹署　　D. 行院

9. 把中国传统美学和电影语言进行完美的嫁接，开创了具有东方神韵的银幕诗学的导演是（　　）。

A. 郑洞天　　B. 郑君里　　C. 费穆　　D. 侯孝贤

10. 浪漫主义的特征是（　　）。

A. 理想主义　　B. 社会主义　　C. 现实主义　　D. 生活主义

11. 民乐作品《十面埋伏》是（　　）。

A. 弹拨乐　　B. 打击乐　　C. 管乐　　D. 弦乐

12. 下面不属于舒伯特作品的是（　　）。

A. 《美丽的磨坊女》　　B. 《冬之旅》

C. 《春天交响曲》　　D. 《魔王》

13. 民间蓝印花布以其（　　）风格而著称。

A. 华贵　　B. 高雅　　C. 淳朴　　D. 秀丽

14. 著名的包豪斯设计学院发源于（　　）。

A. 德国　　B. 美国　　C. 英国　　D. 法国

15. 长于描写叙事且具有抒情性、戏剧性的单乐章管弦乐曲是（　　）。

A. 交响诗　　B. 奏鸣曲　　C. 交响曲　　D. 协奏曲

16. 湖北随县战国时期曾侯乙墓出土的铜尊盘，上面有玲珑剔透的装饰，这是用（　　）铸造的。

A. 染缬工艺　　B. 夹缬工艺　　C. 景泰工艺　　D. 失蜡法工艺

17. 摄影创作中，摄影师深深意识到“光线是灵魂，（　　）是生命”，并在拍摄中作为其追求的最终目标。

A. 色彩　　B. 构图　　C. 景别　　D. 运动

18. 为了奖励长篇小说创作，我国设立的奖项是（　　）。

A. 茅盾文学奖　　B. 长江韬奋奖　　C. 鲁迅文学奖　　D. 文华奖

19. 以下古人的称谓中，属谦称的是（　　）。

A. 竖子不足与谋　　B. 寡人闻赵王好乐

C. 夫子哂之　　D. 尔安敢轻吾射

20. 下列不是梅兰芳的代表剧目的是（　　）。

A.《霸王别姬》 B.《梁红玉》 C.《贵妃醉酒》 D.《穆桂英挂帅》

21.《诗经·七月》："七月流火，九月授衣。"这里的"流火"指（　　）。

A. 天气炎热　　B. 天气凉爽

C. 暑气已退，天气渐凉　　D. 天气温暖

22. 明清两代每三年在京城举行一次考试，因在春季举行，故又称春闱。这种考试是（　　）。

A. 会试　B. 乡试　C. 童试　D. 殿试

23.《大堰河——我的保姆》是我国著名诗人（　　）的代表作品。

A. 艾青　B. 舒婷　C. 北岛　D. 顾城

24. 通常情况下，拍摄高楼时采用（　　）。

A. 平拍　B. 反拍　C. 仰拍　D. 俯拍

25. 法国"新浪潮"电影运动的代表人物特吕弗，他27岁时拍摄的（　　）一片是他的代表作。该片是一部反映少年叛逆的自传性影片。

A.《四百击》 B.《筋疲力尽》 C.《枪击钢琴师》 D.《最后一班地铁》

26. "操场上，甲乙双方举行篮球赛，甲方队员抓住篮球，快速传球，甲方队员突破乙方几名队员阻挡防线，将球投向篮筐。篮球入网，观众发出欢呼声。"这属于蒙太奇编辑技巧中的（　　）。

A. 交叉蒙太奇　　B. 连续蒙太奇

C. 对比式蒙太奇　　D. 积累蒙太奇

27.《牧神午后》的作者是（　　）。

A. 李斯特　B. 门德尔松　C. 肖邦　D. 德彪西

28. "我泱泱大国，以诚信为本"出自冯小刚的电影（　　）。

A.《甲方乙方》 B.《不见不散》 C.《夜宴》 D.《非诚勿扰》

29.（　　）总部位于澳大利亚悉尼，由澳大利亚媒体大亨默多克所拥有，其业务覆盖了电影制作发行、电视广播、广告、报纸杂志、图书出版、多媒体信息技术和体育运动方面，拥有全球最强大的体育电视。

A. 美国在线时代华纳　　B. 美国维亚康姆

C. 贝塔斯曼　　D. 新闻集团

30. 青藏高原的藏族，有“跳锅庄”的舞蹈活动。人们携手成圈，踏地挥臂而歌舞。清代《皇清职贡图》描写“锅庄”跳法，由慢、中、快三段组成，动作多是模拟鸟兽情态，与游牧狩猎生活有关。藏族代表性舞蹈还有“弦子舞”、“面具舞”和（ ）等。

A. 芦笙舞　B. 安代舞　C. 热巴舞　D. 敦煌舞

三、名词解释（每题4分，共20分）

1. 伤痕文学
2. 巴比松画派
3. 诸子散文
4. 电影语言
5. 客观镜头

四、简答题（每题10分，共20分）

1. 举出新时期现实主义戏剧的代表者及代表作。
2. 什么是悲剧性?

五、论述题（15分）

举例说明你对国产大片的看法。

参考答案

一、填空题

1. 屈原 2. 文房四宝 3.《兰亭序》 4. 田园 5. 甲骨文 金文 钟鼎文 6. 爱森斯坦 7. 时代 种族 环境 8. 太阳之神 小爱神 9.《战争与和平》《安娜·卡列尼娜》(任写一个即可) 10.《变形记》 11. 林黛玉 贾宝玉 12. 冯至 13.《窦娥冤》 14. 自然音响 15.《鬼子来了》 16. 沈力 17. 荀子 18. 人比黄花瘦 19. 杂技 20. 徐悲鸿 21.《吕氏春秋》《吕览》 吕不韦 22. 卢米埃尔兄弟

二、选择题

1. D 2. B 3. D 4. B 5. C 6. C 7. D 8. B 9. C 10. A 11. A 12. C

13. C 14. A 15. A 16. D 17. B 18. A 19. B 20. B 21. C 22. A 23. A
24. C 25. A 26. B 27. D 28. C 29. D 30. C

三、名词解释

1. 伤痕文学：是新时期出现的第一个全新的文学思潮，描述知青、知识分子等在“文化大革命”中的悲剧遭遇。《人民文学》杂志1977年发表的刘心武的短篇小说《班主任》，是伤痕文学的发轫之作。“伤痕文学”这一特定概念，是由卢新华发表在1978年8月《文汇报》的短篇小说《伤痕》而确定下来。伤痕文学的主题是揭露“文化大革命”的极“左”路线对人性的残害，特别是对青年人的伤害。在思想上，它对彻底否定“文化大革命”做出了历史性的贡献；在艺术上，它第一次给当代文坛带来悲剧意识。这一意识可以说是新时期文学的“原色”之一，其整个文学时期的悲凉格调也由此而出。

2. 巴比松画派：是19世纪三四十年代活跃于法国的一个风景画派。因其画家聚集在巴黎附近的巴比松村，故称“巴比松画派”。主张描绘具有民族特色的法国农村风景，不仅用写实手法来表现自然的外貌，而且致力于探索自然界的内在生命，力求在作品中表达出画家对自然的真实感受。主要画家有柯罗、米勒、卢梭等。

3. 诸子散文：指的是战国时期各个学派的著作，反映了不同学派的思想倾向、政治主张和哲学观点。它们是在先秦理性精神觉醒的背景下和百家争鸣的学术氛围中形成并繁荣起来的。春秋战国时期，“百家竞作，九流并起”。各种思想流派的代表人物纷纷著书立说，宣传自己的社会政治主张。在这一时期比较重要的有儒、法、道、墨四家，大体上经历了春秋战国之交、战国中期、战国末期三个阶段。

4. 电影语言：电影艺术在传达和交流信息中所使用的各种特殊媒介、方式和手段的统称，即电影用以认识和反映客观世界、传递思想感情的特殊艺术语言。电影语言以现代科学技术提供的一定的物质条件为基础，它的演进与电影技术的进步有密切联系。与一般语言不同，电影语言是一种直接诉诸观众的视听感官，以直观的、具体的、鲜明的形象传达含义的艺术语言，具有强烈的艺术感染力。银幕画面是电影语言的基本元素，参与画面形象创造的表演、场景、照明、色彩、化装、服装等都在构成特殊的电影语言方面起了重要作用。由摄影机的运动和不同镜头的组接（剪辑）所产生的蒙太奇，不仅形成了银幕形象的构成法则，也完善了电影语言独特的语法修辞规律。

5. 客观镜头：镜头视点不带有明显的导演主观色彩，也不采用剧中角色的视点，而是采用普通人观看事物的视点，这种镜头一般被称为客观镜头，将事物尽量客观地展现给观众。在一般影片中，大部分镜头都是客观镜头。

四、简答题

1. 举出新时期现实主义戏剧的代表者及代表作。

答：新时期现实主义戏剧敢于直面现实，反映弊病，表达人民的心声，真正显示了现实主义文学的光彩。最突出的代表者是崔德志、沙叶新等。以沙叶新的戏剧为例，其创作有以下几个特点：一是表现时代生活中的重要课题，敢于针砭时弊，例如《假如我是真的》。二是忠于历史的真实和性格的真实，力避“神化”而求“人化”，例如《陈毅市长》。三是以幽默、诙谐的方式表现严肃、深刻的主题，挖掘事物内在的矛盾，揭示其中的荒诞性，例如《寻找男子汉》。新时期现实主义戏剧的代表作有：崔德志的《报春花》《红玫瑰》，沙叶新的《陈毅市长》《假如我是真的》《大幕已经拉开》《寻找男子汉》。

2. 什么是悲剧性？

答：从影视戏剧理论的角度而言，悲剧性是一个美学名词，是指悲剧艺术的一种特性。鲁迅认为，悲剧性是“将人生的有价值的东西毁灭给人看”；恩格斯则指出，“历史的必然要求与这个要求实际上不可能实现”之间发生的冲突，就是悲剧性的。有时，悲剧性也产生于自身的过失或缺陷。其特殊效果就是亚里士多德所说的，能激起人们的“怜悯和恐惧之情”，从而使情感得到净化。

五、论述题

举例说明你对国产大片的看法。

答：国产大片的产生如果从2002的《英雄》算起已有十几年了，可以说国产大片迎合了由美国大片在国内上映所激起的观众对大片的期待，培育了市场和观众，开启了国产电影的一个新局面。

目前，中国电影市场的票房主要靠这些国产大片来支撑。虽然现在每年的国产电影产量有两三百部，但每年票房收入的相当比例却是由几部大片创造的。因此，国产大片有其存在的合理性。

但是，国产大片也引发了社会各界的广泛质疑：

1. 大片不是资金之大。现在投资似乎成了衡量一个导演价值的标准，一个导演如果没有上亿投资来拍一部影片，就好像不够大牌导演的资格，无形之中形成了一种攀比之势。但是，他们上亿投资拍出来的影片从文化格调到具体做法，几乎如出一辙。这就让我们对这些投资的价值产生了怀疑，同样的模式值得花数亿元去复制吗？照这样的做法，国产大片不知能生存多久，观众对这些大片的耐心和容忍不知能维持多久。

2. 大片应是思想之大。影片是否表现了宏大的思想，并不是由投资的多少来决定的。电影应该也必然会表达思想，但是电影不是用来专门阐述思想的。一些大片要么局限于对所谓的宏大思想或哲理的阐释，要么把本没有多大思想含量的主题故事做得很大，把它们装在一个华丽的空盒子里，反而衬托出创作者思想的空洞和对思想驾驭的乏力。这些影片的一个共同之处就是把故事放在历史的伪装下，却与历史本身没有任何关联，其结果是加深了影片思想内涵的虚无和价值的丧失。

总之，国产大片虽然是文化产业资本运作的结果，但也需要建立平衡机制，使电影人更多地关注影片本身。中国不应一味模仿好莱坞，而应立足本国的文化特点，创作中国大片。

文艺常识全真模拟试题十二

一、填空题（每空 1 分，共 30 分）

1. 戊戌六君子是指________、康广仁、________、杨深秀、杨锐、________。

2. 毛泽东同志的诗“我失骄杨君失柳”的下句是________。

3. 郭沫若以聂政为题材的作品是________。

4. 毛泽东同志的《忆秦娥·娄山关》中最著名的两句是________，________。

5. 杜牧《泊秦淮》：________，隔江犹唱后庭花。

6. ________的《最后一课》以普法战争为背景。

7. ________的代表电影作品是《罗生门》。

8. ________是对新近或正在发生的事件的报道。

9. 中国第一部标志性的电视剧是________。

10. 恩格斯说“他是中世纪的最后一位伟人，同时又是新时代的最初一位诗人”，这个人指的是意大利的________。

11. 中国四大名绣有________、________、________和________。

12. 我国古代的园林分为两大派，一派是以北方为主的大型的主体园林，如________、________；另一派是以江南小型为主的专业园林，如________、________。

13. 美术上所称的无法用其他颜色调配而成的颜色是________。

14. 电视的三原色为________、________和________。

15. 世界畅销小说《生命中不能承受之轻》的作者是出生于________的著名作家________。

16. 《西线无战事》的作者是________国的________。

17. “流水落花春去也，天上人间”是________写的词句。

二、选择题（每题0.5分，共15分）

1. 在1913年获得诺贝尔文学奖的作家是（　　）。

A. 罗曼·罗兰　B. 鲁迅　C. 泰戈尔　D. 普希金

2. 商代青铜器的主要纹样是（　　）。

A. 螺旋纹　B. 云气纹　C. 饕餮纹　D. 莲花纹

3. 中国明清在园林设计方面的专著是（　　）。

A.《考工记》　B.《园冶》　C.《天工开物》　D.《营造法式》

4. 我国的四大发明有造纸术、指南针、火药和（　　）。

A. 地动仪　B. 印刷术　C. 火箭　D. 冶铁术

5. 叶圣陶先生的原名叫（　　）。

A. 叶小刚　B. 叶绍翁　C. 叶圣陶　D. 叶绍钧

6.《天涯歌女》的词作者是（　　）。

A. 田汉　B. 夏衍　C. 欧阳予倩　D. 聂耳

7. 下列作品是契诃夫所作的是（　　）。

A.《战争与和平》B.《母亲》　C.《变色龙》　D.《苦难的历程》

8. 第一个分组计算机网络出现于（　　）年。

A. 1969　B. 1970　C. 1980　D. 1990

9. 十二律产生的方法最早的记载是（　　）中的“三分损益法”。

A.《管子·地员篇》　B.《乐记》

C.《梦溪笔谈》　D.《中原音韵》

10. 欧洲文艺复兴戏剧始于（　　）。

A. 13、14世纪　B. 14、15世纪　C. 15、16世纪　D. 17、18世纪

11. 1945年，延安鲁迅艺术学院的艺术家们集体创作了歌剧（　　）。

A.《夫妻识字》　B.《红色娘子军》C.《江姐》　D.《白毛女》

12. 影视画面为了避免“跳轴”（空间运动方向的混乱），需要遵循轴线规律，拍摄机器在拍摄对象同一侧的（　　）度以内运动。

A. 90　B. 180　C. 270　D. 360

13. 以下哪一个不是杭州西湖的美景？（　　）

A. 断桥残雪　B. 柳浪闻莺　C. 武陵秋色　D. 平湖秋月

14.《睡美人》的作者是（　　）。

A. 柴可夫斯基　B. 贝多芬　C. 莫扎特　D. 海顿

15. 纳米是一种（　　）。

A. 长度单位　B. 分子名

C. 人工开发的一种新物质　D. 原子名

16. 我国著名的六朝古都是（　　）。

A. 南京　B. 北京　C. 西安　D. 天津

17. 中国儿童电影的专门奖项是（　　）。

A. 童牛奖　B. 童心奖　C. 华表奖　D. 红领巾奖

18. 在我国北方民居中，一般把朝向哪个方向的房子叫作正房？（　　）

A. 东　B. 南　C. 西　D. 北

19. 我国有些城市的交通灯不是红黄绿三色，而是红黄蓝，你觉得这是因为(　　)。

A. 绿色是我国军服的颜色，交通灯使用不严肃

B. 绿色的穿透率低

C. 蓝色好看

D. 为了使一些色盲者不会发生错误

20. 下列和“超人”一词最没有关系的是（　　）。

A. 超现实主义　B. 尼采　C. 美国　D.《阿拉蕾》（日本漫画）

21. 电影《指环王》是根据下列哪种或哪个时代的作品改编而成？（　　）

A. 罗马神话　B. 18 世纪的小说

C. 欧洲民间传说　D. 20 世纪的小说

22. 里特维尔德的（　　）设计揭示了风格派运动的哲学精髓，被称为现代设计史上的经典之作。

A. 红蓝椅　B. 蓬皮杜文化中心

C. 八角形电水壶　D. 郁金香椅

23. 下列属于张洁的作品是（　　）。

A.《京华烟云》　B.《子夜》　C.《无字》　D.《沉沦》

24. 下列被称为“童话诗人”的是（　　）。

A. 戴望舒　B. 穆旦　C. 北岛　D. 顾城

25. “蓬莱文章建安骨，中间小谢又清发”两句中的“小谢”是指（　　）。

A. 谢灵运　B. 谢朓　C. 谢玄　D. 谢安

26. 描写特洛伊战争的《伊利亚特》和《奥德赛》的作者是（　　）。

A. 亚里士多德　B. 但丁　C. 荷马　D. 狄更斯

27. 俗称的“黑管”是哪种木管乐器？（　　）

A. 单簧管　B. 双簧管　C. 巴松　D. 萨克斯

28. 大合唱《黄河》的作曲是现代作曲家冼星海，下列所提到的曲目，不是由他作曲的是（　　）。

A.《游击军歌》　B.《到敌人后方去》

C.《在太行山上》　D.《大路歌》

29. 四大书院中位于江西省的是（　　）。

A. 白鹿洞书院　B. 嵩阳书院　C. 应天书院　D. 岳麓书院

30. 巴赫为钢琴而作，用遍了大小二十四调，以证明键盘乐器转调优越性的作品是(　　)。

A.《英国组曲》　B.《法国组曲》

C.《平均律钢琴曲集》　D.《创意曲集》

三、名词解释（每题 4 分，共 20 分）

1. 抓拍
2. 狄更斯
3. 《清明上河图》
4. 华表奖
5. 电视剧

四、简答题（每题 10 分，共 20 分）

1. 电视广告的构成要素有哪些？
2. 简要介绍流行音乐的特点。

五、论述题（共 15 分）

结合自己的切身感受，谈一谈在全球化趋势日益明显的前提下，如何理解“越是民族的就越是国际的”这句话。

参考答案

一、填空题

1. 谭嗣同　林旭　刘光第　2. 杨柳轻飏直上重霄九　3.《棠棣之花》　4. 雄关漫道真如铁　而今迈步从头越　5. 商女不知亡国恨　6. 都德　7. 黑泽明　8. 新闻　9.《一口菜饼子》　10. 但丁　11. 苏绣　湘绣　粤绣　蜀绣　12. 承德避暑山庄　颐和园　拙政园　留园　13. 原色　14. 红 绿 蓝　15. 捷克　米兰·昆德拉　16. 德　雷马克　17. 李煜

二、选择题

1. C　2. C　3. B　4. B　5. D　6. A　7. C　8. A　9. A　10. B　11. D　12. B　13. C　14. A　15. A　16. A　17. A　18. B　19. D　20. A　21. D　22. A　23. C　24. D　25. B　26. C　27. A　28. D　29. A　30. C

三、名词解释

1. 抓拍：指在被摄对象不知情的情况下快速地抓取其自然、生动、最有表现力的瞬间形象。

2. 狄更斯：英国19世纪伟大的批判现实主义作家，一生创作了大量作品，广泛描写了19世纪英国维多利亚时代的社会生活，揭露了资产阶级金钱世界的种种罪恶。代表作品有《双城记》、《雾都孤儿》。

3.《清明上河图》：北宋画家张择端唯一存世的作品，是中国十大传世名画之一。宽24.8厘米，长528.7厘米，现存于北京故宫博物院。这幅画栩栩如生地描绘了北宋都城汴京的日常社会生活与习俗风情。通过这幅画，可以了解北宋的城市面貌和当时各阶层人民的生活，具有极高的史料价值。

4. 华表奖：是中国电影的最高荣誉奖，奖杯采用北京天安门城楼前的华表造型，每年由中国新闻出版广电总局对前一年度的影片进行评选。华表奖的前身是文化部优秀影片奖，始评于1957年，是中国电影政府奖，体现党和国家对电影事业的热情鼓励和大力支持。

5. 电视剧：一种专门在电视机荧屏上播映的演剧形式。它兼容电影、戏剧、文学、音乐、舞蹈、绘画、造型艺术等因素，是一门综合性很强的艺术。电视剧是一种适应电视广播特点、融合舞台和电影艺术的表现方法而形成的艺术样式，一般分单本剧和系列剧。

四、简答题

1. 电视广告的构成要素有哪些？

答：电视广告的构成要素包括图像、声音和时间三要素。

（1）图像就是呈现在电视屏幕上的现实生活中具体的、动态的影像。电视广告中的图像逼真生动，给观众的感受就像面对客观现实一样。

（2）电视中的声音是对现实生活中各种各样的声音的记录。它总是与画面紧密地配合在一起，给观众的感觉更加真实，传达广告信息更加有效。

（3）电视广告以时间来结构和传达信息：一是广告信息出现的时间顺序不同，其表达的含义也就不同；二是信息出现的时间长短给人的印象深浅也不相同；三是一则电视广告的时间长度越长，其信息含量也往往越多。时间是决定观众能否认知广告内容的关键所在。准确把握画面与声音在广告中出现的时间长短，对于电视广告的传达效果具有至关重要的意义。

2. 简要介绍流行音乐的特点。

答：流行音乐是指结构短小、内容通俗、形式活泼、情感真挚，并被广大群众所喜爱，广泛传唱或欣赏的器乐曲和歌曲。流行歌曲植根于大众生活的丰厚土壤之中，生活气息浓郁、抒情性强、风趣、音域不宽，唱法通俗、曲调顺口、易于传唱；歌词多用生活语言，浅显易懂，易为听者接受和传唱。

五、论述题

结合自己的切身感受，谈一谈在全球化趋势日益明显的前提下，如何理解“越是民族的就越是国际的”这句话。

答：简而言之，全球化就是世界各个民族之间日益紧密的相互依存、相互渗透的现状。

全球化有很多的类型，经济全球化、政治全球化和文化全球化。本题主要涉及的是文化全球化。全球化和民族化是相互依存的关系。没有全球化，就谈不上民族化。比如说，二胡这种乐器，本来是街头艺人用的，难登大雅之堂。在西洋乐器进来之后，中国文化面临衰微，人们开始寻找体现中国民族音乐精神的乐器或者音乐，二胡日益受到重视。昆曲申请世界非物质文化遗产的过程也是如此。因而说，全球化与民族化并不绝对矛盾，全球化有可能促进民族化。但是，另外一方面，全球化的强大也常常会扼杀民族化。就中国电影目前的现状来说，现在每年国产电影两三百部，大部分都进不了院线，院线基本上都被进口大片排满了。即使少量进入了院线的国产影片，票房成绩也不容乐观。受国外电影票房挤压的中国电影市场，每年只能凭借少数几个导演的几部大片来支撑。

那么，民族化的艺术形式和艺术家出路何在呢？

一方面，推行文化"走出去"战略，比如目前中国在全世界大量建立孔子学院就是这种策略的表现形式。

另一方面，加强自身文化的繁殖能力和造血能力。加强民族艺术的传承和保护，鼓励学习和传播传统艺术。

对全球化应进行策略化转换和借用，使之具有中国特点，具有民族化。

文艺常识全真模拟试题十三

一、填空题（每空1分，共30分）

1. “莫以恶小而为之，以善小而不为，惟贤惟德，能服于人”是________的名句。

2. “千年礼乐归东鲁，万古衣冠拜素王。”山东曲阜的孔府、________、孔林统称“三孔”，是中国历代纪念孔子、推崇儒学的表征，被世人尊崇为世界三大圣城之一。

3. 唐代陆羽写的__________是我国最早的一部茶叶专著。

4. “三戒”是指唐代散文家柳宗元的三篇寓言，分别为________、《永某氏之鼠》和《临江之麋》。

5. 约翰·福特最擅长________（类型片）。

6. 贝多芬《第五交响曲》又称________。

7. 意大利雕塑家________创作了《晨》、《暮》、《昼》、《夜》等一系列作品。

8. 《黄河大合唱》的词作者是________。

9. “以俟观人风者得焉”中“人风”是指________。

10. 典故“高山流水”中涉及的两个人物分别是________和________。

11. 《诗经》中“饥者歌其食，劳者歌其事”的现实主义精神和它的艺术创作方面的成就，对后世文学产生了深远的影响，成为我国现实主义诗歌创作的源头。《诗经》被儒家列为经典之一，它与《书》、《礼》、《易》、________合称为“五经”。

12. 中国电影史上第一位女导演是________。

13. 电影《新女性》的导演是________，女主演是________。

14. 周代在礼乐制度上建立了我国第一个________体系。

15. “非乐”是我国春秋战国时期 ________家的音乐观点。

16. 在“中国电影三大奖”中，________的特点是由群众投票选举，代表观众意见，反映票房价值；________的特点是由影协组织专家评议投票，代表专家意见，反映学术价值；________的特点是政府评奖，代表官方意见，反映倡导方向。

17. 中国古代最早的戏曲曲目是汉代的________。

18. 象征主义戏剧大师梅特林克的代表作是________。

19. 世界上的电视制式有三种：一是起源于美国的“点描制”，即________制，二是起源于法国的“赛康制”，即________制，三是起源于德国的“帕尔制”，即________制。中国采用________制。

20. 摄影的成像原理是________。

21. 摄影艺术包括________、________、建筑摄影、风光摄影、静物摄影、生活摄影、舞台摄影等。

22. 《谈电影语言的现代化》一文的作者是________和________。

二、选择题（每题0.5分，共15分）

1. 魔幻现实主义指的是20世纪中期拉丁美洲小说创作中的一个流派，下列属于魔幻现实主义代表作品的是（　　）。

A. 《百年孤独》　B. 《红与黑》　C. 《玩偶世家》　D. 《老人与海》

2. 下列不属于婉约派词人的是（　　）。

A. 柳永　B. 张孝祥　C. 秦观　D. 李清照

3. “文起八代之衰，道济天下之溺”是苏轼称赞散文家（　　）的文章。

A. 柳宗元　B. 韩愈　C. 王安石　D. 欧阳修

4. 丹麦的现代化设计早期以（　　）而著称。

A. 陶瓷设计　B. 家具设计　C. 服装设计　D. 玩具设计

5. 田汉的戏剧作品有（　　）。

A. 《龙须沟》　B. 《日出》　C. 《原野》　D. 《获虎之夜》

6. 美国国务卿相当于我国的（　　）。

A. 外交部长　B. 部长　C. 总理　D. 人大代表

7. 通用的体温计上标的刻度最高是多少度？（　　）

A. 40℃　B. 42℃　C. 45℃　D. 50℃

8. 被人们称为足球“凯撒大帝”的是（　　）。

A. 贝肯鲍尔　B. 马拉多纳　C. 贝利　D. 克鲁伊夫

9. 发表著名的“铁幕演说”的是（　　）。

A. 杜鲁门　B. 罗斯福　C. 杜勒斯　D. 丘吉尔

10. 屈原是战国时期（　　）的爱国政治家和伟大的诗人。

A. 魏国　B. 赵国　C. 楚国　D. 齐国

11. 汉代著名舞蹈（　　）是西南四川巴中地区板楯蛮的舞蹈。

A. 《巾舞》　B. 《剑器舞》　C. 《秧歌》　D. 《巴渝舞》

12. “国际电影节之父”是指（　　）。

A. 威尼斯国际电影节　B. 戛纳电影节

C. 柏林国际电影节　D. 圣丹斯国际电影节

13. “汉皇重色思倾国，御宇多年求不得”中的“汉皇”是指皇帝（　　）。

A. 刘邦　B. 李隆基　C. 刘彻　D. 李煜

14. 程砚秋以演唱（　　）著名。

A. 吕剧　B. 豫剧　C. 越剧　D. 京剧

15. 下列作品中属于郭沫若的作品是（　　）。

A. 《女神》　B. 《呐喊》

C. 《春风沉醉的晚上》　D. 《超人》

16. 《长恨歌》的作者是（　　）。

A. 白居易　B. 李白　C. 杜甫　D. 杜牧

17. 以下哪种茶属于绿茶？（　　）

A. 西湖龙井　B. 铁观音　C. 北苑御茶　D. 武夷岩茶

18. 以下哪个演员没有参加过彭浩翔导演的作品？（　　）

A. 钱嘉乐　B. 杜汶泽　C. 陈百祥　D. 陈道明

19. 四大名著中不正确的情节是（　　）。

A. 诸葛亮拒过江东　B. 唐僧取经

C. 鲁智深倒拔垂杨柳　D. 刘姥姥进大观园

20. 《黄河大合唱》的词曲作者分别是（　　）。

A. 光未然　冼星海　B. 李焕之　冼星海

C. 时乐蒙　冼星海　D. 林中华　冼星海

21. 元代画家王冕以画（　　）著称。

A. 梅　B. 兰　C. 竹　D. 菊

22. 法国著名艺术史家丹纳的著名作品是（　　）。

A.《艺术与哲学》　B.《论艺术》　C.《诗学》　D.《艺术学》

23. 我国近代“为百虫写照，为百鸟传神”的画家是（　　）。

A. 齐白石　B. 徐悲鸿　C. 吴昌硕　D. 刘海粟

24.《皇帝的新装》是世界著名的（　　）作品。

A. 童话　B. 戏剧　C. 小说　D. 电影

25.《老人与海》的作者是（　　）。

A. 海明威　B. 马克·吐温　C. 杰克·伦敦　D. 惠特曼

26. 古希腊作家索福克勒斯的《俄狄浦斯王》是（　　）。

A. 命运悲剧　B. 社会悲剧　C. 喜剧　D. 性格悲剧

27. 大理石雕像《沉思》是（　　）的作品。

A. 罗丹　B. 罗中立　C. 米隆　D. 钱绍武

28.《游魂》是（　　）的作品。

A. 高更　B. 毕加索　C. 莫奈　D. 伦勃朗

29. 我国古代名曲《十面埋伏》描写的是（　　）战争。

A. 楚汉之争　B. 官渡之战　C. 淝水之战　D. 赤壁之战

30. 艺术起源于（　　）。

A. 人性　B. 劳动　C. 理念　D. 情感

三、名词解释（每题4分，共20分）

1. 左联
2. 电视单本剧
3. 纪录片
4. 金字塔（建筑）
5. 心理蒙太奇

四、简答题（每题10分，共20分）

1. 广播电视传播的社会功能。
2. 什么是美国大片？它的特点是什么？

五、论述题（共15分）

谈谈《红楼梦》中薛宝钗的艺术形象。

☞ 参考答案

一、填空题

1. 刘备 2. 孔庙 3.《茶经》 4.《黔之驴》 5. 西部片 6.《命运交响曲》 7. 米开朗基罗 8. 张光年（光未然） 9. 民风 10. 钟子期 俞伯牙 11.《春秋》 12. 谢采真 13. 蔡楚生 阮玲玉 14. 宫廷音乐 15. 墨 16. 百花奖 金鸡奖 华表奖 17.《东海黄公》 18.《青鸟》 19. N S P P 20. 小孔成像 21. 新闻摄影 人像摄影 22. 张暖忻 李陀

二、选择题

1. A 2. B 3. B 4. A 5. D 6. A 7. B 8. A 9. D 10. C 11. D 12. A 13. B 14. D 15. A 16. A 17. A 18. D 19. A 20. A 21. A 22. A 23. A 24. A 25. A 26. A 27. A 28. A 29. A 30. B

三、名词解释

1. 左联：中国左翼作家联盟，简称左联，是中国共产党领导的革命文学组织。1930年3月成立于上海，领导成员有鲁迅、夏衍、冯雪峰、冯乃超、丁玲、周扬等。其任务是团结和组织进步作家，反击国民党当局的文化“围剿”，介绍和传播马克思主义文艺理论，批判各种资产阶级文艺思潮。1936年初，为了建立文艺界抗日民族统一战线而自动解散。曾出版机关刊物《萌芽月刊》、《前哨》、《北斗》、《文学月报》等。

2. 电视单本剧：由一个完整的故事或情节构成的，有情节的发生、发展、高潮和结局的完整脉络，而且是一次将戏演完的电视剧艺术形式。它相当于文学作品中的短篇小说或戏曲作品中的独幕剧。电视单本剧一般为一至两集，最长为上中下三集。

3. 纪录片：纪录片是以真实生活为创作素材，以真人真事为表现对象，并对其进行艺术加工与展现，以展现真实为本质，并用真实引发人们思考的电影或电视艺术形式。

4. 金字塔（建筑）：在建筑学上是指锥体建筑物，一般来说基座为正三角形或四方形等正多边形，侧面由多个三角形或接近三角形的面相接而成，顶部面积非常小，甚至成尖顶状。金字塔这一类型的建筑物一般用作建造陵墓或者祭祀场所之用，因为它的外形像中国的汉字“金”，所以称之为金字塔。金字塔一般指的是埃及金字塔，其他著名的还有玛雅金字塔、阿兹特克金字塔（太阳金字塔、月亮金字塔）等。

5. 心理蒙太奇：是人物心理描写的重要手段，它通过画面镜头组接或声画有机结合，形象生动地展示人物的内心世界，常用于表现人物的梦境、回忆、闪念、幻觉、遐想等精神活动。这种蒙太奇在剪接技巧上多用交叉穿插等手法，其特点是画面和声音形象的片段性、叙述的不连贯性和节奏的跳跃性，声画形象带有剧中人物强烈的主观性。

四、简答题

1. 广播电视传播的社会功能。

答：(1) 传播新闻的功能。广播电视传播迅速，是新闻传播的最佳媒介，也是新闻传播的现代化工具之一。在广播电视中，其新闻功能不只体现在新闻报道，在其他专题性、对象性、综合性等栏目或节目之中，也同样包含着许多新闻信息。

(2) 宣传的功能。它可以采用直接宣传和间接宣传（通过新闻、文化、艺术、知识等节目）的方式，来实现其政治工具、阶级喉舌的宣传功能。

(3) 舆论监督的功能。舆论是社会上相当数量的人对一个问题表示的个人意见、态度和信念的集合，广播电视通过其传播内容，可起到舆论监督的作用。

(4) 传授知识的功能。广播电视传播具有广泛性，尤其是电视形声俱全，并能克服时空限制，因而在传授知识方面具有优势。

除此之外，广播电视还具有提供服务、愉悦身心的功能。

2. 什么是美国大片？它的特点是什么？

答：美国大片是指以好莱坞为主的大制作、大投资、大场面、明星云集的美国商业电影。美国大片积聚了美国电影长达百年的产业化运作经验，主要有以下三个特点：

(1) 制作大。包括高科技、大投资、大导演、大明星、大场面。

(2) 市场大。它属于跨国界、跨文化交流的文化产业，同时兼顾本土和国际市场。

(3) 营销大。以现代整合营销手段为核心，贯穿整个电影产业链。

五、论述题

谈谈《红楼梦》中薛宝钗的艺术形象。

答：曹雪芹笔下的薛宝钗是封建社会中一位典型的淑女，她是封建礼教忠诚的信仰者、自觉的执行者和可悲的殉道者。然而这一封建淑女形象又是复杂的、丰富多彩的。

薛宝钗的一个突出特点，就是她忠诚地信奉封建礼教，特别是强加在妇女身上的奴隶道德。她曾多次规劝贾宝玉走“仕途经济”、“立身扬名”之道，以至于引起贾宝玉的极大反感；她也多次向黛玉、湘云进行“女子无才便是德”、“总以贞静为主”之类的封建说教。这些都足以说明，在大观园的贵族少女中，她是受封建正统思想、封建道德观念毒害比较深的一个。

但同时薛宝钗还有另一个突出的特点，就是圆滑世故。她善于处理人际关系，和各方面的人保持着一种亲切自然、合宜得体的关系，因而得到了贾府上上下下各种人等的称赞。

另外，在薛宝钗的性格中，也有虚伪和矫情的一面。她喜欢讨好人和奉承人。贾母要给她做生日，问她爱听什么戏、爱吃什么东西。她深知老年人喜欢热闹戏文，爱吃甜烂食物，就按贾母平时的爱好回答。

当然，薛宝钗的性格中也有一些美好的品格。例如，处事周到，办事公平，关心人，帮助人。湘云要开社做东，宝钗因怕她花费引起婶娘抱怨，便资助她办了螃蟹宴。对于寄人篱下的林黛玉、家境贫寒的邢岫烟，也都给过她们种种帮助。

文艺常识全真模拟试题十四

一、填空题（每空1分，共30分）

1. 诗集《死水》的作者是________。

2. 古希腊喜剧之父是________，其成名作是________。

3. 刘勰在________中说："夫缀文者情动而辞发，观文者披文以入情，沿波讨源，虽幽必显。"

4. 《义勇军进行曲》的作曲者是________。

5. 《一千零一夜》又译作__________，是________（民族）的民间故事集。

6. 俄国长篇小说《被侮辱与被损害的》、《罪与罚》的作者是________。

7. 长篇小说《呼兰河传》的作者是________。

8. 西班牙民族戏剧的奠基人是________，其代表作是________。

9. 围棋棋盘共有________个交叉点。

10. 中央电视台的综艺频道是第________套节目。

11. "人生自古谁无死，留取丹心照汗青"的作者是________。

12. 《月球旅行记》是________国的乔治·梅里爱在1902年拍摄的科幻片。

13. 影片《爱德华大夫》的导演是________。

14. 电影《一江春水向东流》的片名取自________的词。

15. 我国第一个女配音演员是________。

16. ________于1913年拍摄的家庭短剧________，被认为是中国最早的故事片。

17. 华语电影获得奥斯卡最佳外语片的是________导演的________。

18. 中国台湾的电影杰作有________导演的《悲情城市》、________导演的《牯岭街少年杀人事件》、________导演的《爱情万岁》、________导演的《暗恋桃花源》等。

19. 中国香港是世界三大电影制作基地之一，在国际上有知名度的导演有《花样年华》的导演________、《香港制造》的导演陈果、《大事件》的导演________、《阮玲玉》的导演________、《黄飞鸿》的导演徐克、《英雄本色》的导演吴宇森等。

20. 贺岁片《甲方乙方》、《不见不散》的导演是________。

二、选择题（每题 0.5 分，共 15 分）

1. 歌德花了 60 年的时间完成的巨著是（　　）。

A. 《少年维特之烦恼》　　B. 《普罗米修斯》

C. 《浮士德》　　D. 《阴谋与爱情》

2. 下列作品、作者以及国籍对应有误的一项（　　）。

A. 《我的叔叔于勒》——莫泊桑——法国

B. 《谈读书》——培根——英国

C. 《纪念伏尔泰逝世一百周年的演说》——雨果——法国

D. 《白夜》——叶赛宁——俄国

3. “负荆请罪” 与哪位人物有关？（　　）

A. 荆轲　　B. 刘邦　　C. 廉颇　　D. 项羽

4. 新中国的第一部电影是（　　）。

A. 《中华儿女》　　B. 《钢铁战士》　　C. 《桥》　　D. 《八女投江》

5. 中国古代作品《道德经》的作者是（　　）。

A. 老子　　B. 庄子　　C. 孔子　　D. 墨子

6. 《诗学》的作者是（　　）。

A. 亚里士多德　　B. 柴可夫斯基　　C. 莱辛　　D. 莎士比亚

7. 影片《林家铺子》的导演是著名电影导演（　　）。

A. 水华　　B. 汤晓丹　　C. 崔嵬　　D. 郑君里

8. 《嘎达梅林》是哪个民族的叙事歌曲？（　　）

A. 藏族　　B. 满族　　C. 蒙古族　　D. 回族

9. 下列文学常识表述有误的是（　　）。

A. 《春》和《背影》的作者是朱自清。

B.《马说》和《捕蛇者说》的作者分别是柳宗元、韩愈。

C.“大漠孤烟直，长河落日圆”出自唐代诗人王维的《使至塞上》。

D.《最后一课》的作者都德和《我的叔叔于勒》的作者莫泊桑都是法国作家。

10.（　　）被美国媒体誉为“反智电影”的代表作。

A.《七宗罪》　B.《阿甘正传》　C.《沉默的羔羊》D.《冷山》

11. 歌曲《友谊地久天长》如今成为家喻户晓的曲目，它最早是在影片（　　）中出现的。

A.《魂断蓝桥》　B.《廊桥遗梦》　C.《公民凯恩》　D.《艺妓回忆录》

12. 获得1981年第一届金鸡奖的最佳美术片的影片是（　　）。

A.《三个和尚》　B.《大闹天宫》　C.《铁扇公主》　D《小蝌蚪找妈妈》

13. 电影又被称为继绘画、音乐、戏剧等艺术之后的第几艺术？（　　）

A. 第五艺术　B. 第六艺术　C. 第七艺术　D. 第八艺术

14. 中国最早的电影由于受到封建思想的影响，影片的女主角需由男人饰演。下面哪一部电影是由男人来饰演剧中女主角的？（　　）

A.《阎瑞生》　B.《难夫难妻》　C.《庄子试妻》　D.《清虚梦》

15. 卓别林的第一部有声电影是（　　）。

A.《摩登时代》　B.《城市之光》　C.《大独裁者》　D.《舞台生涯》

16. 下面不是罗曼·罗兰作品的是（　　）。

A.《贝多芬传》　B.《米开朗基罗传》

C.《列夫·托尔斯泰传》　D.《巴尔扎克传》

17. 不属于“汉初三杰”的是（　　）。

A. 韩信　B. 萧何　C. 张良　D. 陈平

18.“鸿鹄之志”最早出现在（　　）。

A.《论语》　B.《战国策》　C.《史记》　D.《资治通鉴》

19. 中国古代戏曲中的杰作《西厢记》的作者是（　　）。

A. 王实甫　B. 关汉卿　C. 白朴　D. 马致远

20. 诙谐幽默，寓悲于喜，形成“含泪的微笑”的独特风格的美国著名小说家是（　　）。

A. 莫泊桑　B. 杰克·伦敦　C. 屠格涅夫　D. 欧·亨利

21. “兼听则明，偏信则暗”这句古代格言出自（　　）。

A. 《资治通鉴》 B. 《论语》 C. 《荀子》 D. 《史记》

22. 京剧中的“大花脸”所属的行当是（　　）。

A. 生 B. 旦 C. 丑 D. 净

23. 下列哪一作家是苏联作家？（　　）

A. 狄更斯 B. 高尔基 C. 巴尔扎克 D. 托尔斯泰

24. 引起“洛阳纸贵”的作品是（　　）。

A. 《史记》 B. 《三都赋》 C. 《二京赋》 D. 《上林赋》

25. 意大利文艺复兴后期的威尼斯画派形成于 15 世纪后期，繁荣于 16 世纪，其创作灵魂是（　　）。

A. 色彩 B. 构图 C. 光线 D. 寓意

26. 译文为“上帝与我们同在”的字样出现在哪种货币上？（　　）

A. 美元 B. 日元 C. 英镑 D. 法郎

27. 以下选项中，哪项不是明代大戏剧家汤显祖创作的“临川四梦”中的一部？（　　）

A. 《紫钗记》 B. 《还魂记》 C. 《玉簪记》 D. 《邯郸记》

28. 以下人物中哪一位不是《红楼梦》中的“金陵十二钗”？（　　）

A. 史湘云 B. 王熙凤 C. 晴雯 D. 巧姐

29. 以下哪个选项与三国人物曹操无关？（　　）

A. “治世之能臣，乱世之奸雄”

B. “对酒当歌，人生几何”

C. “青山依旧在，几度夕阳红”

D. “宁可我负天下人，不教天下人负我”

30. 以下哪部作品不是金庸的作品？（　　）

A. 《鸳鸯刀》 B. 《书剑恩仇录》

C. 《萍踪侠影录》 D. 《白马啸西风》

三、名词解释（每题 4 分，共 20 分）

1. 技巧性蒙太奇

2. 新感觉派

3. 印象画派
4. 金鸡奖
5. 艺术

四、简答题（每题10分，共20分）

1. 简述摄影艺术的主要特征。
2. 简述戏曲表演的程式化。

五、论述题（共15分）

谈谈你对“法国新浪潮”电影的认识。

参考答案

一、填空题

1. 闻一多 2. 阿里斯托芬 《鸟》 3.《文心雕龙》 4. 聂耳 5.《天方夜谭》 阿拉伯 6. 陀思妥耶夫斯基 7. 萧红 8. 维加 《羊泉村》 9. 361 10. 三 11. 文天祥 12. 法 13. 希区柯克 14. 李煜 15. 舒绣文 16. 郑正秋 《难夫难妻》 17. 李安 《卧虎藏龙》 18. 侯孝贤 杨德昌 蔡明亮 赖声川 19. 王家卫 杜琪峰 关锦鹏 20. 冯小刚

二、选择题

1. C 2. D 3. C 4. C 5. A 6. A 7. A 8. C 9. B 10. B 11. A 12. A 13. C 14. C 15. C 16. D 17. D 18. C 19. A 20. D 21. A 22. D 23. B 24. B 25. A 26. A 27. C 28. C 29. C 30. C

三、名词解释

1. 技巧性蒙太奇：电影基本的构成形式和构成方法之一，除以交代情节、展开事件为主旨的叙事性蒙太奇和以调动观众情绪、加强艺术效果为主旨的表现性蒙太奇外，在前期拍摄和后期制作过程中用来处理镜头或镜头之间关系的一些特殊手段，如停机再拍、多次曝光、升格、降格、淡入、淡出、化入、化出、叠印、切换以及声音蒙太奇，统称为技巧性蒙太奇。

2. 新感觉派：是20世纪30年代产生于上海文坛的一个现代主义小说流派，是20世纪我国第一个也是唯一的现代主义小说流派。新感觉派大多展示半殖民地大都市的生活百态，着重于对病态生活的描写、展现人物畸形的两性关系及心理等；极力地捕捉新奇的感觉、印象，把人物的主观感觉投射到对象中去；对人物的意识和潜意识进行精神分析，着重表现二重人格，并追求小说形式技巧的创新。主要作家有施蛰存、刘呐鸥、穆时英等。

3. 印象画派：诞生于法国19世纪后期，是西方绘画史上一个划时代的艺术流派，因莫奈的《日出·印象》而得名。印象画派反对当时学院派的保守思想和表现手法，倡导走出画室，在户外阳光下直接描绘自然景物，追求光色变化中表现对象的整体感和氛围，以迅速的手法把握自然界瞬间的印象，使画面呈现出新鲜生动的感觉。印象画派一反传统宗教神话等主题内容和灰褐色调，使欧洲绘画出现发挥光色原理加强表现力的新方法，对绘画技法的革新有很大影响。代表画家有莫奈、雷诺阿、梵·高、塞尚、高更等。

4. 金鸡奖：创办于1981年，由中国电影家协会和中国文联联合主办，由电影艺术家、电影评论家和电影事业家组成评奖委员会，选出最佳故事片、科教片、美术片以及最佳编剧、导演、摄影、美术、音乐等20多个奖项。由于金鸡奖评委会组成的权威性、评选程序的严密性和评奖标准的学术性，因而被称为“专家奖”。金鸡奖以金鸡啼晓象征百家争鸣，同时也包含着激励中国电影艺术家闻鸡起舞、努力创新、奋发向上的意义。

5. 艺术：是社会意识形态的一种，是人类实践活动的一种形式，也是人类把握世界的一种方式。艺术家按照美的规律塑造艺术形象，以人为中心对社会生活进行感性与理性、情感与认识、个别性与概括性相统一的反映，把反映生活与表现情感结合起来，并用语言、色彩、线条等物质手段表现形象，使之成为客观存在的审美对象。文字、绘画、雕塑、建筑、音乐、舞蹈、戏剧、电影等可以表达美的事物，都属于艺术。

四、简答题

1. 简述摄影艺术的主要特征。

答：(1) 特定的时空。摄影必须在一定时间和空间范围内直接面对被摄对象进行现场拍摄，如实反映现实生活中实际存在的人物、事件和环境，特别注重纪实性。

(2) 营造的真实。摄影艺术运用科学技术手段能够逼真、精确地再现被摄对象。

(3) 光影的结合。光线和影调是摄影艺术独特的造型手段。

2. 简述戏曲表演的程式化。

答：程式化是中国戏曲为表现生活所采取的一种艺术处理的手段，它源于客观生活，对客观生活中的动作、音响等进行分析、选择，抽取其中独特的部分，进行装饰、美化与加工，使之具有一定的规范化、统一性，既是生活真实的再现，又比自然状态中的生活更准确、更鲜明。

（1）动作的程式化。不同角色的戏曲演员在舞台上的动作、招式都有相对固定的程式。选取生活中的关键动作进行艺术装饰，使之与舞台上的人物形象、性格相贴近，并具有形式美的特点。

（2）脸谱的程式化。脸谱是在戏曲演员面部勾画一定的彩色图案，以显示剧中人物的性格和特征。脸谱艺术非常讲究章法，将点、线、色、形有规律地组成装饰性的图案造型，由此也就产生了戏曲脸谱的各种各样的样式与规则。

五、论述题

谈谈你对“法国新浪潮”电影的认识。

答：法国新浪潮电影运动是继欧洲先锋派电影运动、意大利新现实主义电影运动之后的第三次具有世界影响的电影运动，它没有固定的组织、统一的宣言、完整的艺术纲领。这一运动的本质是以现代主义精神来彻底改造电影艺术，它的出现将西欧的现代主义电影运动推向了高潮。

当时安德烈·巴赞主编的《电影手册》聚集了一批青年编辑人员，如夏布洛尔、特吕弗、戈达尔等50余人。他们深受萨特存在主义哲学思潮的影响，提出“主观的现实主义”的口号，反对过去影片中的“僵化状态”，强调拍摄具有导演“个人风格”的影片，又被称为“电影手册派”或“作者电影”。他们大都崇尚个人独创性，表现出对电影历史传统的高度自觉，不论在主题上或表现手法上都与传统电影大相径庭。

新浪潮电影采用低成本制作，启用非职业演员，不用摄影棚而用实景拍摄，不追求场面刺激和戏剧化冲突。大量使用能够表达人物主观感受和精神状态的长镜头、移动摄影、画外音、内心独白、自然音响，甚至使用违反常规的晃动镜头。采用以人物为对象的使用轻便摄像机完成的跟拍、抢拍，以及长焦、变焦、定格、延续、同期录音等纪实手法，将主观写实与客观真实相结合，带有强烈的个人传记色彩。

代表作家作品有特吕弗《四百击》，夏布洛尔《漂亮的塞尔其》《好女人》，戈达尔《筋疲力尽》等等。

文艺常识全真模拟试题十五

一、填空题（每空1分，共30分）

1. 《论语》中孔子论述学与思关系的语句是________________________。

2. 著名画家伦勃朗的国籍是________。

3. 《乡愁》是台湾诗人________的诗作。

4. 《干校六记》的作者是 ________。

5. 根据《不列颠百科全书》所载，迄今为止世界上最大的百科全书是______。

6. 宙斯是最高的天神，阿波罗是太阳神，雅典娜是______，丘比特是小爱神。

7. 金庸把自己的作品写成了一副对联：飞雪连天射白鹿，笑书神侠倚碧鸳。其中“射”指《射雕英雄传》，“笑”指________。

8. 《精卫填海》出自________。

9. 孔尚任的《桃花扇》写侯方域和________的爱情悲剧。

10. 中国第一部电视剧是________。

11. 电影《重庆森林》、《东邪西毒》的导演是________。

12. 美术作品《最后的晚餐》的作者是________。

13. 芭蕾舞剧《天鹅湖》的作曲者是________。

14. 中国古代美术史上被称为“画圣”的是________。

15. 电视连续剧《大明宫词》、《橘子红了》的导演是________。

16. 表现西班牙内战的著名壁画《格尔尼卡》的作者是________。

17. 电影《黑骏马》、《本命年》的导演是________。

18. 我国声乐一般划分为________、________和通俗三种唱法。

19. 中国第一本关于舞蹈理论的专著是________。

20. 在芭蕾舞史上成为浪漫主义和现实主义转折的芭蕾舞作品是________。

21. 觉慧是巴金长篇小说________中的主人公。

22. “青青河畔草，郁郁园中柳”出自汉代组诗《古诗十九首》，其中一首“生年不满百，常怀千岁忧”的后两句是________，________。

23. “赛乃姆”、“多郎舞”、“萨玛舞”是________族民间舞蹈表演形式。

24. 长篇小说《金粉世家》的作者是________。

25. 戏曲中扮演士兵、衙役等随从人员的被称为________。

26. 电影《长恨歌》是香港导演________根据________的同名作品改编拍摄而成。

二、选择题（每题0.5分，共15分）

1. 除了朱自清写了《桨声灯影里的秦淮河》，还有（　　）写了同样题目的散文。

A. 徐志摩　B. 沈从文　C. 俞平伯　D. 余秋雨

2. 著名的《四小天鹅舞》出现在《天鹅湖》的第（　　）幕中。

A. 一　B. 二　C. 三　D. 四

3. 马头琴是（　　）舞蹈的特色伴奏乐器。

A. 藏族　B. 维吾尔族　C. 蒙古族　D. 苗族

4. 由上海戏剧学院编撰的著名戏剧专业刊物是（　　）。

A. 《戏剧艺术》　B. 《上海戏剧》

C. 《上海戏剧杂志》　D. 《戏剧周刊》

5. 宝莱坞是在（　　）。

A. 美国　B. 意大利　C. 印度　D. 法国

6. 以下属于印象画派的代表画家的是（　　）。

A. 马蒂斯　B. 莫奈　C. 康定斯基　D. 爱德华·蒙克

7. 英国影星费雯丽未曾演过下述哪部影片？（　　）

A. 《欲望号街车》　B. 《罗马假日》　C. 《乱世佳人》　D. 《魂断蓝桥》

8. 艺术形象“鲁大海”出自以下哪部作品？（　　）

A. 《四世同堂》　B. 《雷雨》　C. 《家》　D. 《月牙儿》

9. 以下哪位不是京剧四大名旦之一？（　　）

A. 梅兰芳　B. 荀慧生　C. 尚小云　D. 张君秋

10. 海明威死于（　）。

A. 被暗杀　B. 自杀　C. 无疾而终　D. 海难

11.《假如给我三天光明》的作者是（　）。

A. 海伦·凯勒　B. 夏洛蒂·勃朗特

C. 罗曼·罗兰　D. 乔纳森·斯威夫特

12. 下列哪部影片不是根据张爱玲的小说改编的？（　）

A.《色戒》　B.《海上花》　C.《倾城之恋》　D.《金锁记》

13. 下列哪部影片不是根据小说改编的？（　）

A.《集结号》　B.《贝奥武夫》　C.《色戒》　D.《太阳照常升起》

14.《等待戈多》是（　）戏剧的代表作品。

A. 表现主义　B. 存在主义　C. 象征主义　D. 荒诞派

15. 现代派名画《向日葵》的作者著名画家梵·高是（　）人。

A. 荷兰　B. 挪威　C. 意大利　D. 西班牙

16. 五代南唐画家顾闳中的名作（　），是以五段连续的画面来构成一幅长卷，主人公在不同的画面中多次出现，形成了一幅运动的图景。

A.《清明上河图》　B.《韩熙载夜宴图》

C.《洛神赋图》　D.《匡庐图》

17. 以审美规范化了的有组织、有节奏的人体动作为主要表现手段的艺术样式是（　）。

A. 戏剧　B. 电影　C. 音乐　D. 舞蹈

18. 在电影中，常常见到英雄牺牲后紧接着就出现高山青松的镜头，这种镜头连接方式属于（　）。

A. 对比蒙太奇　B. 平行蒙太奇　C. 象征蒙太奇　D. 联想蒙太奇

19. 下列哪个作家不是法国人？（　）

A. 雨果　B. 莫泊桑　C. 巴尔扎克　D. 海涅

20. “花儿”是哪一个少数民族的民歌？（　）

A. 蒙古族　B. 高山族　C. 回族　D. 侗族

21. 尤涅斯库的《秃头歌女》是（　）戏剧的代表作品。

A. 表现主义　B. 存在主义　C. 象征主义　D. 荒诞派

22.“分镜头”这一工作在电影摄制组中通常是由谁完成的？（　　）

A. 主要演员　　B. 导演　　C. 摄影师　　D. 美术师

23.《孟子·告子下》记载：“天子适诸侯曰巡狩，诸侯朝于天子曰述职。……一不朝，则贬其爵；再不朝，则削其地；三不朝，则六师移之。”上述材料反映的历史是（　　）。

A. 周初的分封制　　B. 西周后期王室衰微

C. 诸侯争霸　　D. 井田制的巩固

24. 中国古代四大发明西传的先后顺序是（　　）。

A. 造纸术——活字印刷术——指南针——火药与火器

B. 指南针——活字印刷术——火药与火器——造纸术

C. 火药与火器——指南针——造纸术——活字印刷术

D. 造纸术——指南针——火药与火器——活字印刷术

25.“君子博学而日参省乎己，则知明而行无过矣”出自（　　）。

A.《荀子·劝学》　　B.《论语·述而》

C.《孟子·梁惠王上》　　D.《孟子·告子下》

26.《过秦论》“然后践华为城，因河为池”，这里的“河”指的是（　　）。

A. 渭河　　B. 汉水　　C. 黄河　　D. 汾河

27.《鸿门宴》“沛公居山东时，贪于财货，好美姬”，这里的“山东”指(　　)。

A. 今天的山东省　　B. 泰山以东地区

C. 太行山以东地区　　D. 崤山以东地区

28. 下列有关文学常识的表述正确的一项是（　　）。

A.《国语》是最早的国别体史书，《左传》是最早的叙事详备的编年体史书；《国语》、《左传》既长于记事，又长于记言。

B. 我国古典小说中真正吸收史传文学写作艺术经验的第一部作品是《三国演义》。

C.《金瓶梅》开辟了一条写平凡人生活的道路，显示了现实主义文学的长足发展。

D.《威尼斯商人》中的夏洛克、莫里哀悲剧《悭吝人》中的阿巴贡、《欧也妮·葛朗台》中的葛朗台都是悲剧式的人物。

29. 下列有关作家作品的表述不正确的一项是（　　）。

A.《变形记》的作者是奥地利作家卡夫卡。

B. 《墙上的斑点》是一篇意识流小说。

C. 《等待戈多》是一部荒诞派戏剧。

D. 《百年孤独》是一部批判现实主义小说。

30. 下列哪一位导演最先提出了“纯电影”的口号？（　　）

A. 雷内·克莱尔　　B. 路易·德鲁克

C. 路易斯·布努埃尔　　D. 谢尔曼·杜拉克

三、名词解释（每题 4 分，共 20 分）

1. 寻根文学
2. 昭陵六骏
3. 唐三彩
4. 小夜曲
5. 潜影

四、简答题（每题 10 分，共 20 分）

1. 简述景别的分类。
2. 为什么说莫奈是印象画派的创始人？

五、论述题（共 15 分）

编导戏剧与创作小说有哪些不同？编导戏剧的独特之处是什么？

参考答案

一、填空题

1. 学而不思则罔　思而不学则殆　2. 荷兰　3. 余光中　4. 杨绛　5. 《永乐大典》　6. 智慧女神　7. 《笑傲江湖》　8. 《山海经》　9. 李香君　10. 《一口菜饼子》　11. 王家卫　12. 达·芬奇　13. 柴可夫斯基　14. 吴道子　15. 李少红　16. 毕加索　17. 谢飞　18. 民歌　美声　19. 《新舞蹈艺术概论》　20. 《吉赛尔》　21. 《家》　22. 《古诗十九首》　昼短苦夜长　何不秉烛游　23. 维吾尔　24. 张恨水　25. 龙套　26. 关锦鹏　王安忆

二、选择题

1. C　2. B　3. C　4. A　5. C　6. B　7. B　8. B　9. D　10. B　11. A　12. B　13. B　14. D　15. A　16. B　17. D　18. C　19. D　20. C　21. D　22. B　23. A　24. D　25. A　26. C　27. D　28. C　29. D　30. D

三、名词解释

1. 寻根文学：20世纪80年代中期，中国文坛上兴起了一股“文化寻根”的热潮，作家们开始致力于对传统意识、民族文化心理的挖掘，他们的创作被称为“寻根文学”。1985年，韩少功率先在《文学的“根”》一文中提出：“文学有根，文学之根应深植于民族传统的文化土壤中。”代表作家作品有：韩少功《爸爸爸》，阿城“三王”（《棋王》《树王》《孩子王》）等。

2. 昭陵六骏：指立于唐太宗陵墓前的六块浮雕，是唐太宗生前征战疆场时所骑过的六匹战马。六匹战马中，三匹做奔驰状，三匹做站立状。作者熟练地使用了“起位”这一典型的浮雕创作技巧，巧妙地运用流畅强韧的弧线和犀利挺劲的直线，曲直相辅、刚柔相济，使战马形象产生了近乎圆雕的体积感。“昭陵六骏”是我国浮雕艺术史上的经典代表，对研究我国浮雕艺术的发展具有重要的实物史料价值。

3. 唐三彩：是一种盛行于唐代的陶器，以黄、白、绿为基本釉色，后来人们把这类陶器称为“唐三彩”。唐代是中国封建社会的鼎盛时期，经济上繁荣兴盛，文化艺术上群芳争艳，唐三彩就是在这一时期产生的一种彩陶工艺品，它以造型生动逼真、色泽艳丽和富有生活气息而著称。唐三彩吸取了中国国画、雕塑等工艺美术的特点，采用堆贴、刻画等形式的装饰图案，线条粗犷有力。

4. 小夜曲：一种音乐体裁，通常是黄昏或夜晚时所唱的歌曲，也包括早晨在爱人窗前所唱的情歌。起源于欧洲中世纪的骑士文学，流传于西班牙、意大利等欧洲国家。通常用吉他或曼陀铃伴奏，如舒伯特的小夜曲等。另外还有一种供乐队合奏的小夜曲，曲调轻快活泼，始于18世纪末，常为上流社会达官显贵餐宴时助兴而用，如莫扎特的《D大调哈夫纳小夜曲》等。

5. 潜影：又称潜像。在胶片曝光后，乳剂层中的卤化银起光化作用，产生了肉眼看不见的影像，在摄影学上称为潜影。潜影只有在经过随后的显影、定影等加工过程之后才能变成可见的影像。显影时，溴化银中的溴与显影剂产生反应，生成溴化物而进入显影液；溴化银中的银离子被还原为黑色的银微粒，形成可见的影像。

四、简答题

1. 简述景别的分类。

答：景别的分类有两种标准：一是被摄主体在画面中所占的面积大小，一是成年人在画面中所占的位置大小。一般情况下，采用第二种标准，将景别大致划分为远景、全景、中景、近景、特写。

（1）远景。远景是以景物为主要拍摄对象的景别，表现人物与环境的关系和所处的具体位置。这种景别是视距最远、表现空间范围最广的一种景别，一般用于表现远距离的场面和开阔的空间环境。

（2）全景。在全景镜头中，被摄主体的形态在画面中完全被呈现出来，画幅中人物成为明显的被摄主体，是一种极为常用的景别。这种景别既能展示人物的外貌、动作，又能交代人物所处的环境，画面的叙事信息比较丰富。

（3）中景。中景画面是人物取到膝盖以上的景别。这种景别既能交代环境，也能表现人物主体的形体和表情、人物之间的交流关系，是叙事性非常强的功能性景别。

（4）近景。近景对画面主体人物取景在胸部以上，占据画幅面积一半以上。近景主要用来突出主体、强调细节，表现相对小的物体或人物表情，提升被摄主体的重要性。

（5）特写。特写是表现成年人肩部以上的头像或某些被摄对象细部的景别。因其取景范围小，画面内容单一，可使表现对象从周围环境中突现出来，形成清晰的视觉形象，起到强调表现对象的作用。

2. 为什么说莫奈是印象画派的创始人？

答：1872 年，莫奈创作了著名的《日出·印象》。这幅油画描绘的是透过薄雾观望阿佛尔港口日出的景象。它描绘出晨雾中不清晰的背景，多种色彩赋予了水面无限的光辉，并非准确的描画使那些小船依稀可见。这幅画真实地描绘了法国海港城市日出时的光与色给予画家的视觉印象。由于它突破了传统画法的束缚，批评家就借用此画的标题，嘲讽以莫奈为代表的一批要求革新创造的青年画家为“印象主义”，这一画派以此得名。

莫奈将毕生精力献给了对西方画界产生了重要影响的印象主义，以他为首的一批艺术家经过不懈努力，突破了此前学院派的保守思想，极大地冲击了19世纪后半叶占据西方画坛统治地位的官方艺术，从而掀开了西方现代绘画史上新的一页。

五、论述题

编导戏剧与创作小说有哪些不同？编导戏剧的独特之处是什么？

答：1. 表现空间不同

戏剧作为一种综合性艺术，同时诉诸观众的视觉和听觉，要通过角色的个性化语言推动情节、展示冲突，通过演出感染观众。小说是语言的艺术，通过完整的情节和典型环境的描写塑造人物，主要诉诸读者的视觉，进而激发读者的想象，产生联想。与小说相比，戏剧的矛盾冲突更集中、更尖锐。戏剧可直接借助舞台美术、雕塑等塑造环境，而小说描写环境只能依靠语言文字。编导戏剧要考虑舞台调度等诸多问题。因此，在表现空间上，两者有很大的不同。

2. 对接受者的要求不同

在大多数小说作品中，读者好比是被人带领而行，作者就是我们的向导；就戏剧的接受者而言，观众必须“独自旅行”。在小说里，读者甚至期望小说家在作品中表现自己；但是戏剧编导则必须避免任何主观色彩，尽量隐藏自己。

3. 接受的条件不同

戏剧演出无论剧场或者舞台怎样狭小，都必须要求与观众保持一定的空间距离，观众与舞台不能靠得太近，并且在表演时间内不止一次地用降幕把观众与舞台隔离开来。而小说的接受则不同，一个人可以自己阅读或者对着少数人朗读。小说诉诸读者的视觉，戏剧则同时诉诸观众的视觉和听觉。

4. 产生艺术效果的要求不同

从某种角度看，小说是个人的作品，而戏剧则是编剧、导演、演员乃至观众共同合作的成果。剧本中的对话和小说中的对话大不相同，因为演员的手势、面部表情、声调扬抑等，都在很大程度上可以代替小说中的描写、叙述。因此，小说家和戏剧家虽然都用故事、性格描写和对话等共同要素来写作，但是他们不同的创作条件却影响了故事的叙述、性格的描写和对话。这些差异源于戏剧更快的节奏、更大的压缩性、更强的生动性和合作性。

文艺常识全真模拟试题十六

一、填空题（每空1分，共30分）

1. 车尔尼雪夫斯基是19世纪俄国革命民主主义的伟大战士、杰出的文艺理论家和作家。他在监狱中写下了长篇小说________，被誉为“生活教科书”。

2. 李白是唐代伟大的________主义诗人。“______________，使我不得开心颜”是他《梦游天姥吟留别》中的诗句。

3. ________曾为多部电影作曲，如《五朵金花》、《冰山上的来客》、《刘三姐》等。

4. 我国第一部中外合拍片是1958年北京电影制片厂与法国的加郎斯艺术制片公司合拍的________。

5. 《中国少年先锋队队歌》的曲作者是________，词作者是________。

6. 少数民族题材电影奖是________。

7. 世界上第一部故事片是法国著名电影创始人________在1902年拍摄的科学幻想片《月球旅行记》。

8. ________开启了美国电影的现实主义传统。

9. 宋代话本分为小说、讲史、讲经和合生等四类，其中以____________、____________影响最大。

10. 唐代传奇的出现标志着________的成熟。

11. 黄准为多部剧作曲，如________、________、《舞台姐妹》、《青春万岁》、《杜十娘》和《新儿女英雄传》等。

12. 中国共产党领导的第一座国家级广播电台是________，后改名为________。

13. 开现代相声艺术先河的当代相声大师是________。

14. 宋代风俗画《清明上河图》的作者是________，宋代花鸟画《芙蓉锦鸡图》的作者是________。

15. 《影戏剧本作法》一文的作者是________。

16. ________是著名作曲家、演奏家，作品有《思乡》。

17. 1926 年，普多夫金导演了著名的苏联影片________。

18. 我国现代文学的奠基人是________。

19. 《斯巴达克斯》的作者是________。

20. 我国西周时期的音乐著作《成相篇》的作者是________。

21. 埙属于八音分类法中________类乐器。

22. 电视剧《篱笆、女人和狗》的曲作者是________，此外他还为 ________、________等多部电视剧作曲。

二、选择题（每题 0.5 分，共 30 分）

1. 商代青铜器的主要纹样是（　　）。

A. 螺旋纹　　B. 云气纹　　C. 饕餮纹　　D. 莲花纹

2. 散文诗集《野草》的作者是（　　）。

A. 巴金　　B. 茅盾　　C. 鲁迅　　D. 老舍

3. 第一个分组计算机网络出现于（　　）年。

A. 1969　　B. 1970　　C. 1980　　D. 1990

4. 十二律产生的方法最早的记载是（　　）中的“三分损益法”。

A. 《管子・地员篇》　　B. 《乐记》

C. 《梦溪笔谈》　　D. 《中原音韵》

5. 欧洲文艺复兴戏剧始于（　　）。

A. 13、14 世纪　　B. 14、15 世纪　　C. 15、16 世纪　　D. 17、18 世纪

6. 《辛德勒名单》的导演是（　　）。

A. 查理・卓别林　　B. 史蒂芬・斯皮尔伯格

C. 乔治・卢卡斯　　D. 奥逊・威尔斯

7. 唐代画家（　　）所画的《步辇图》，以贞观十五年（641 年）吐蕃首领松赞干部与文成公主联姻的历史事件为题材，描绘唐太宗接见来迎娶文成公主的吐蕃使臣禄东赞的情景。

A. 吴道子　B. 顾恺之　C. 阎立本　D. 张旭

8.“扬州八怪”是（　　）活动于扬州地区的一批风格相近的书画家总称。

A. 元代初期　B. 元代末期　C. 清代初期　D. 清代中期

9. 下面不是茅盾“蚀”三部曲的是（　　）。

A.《幻灭》　B.《动摇》　C.《追求》　D.《春蚕》

10. 动画片《大闹天宫》的造型设计是（　　）。

A. 华君武　B. 张汀　C. 张乐平　D. 张光宇

11.“奇迹剧”是（　　）的变种。

A. 古希腊戏剧　B. 中世纪宗教戏剧

C. 文艺复兴戏剧　D. 古典主义戏剧

12. 下列（　　）不是欧洲古典主义戏剧的代表人物。

A. 高乃依　B. 萧伯纳　C. 拉辛　D. 莫里哀

13. 画面影调的“高调”效果表现为（　　）。

A. 画面明亮，色彩轻柔　B. 画面光比强

C. 画面反差大　D. 画面曝光过度

14. 电视作为视听艺术，20 世纪历经了三次科技革命。第一次是声音与画面的结合，始于 20 年代；第二代是色彩加入屏幕，始于 50 年代；第三次是数字化多媒体制作，始于（　　）。

A. 60 年代　B. 70 年代　C. 80 年代　D. 90 年代

15.（　　）年，毛泽东同志作了《在延安文艺座谈会上的讲话》。

A. 1942　B. 1943　C. 1946　D. 1945

16. 巴赫为钢琴而作，用遍了大小二十四调，以证明键盘乐器转调优越性的作品是（　　）。

A.《英国组曲》　B.《法国组曲》

C.《平均律钢琴曲集》　D.《创意曲集》

17. 在西方音乐史上，被称为“交响乐之父”的是（　　）。

A. 海顿　B. 莫扎特　C. 贝多芬　D. 勃拉姆斯

18. Romantic 一词在音乐中的意思是（　　）。

A. 罗马乐派　B. 罗马主义　C. 浪漫主义　D. 古典主义

19.“三贴近”是指贴近群众、贴近生活和（　　）。

A. 贴近自然　B. 贴近实际　C. 贴近伟人　D. 贴近农民

20. 世界电影诞生于（　　）。

A. 1895 年　B. 1896 年　C. 1905 年　D. 1906 年

21.《春江花月夜》的作者是唐朝的（　　）。

A. 柳永　B. 李贺　C. 张若虚　D. 刘禹锡

22. 元曲四大家及其代表作是关汉卿的《窦娥冤》、郑光祖的《倩女离魂》、白朴的《梧桐雨》和（　　）。

A. 王实甫的《西厢记》　B. 洪升的《长生殿》

C. 孔尚任的《桃花扇》　D. 马致远的《汉宫秋》

23. 我国最早的古琴曲集是朱权编印的（　　）。

A.《弦索备考》　B.《神奇秘谱》　C.《乐府传声》　D.《溪山琴况》

24. 电视剧《京华烟云》根据同名小说改编，原作者是（　　）。

A. 老舍　B. 周作人　C. 沈从文　D. 林语堂

25. 流行于我国唐代的戏剧表演形式是（　　）。

A. 杂剧　B. 南戏　C. 百戏　D. 参军戏

26. 中国新闻奖评选活动开始于（　　）年。

A. 1990　B. 1998　C. 1996　D. 1995

27.《蓝色多瑙河》的作者是（　　）。

A. 理查·施特劳斯　B. 约翰·施特劳斯

C. 柴可夫斯基　D. 舒伯特

28. 下面（　　）是沈从文的作品。

A.《围城》　B.《茶馆》　C.《边城》　D.《色戒》

29. 舞蹈是通过艺术化的（　　）来反映生活、表达感情的表演艺术。

A. 人的动作和形态姿势　B. 演艺艺术

C. 音乐的表达　D. 人们的爱好

30. 舞剧《天鹅湖》的曲作者是（　　）。

A. 贝多芬　B. 柴可夫斯基　C. 德彪西　D. 莫扎特

三、名词解释

1. 摇镜头

2. 叙事蒙太奇

3. 剪辑

4. 中国民族乐器

5. 贝多芬

四、简答题（每题 10 分，共 20 分）

1. 请列举三种以上的中国民间舞蹈形式，并说明其所属民族及流行区域。

2. 简述意大利新现实主义电影的特点。

五、论述题（共 15 分）

联系中国实际，谈谈非物质文化遗产保护的方法及意义。

参考答案

一、填空题

1.《怎么办?》 2. 浪漫 安能摧眉折腰事权贵 3. 雷振邦 4.《风筝》 5. 马思聪 郭沫若 6. 骏马奖 7. 乔治·梅里爱 8. 布莱顿 9. 小说 讲史 10. 小说 11.《家》《牧马人》 12. 延安新华广播电台 中央人民广播电台 13. 侯宝林 14. 张择端 赵佶 15. 侯曜 16. 黄自 17.《母亲》 18. 鲁迅 19. 乔万尼奥里 20. 荀子 21. 土 22. 徐沛东 《和平年代》《雍正王朝》

二、选择题

1. C 2. C 3. C 4. A 5. B 6. B 7. C 8. D 9. D 10. D 11. B 12. B 13. A 14. D 15. A 16. C 17. A 18. C 19. B 20. A 21. C 22. D 23. B 24. D 25. D 26. A 27. B 28. C 29. A 30. B

三、名词解释

1. 摇镜头：摄影机不作移动，借助于活动底盘使摄影镜头上下、左右旋转拍摄，有如人的目光顺着一定的方向观察被摄对象。摇镜头能代表人物的眼睛，看待周围的一切。它在描述空间、介绍环境方面有独到的作用。左右摇常用来介绍大场面，上下直摇常用来展示高大物体的雄伟、险峻。摇镜头在逐一展示、逐渐扩展景物时，使观众产生身临其境的感觉。

2. 叙事蒙太奇：又称“连续蒙太奇”、“连续构成”。按照情节发展的时间流程、逻辑顺序、因果关系来组接镜头、场面和段落，从而引导观众理解剧情，这样的构成方式称为叙事蒙太奇，它着重于动作、形态及造型的连贯性，是影视剪辑中最常用的形式，一部影视作品中绝大部分都是叙事蒙太奇。

3. 剪辑：电影制作工序之一，也指担任这一工作的专职人员。影片拍摄完成后，依照剧情发展和结构的要求，将各个镜头的画面和声音，经过选择、整理和修剪，然后按照蒙太奇原理和最富于银幕效果的顺序组接起来，成为一部结构完整、内容连贯、含义明确并具有艺术感染力的影片。剪辑是电影声像素材的分解重组的整体工作，也是一部影片摄制过程中的一次再创作。

4. 中国民族乐器：中国民间音乐文化历史悠久，在漫长的历史中，产生了一系列富有鲜明民族特色的乐器，中国民族乐器种类繁多，包括吹奏类乐器（如笛子、箫、唢呐等）、弹奏类乐器（古琴、筝、琵琶等）、拉奏类乐器（如京胡、二胡、高胡等）、打击类乐器（如扬琴、钹、锣等）。

5. 贝多芬：伟大的德国作曲家、维也纳古典乐派代表人物之一。他集古典音乐之大成，同时开辟了浪漫时期音乐的道路，对世界音乐的发展有着重要的作用，被尊称为“乐圣”，与海顿、莫扎特一起被后人称为“维也纳三杰”。代表作品有《第三交响曲（英雄）》、《第五交响曲（命运）》、《第九交响曲（合唱）》、《月光奏鸣曲》等。

四、简答题

1. 请列举三种以上的中国民间舞蹈形式，并说明其所属民族及流行区域。

答：(1) 安代舞，蒙古族舞蹈，相传最初是一种用来医病的萨满族舞蹈，含有祈求神灵庇佑、祛魔消灾的意思，后逐渐演变成为表达欢乐情绪的民族舞蹈，流行于内蒙古自治区以及吉林、黑龙江等省蒙古族聚居地区的民间舞蹈。

(2) 多朗舞，维吾尔族舞蹈，以表现古代多朗人在森林中的狩猎生活为主要内容，流行于新疆地区。

(3) 孔雀舞，傣族舞蹈，相传一千多年前傣族首领模仿孔雀的优美姿态而学舞，后经历代民间艺人加工成型、流传下来，在云南德宏地区、西双版纳地区等傣族聚居地区流传。

2. 简述意大利新现实主义电影的特点。

答：意大利新现实主义电影受19世纪末意大利作家维尔加倡导的“真实主义”文艺运动的影响，是批判现实主义在特定条件下的发展。多以真人真事为题材，描绘法西斯统治给意大利人民带来的灾难。

意大利新现实主义电影的特点：第一，纪录性。密切关注现实，忠实再现真实事件与人物。第二，实景拍摄。口号是：将摄影机搬到大街小巷里去，在实际空间中进行拍摄。第三，长镜头的运用。作为表现空间真实的手段，长镜头起到了突出影片形式与风格的独特作用。第四，非职业演员的使用。第五，朴实无华的结构形式。第六，地方方言的运用。

代表人物作品：罗西里尼《罗马，不设防的城市》《游击队》，德·西卡《擦鞋童》《偷自行车的人》，桑蒂斯《艰辛的米》《橄榄树下无和平》等。

五、论述题

联系中国实际，谈谈非物质文化遗产保护的方法及意义。

答：1. 非物质文化遗产保护的方法

一是将普查摸底作为非物质文化遗产保护的基础性工作来抓，充分利用现代化手段对非物质文化遗产进行系统、全面的记录，建立档案和数据库。

二是通过制定评审标准并经过科学认定，逐步建立国家级和省、市、县级非物质文化遗产代表作名录体系及四级保护制度。国家级非物质文化遗产代表作名录由国务院批准公布；省、市、县级非物质文化遗产代表作名录由同级政府批准公布，并报上一级政府备案。

三是建立科学有效的非物质文化遗产传承机制，使非物质文化遗产焕发生机。对列入各级名录的非物质文化遗产代表作，采取命名、授予称号、表彰奖励、资助扶持等方式，鼓励代表作传承人（团体）进行传习活动。同时，通过社会教育和学校教育，使非物质文化遗产代表作的传承后继有人。

四是加强组织领导，狠抓落实。地方各级政府要将保护工作列入重要的工作议程，纳入国民经济和社会发展的整体规划，纳入文化发展纲要，及时研究制定保护规划，加强法律法规建设，注重非物质文化遗产的知识产权保护。

非物质文化遗产内涵的丰富性，以及它所体现出来的民族性、独特性、多样性，决定了它的保护方式也是多样的。以上列举的几种保护方式，实施的基础是立法保护。只有有了健全的立法保护，才能使行政保护、财政支持、知识产权保护等得到保证。

2. 非物质文化遗产保护的意义

一是有利于保护我国传统文化和民族文化的多样性。传统文化是一个国家和民族创造的集体记忆与精神寄托，非物质文化遗产关系到一个国家和民族传统文化的传承。特别是那些历史上没有自己的语言文字的少数民族，他们的历史在民间传说中记载、在群众口头上流传。所以保护这些民族的非物质文化遗产，有利于保护我国传统文化和民族文化的多样性。

二是有利于促进我国的文化创新和发展先进文化。各个群体和团体随着其所处环境、与自然界的相互关系和历史条件的变化，不断使代代相传的非物质文化遗产得到创新。所以说非物质文化遗产所代表的不仅仅是一种历史文化传承，更是随着人类未来发展进行的一种创新和演变，强调的是以人为核心的技艺、经验、精神的传承与发展。

三是有利于促进我国的和谐文化建设。非物质文化遗产中蕴涵着大量的和谐思想及其行为规范，可以直接应用于和谐社会的建设，帮助我们解决可持续发展等问题。另一方面，非物质文化遗产本身就是一个稳定的文化系统，我们可以汲取其在思想观念、价值体系、行为规范、文化产品、社会风尚、制度体制等方面的有益内容，使我国和谐文化建设更具民族性和大众性。

文艺常识全真模拟试题十七

一、填空题（每空1分，共30分）

1. 鲁道夫·爱因汉姆撰写了著名的电影理论著作________。

2. 马蒂斯是________派（画派）的代表作家，毕加索是________派（画派）的代表作家。

3. 电影《卧虎藏龙》音乐的作曲者是________，另外他还为等多部影视剧谱曲。

4. 审美效应一般有三个阶段：________、________、________。

5. 《写电影剧本的几个问题》的作者是________。

6. 首次打破中国无诺贝尔文学奖历史的是__________年，获奖作家是__________。

7. 诗歌根据其性质，可分为________和________两类。

8. 我国古代文人画中常被表现的梅、兰、竹、菊四种花卉统称________。

9. 中国电影诞生于________年，世界电影诞生于________年。

10. 美国导演格里菲斯的代表作是________、________。

11. 泰纳认为文艺创作及发展取决于三种力量，即________、________、________。

12. 中国导演中有不少是从摄影出身，最具代表性的是张艺谋。此外，还有《美人草》的导演________、《茉莉花开》的导演________等。

13. 劳动号子最常见的演唱形式是________。

14. 《悲剧心理学》是我国美学家________的早期著作。

15. 浪漫派标题音乐的代表作《幻想交响曲》的作曲家是________。

16. 清商乐主要由________和________组成。

17. 唐代人物画家阎立本代表作品有________和《步辇图》。

18. 《地球，我的母亲》的作者是________。

19. 《逍遥游》、《齐物论》出自________。

二、选择题（每题0.5分，共15分）

1. 下列不属于《三国演义》中情节的是（　　）。

A. 三英战吕布　B. 三打祝家庄　C. 三顾茅庐　D. 桃园结义

2. （　　）有“音乐风景画家”之称，他在19世纪创作了五部交响曲，如《第三苏格兰交响曲》等。

A. 贝多芬　B. 门德尔松　C. 比才　D. 肖邦

3. 《女史箴图》是我国古代著名画家（　　）的代表作。

A. 阎立本　B. 吴道子　C. 顾恺之　D. 赵孟頫

4. 在德国音乐文化发展史上，（　　）是最后一个有重大影响的古典作曲家。

A. 门德尔松　B. 舒伯特　C. 勃拉姆斯　D. 舒曼

5. 宋代（　　）瓷器大量使用开片的装饰方法。

A. 定窑　B. 汝窑　C. 钧窑　D. 哥窑

6. 下列属于柴可夫斯基作品的是（　　）。

A. 《悲怆奏鸣曲》　B. 《1812序曲》　C. 《军队进行曲》　D. 《欢乐岛》

7. 下列属于门德尔松作品的是（　　）。

A. 《仲夏夜之梦》　B. 《六月船歌》

C. 《蓝色多瑙河》　D. 《土耳其进行曲》

8. 莫扎特创作上最重要的领域是（　　）。

A. 歌剧　B. 交响曲　C. 艺术歌曲　D. 奏鸣曲

9. 奥地利作曲家马勒创作的大型交响声乐作品（　　）是以唐诗为歌词。

A. 《自由射手》　B. 《英雄的生涯》　C. 《大地之歌》　D. 《家庭交响曲》

10. （　　）是法国17世纪古典主义最重要的作家、古典主义喜剧的开创者，他在欧洲戏剧史上占有十分重要的地位，代表作为《唐璜》、《伪君子》、《吝啬鬼》等。

A. 莫里哀　B. 雨果　C. 福楼拜　D. 莫泊桑

11. 15世纪以前欧洲绘画主要采用（　　）。

A. 油彩　B. 蛋彩　C. 水粉　D. 水彩

12. 1924 年，法国作家安德烈·布勒东在巴黎发表了（　　）。

A.《超现实主义宣言》　B.《现实主义宣言》

C.《未来主义宣言》　D.《表现主义宣言》

13. 艺术设计的思维方式属于（　　）。

A. 形象思维　B. 逻辑思维

C. 形象思维和逻辑思维相结合　D. 单向思维

14. 我国第一部室内电视连续剧是（　　）。

A.《围城》　B.《武松》　C.《四世同堂》　D.《渴望》

15.《牧神午后》的作者是（　　）。

A. 李斯特　B. 门德尔松　C. 肖邦　D. 德彪西

16. 近百年来，（　　）逐渐形成博大精深的艺术体系，在戏曲舞台上的地位很高，被称为“国剧”。

A. 川剧　B. 湘剧　C. 黄梅戏　D. 京剧

17. 电影《定军山》的出现标志着（　　）。

A. 中国电影的诞生　B. 中国有声电影的诞生

C. 世界电影的诞生　D. 世界有声电影的诞生

18. 下列三部著作成书的先后顺序是（　　）。

A.《诗经》、《论语》、《春秋》　B.《春秋》、《诗经》、《论语》

C.《诗经》、《春秋》、《论语》　D.《春秋》、《论语》、《诗经》

19. 奥地利作曲家海顿创作的《创世纪》，是一部（　　）作品。

A. 清唱剧　B. 交响乐　C. 歌剧　D. 协奏曲

20. 戏曲音乐器乐中的管弦乐又称为（　　）。

A. 武场　B. 过场　C. 文场　D. 前场

21. 舒伯特最重要的创作领域是（　　）。

A. 交响音乐　B. 歌剧　C. 艺术歌曲　D. 钢琴曲

22.（　　）代表了 19 世纪法国喜歌剧的最高成就。

A.《茶花女》　B.《卡门》　C.《魔笛》　D.《唐璜》

23. “俄罗斯音乐之父”是指（　　）。

A. 鲍罗丁　B. 穆索尔斯基　C. 居伊　D. 格林卡

24. 我国民族吹打乐中以小件打击乐器为主的合奏形式称为（　　）。

A. 粗锣鼓　B. 细锣鼓　C. 小锣鼓　D. 粗细锣鼓

25. 我国民族乐器唢呐属于（　　）类气鸣乐器。

A. 哨嘴　B. 簧管　C. 木管　D. 钢管

26. 电影《王子复仇记》改编自（　　）的《哈姆雷特》。

A. 薄伽丘　B. 安徒生　C. 莎士比亚　D. 塞万提斯

27. 从 20 世纪 20 年代开始，好莱坞电影形成独霸世界的垄断状态。它的范围之广、影响之大、持续时间之久，实属世界之首。好莱坞在（　　）。

A. 纽约　B. 洛杉矶　C. 阿拉斯加　D. 华盛顿

28. 唐代青绿山水的代表人物是（　　）。

A. 李思训　B. 吴道子　C. 王维　D. 李唐

29. 艺术设计的理论与技能训练最终是为了培养学生的（　　）。

A. 观察能力　B. 表述能力　C. 描绘能力　D. 创造能力

30. 下列文学文体知识说法不正确的是（　　）。

A. 为了使说明对象的特征本质更加鲜明突出，或者使文章更生动、更有趣味性，可以在说明中作适当的叙述和描写，如《松鼠》。

B. 散文诗是用散文的形式写成的诗，兼有诗和散文的特点。《海燕》就是一首散文诗。

C. 事件的时间、地点、人物、起因、经过和结果是记叙文的要素。

D. 小说是以表现故事情节为中心的，《鲁提辖拳打镇关西》就具有这一特点。

三、名词解释（每题 4 分，共 20 分）

1. 梅兰芳
2. 艺术技巧
3. 运动镜头
4. 山水画
5. 景别

四、简答题（每题 10 分，共 20 分）

1. 简述电影、电视电影、电视剧的异同。

2. 简要分析艺术真实的内涵以及艺术真实与生活真实的关系。

五、论述题（共 15 分）

在供给过剩的“危机年代”，如何捕获消费者的注意力成为产品销售的重要环节，为了使自己的产品获得更多的关注，许多商家纷纷选择明星广告代言的方式。然而，明星代言广告虽然能为商家带来立竿见影的效果，但是存在的问题也很多，例如虚假代言、产品质量不过关等，屡次危害消费者的利益。请对明星代言广告这一现象进行分析。

☞ 参考答案

一、填空题

1.《电影作为艺术》 2. 野兽 现代 3. 谭盾 4. 共鸣 净化 领悟 5. 夏衍 6. 2012 莫言 7. 叙事诗 抒情诗 8. 四君子（花中四君子） 9. 1905 1895 10.《党同伐异》《一个国家的诞生》 11. 时代 种族 环境 12. 吕乐 侯咏 13. 一领众和 14. 朱光潜 15. 柏辽兹 16. 西曲 吴歌 17.《历代帝王图》 18. 郭沫若 19.《庄子》

二、选择题

1. B 2. B 3. C 4. C 5. D 6. B 7. A 8. A 9. C 10. A 11. B 12. A 13. C 14. D 15. D 16. D 17. A 18. A 19. A 20. C 21. C 22. B 23. D 24. A 25. D 26. C 27. B 28. A 29. D 30. D

三、名词解释

1. 梅兰芳：京剧大师。他开创了自己的艺术风格，世称“梅派”。代表作京剧有《贵妃醉酒》《霸王别姬》《凤还巢》《穆桂英挂帅》等，昆曲有《思凡》《游园惊梦》等。他所塑造的舞台形象，不仅体现了中国古代妇女各种不同的典型形象，而且将人物的个性和丰富的思想内涵融于美的形象之中，给观众以心灵的净化和美的享受。所著论文编为《梅兰芳文集》，演出剧目编为《梅兰芳演出剧本选集》。

2. 艺术技巧：是作家、艺术家提炼素材，揭示题材意义，安排作品结构，运用语言、线条、色彩、体积、音响等材料塑造形象、进行艺术传达的手段和能力，是艺术作品内容得以有效表现、作品艺术性得以产生的重要因素。它受作家、艺术家的生活经验、观点、感知生活的方式以及创作实践的锻炼等综合性因素的制约。

3. 运动镜头：通过移动摄像机机位，或者改变镜头光轴，或者变化镜头焦距所进行的拍摄镜头。通过这种拍摄方式所拍到的画面，称为运动画面。运动镜头主要包括由推、拉、摇、移、跟、升降摄像机形成的推镜头、拉镜头、摇镜头、移镜头、跟镜头、升降镜头等。

4. 山水画：中国画特有的画种之一，以描写山川自然景色为主体。魏晋南北朝时期逐渐从人物画中分离出来，但仍附属于人物画，作为背景；隋唐时期开始独立，逐渐形成了中国山水画的面貌；五代、北宋时期趋于成熟，成为中国画的重要画科。

5. 景别：是指由于摄影机与被摄体的距离不同，而造成被摄体在画面中所呈现出的范围大小的区别。景别一般可分为五种，由近至远分别为特写、近景、中景、全景、远景。

四、简答题

1. 简述电影、电视电影、电视剧的异同。

答：电影是以画面与声音为媒介，在运动着的时间和空间里创造银幕形象，反映和表现现实生活和思想感情。电视剧是在电视机荧屏上播映的演剧形式，它兼容电影、戏剧、造型艺术等因素，是一种适应电视广播特点、融合舞台和电影艺术的艺术样式。电视电影是一种介于电视剧和电影之间的艺术形式。它适合在电视上播出，但却按电影的艺术规律用胶片拍摄制作。

（1）三者的相同点

①都是视听综合艺术，都需要特定的设备制作、发行和放映。

②都由编剧、制片人、导演等集体创作。

③都是用视听语言来讲述故事，用导演的思想来引导观众。

（2）三者的区别

①存储和传播的介质不同。电影的传播介质是电影院的银幕，而电视电影和电视剧的传播介质是电视机。电影和电视电影是用胶片拍摄的，电视剧是用录像带拍摄的。

②视听效果不同。电视剧达不到电影的视听效果。电视色彩单一，电影色彩丰富。电影采用环绕立体声，而电视剧则没有这样的效果。

③叙事安排不同。电视剧篇幅较长，人物刻画精细。电影在一两个小时内对事件进行集中刻画。

④节奏不同。电影和电视电影的节奏紧凑，而电视剧则不同，镜头一般来说都比电影长。

⑤技术标准不同。电视电影相对于电视剧制作更精美，比电视剧的影像更清晰。从艺术标准方面来看，专门为电视电影创作的剧本既要区别于电影的题材，又要有电影剧本那样严谨的结构、独特的电影语言、较高品位的内涵，有比电视剧更深化的主题。

2. 简要分析艺术真实的内涵以及艺术真实与生活真实的关系。

答：(1) 艺术真实的内涵

艺术真实指的是艺术家从生活真实中提炼、加工、概括和创造出来的，通过艺术形象集中反映了一定历史时期的本质、规律的社会生活的真正面貌。艺术真实是艺术作品应具备的重要品格，是艺术功能得以有效发挥的重要条件。它是艺术作品善和美的前提条件，也是艺术作品生命力的保障。

(2) 艺术真实与生活真实的关系

艺术真实直接来源于社会生活。艺术家以生活真实为基础，按照生活发展的必然逻辑和自己的美学理想，对生活进行提炼加工和集中概括，以反映生活的本质真实。艺术真实是对生活真实的净化、深化和美化，它比生活真实更集中，也更能深刻地反映社会生活的本质。

艺术真实是艺术家主观思想和客观生活真实辩证统一的结晶。它源于生活真实，又高于生活真实。它可以以生活中的真人真事为基础，也可以以生活中可能有的人和事为基础进行艺术创造，达到艺术真实。艺术真实并不要求照搬生活现象，并不排斥艺术想象和艺术虚构。它的真谛在于艺术形象与社会生活内在规律和内在逻辑的艺术结合。在艺术创作中，不管运用何种艺术方法和手段，从生活真实到艺术真实，是其共同的原则和要求。能否从生活真实达到艺术真实，取决于艺术家是否具有进步的思想、丰富的生活阅历和娴熟的艺术技巧。

五、论述题

在供给过剩的“危机年代”，如何捕获消费者的注意力成为产品销售的重要环节，为了使自己的产品获得更多的关注，许多商家纷纷选择明星广告代言的方式。然而，明星代言广告虽然能为商家带来立竿见影的效果，但是存在的问题也很多，例如虚假代言、产品质量不过关等，屡次危害消费者的利益。请对明星代言广告这一现象进行分析。

答：随着市场经济的发展，品牌已成为市场营销的重要手段，以著名影视演员、歌星、体坛名将、社会名人等各界明星作为企业和产品代言人的现象日益普遍。成功的明星代言能与代言的品牌相得益彰，使目标消费群体对产品产生亲切感和信赖感。

明星代言产品或品牌，通过其独特的个人魅力和影响力促使目标群体产生模仿、从众的行为，进而影响目标群体对产品和品牌的选择。因此，明星代言作为一种较为理想的营销宣传方式，能够促进产品的销售。如周杰伦代言的中国移动的“动感地带”品牌，一句广告语“我的地盘我做主”，打动了成千上万处于叛逆期、渴望自由的年轻人的心，非常符合“动感地带”年轻人的短信服务的定位，取得了良好的品牌宣传效果。

但是，一些品牌个性特征与品牌代言人完全相悖，甚至有少数明星代言涉嫌虚假广告或违规广告，给消费者留下了不良的印象。2005年5月，由著名演员陈小艺与其儿子代言的某品牌葡萄糖酸钙口服液两个版本的广告，因涉嫌夸大产品功效和带有侮辱性语言均被停播；巩俐以希望小学的名义为某口服液做的广告因涉嫌虚假内容被叫停。产品与代言明星是联系在一起的，一旦产品出了问题，除了追究企业责任，其代言明星也会受到公众的指责。

一些企业认为只要请了明星担任代言人，其品牌形象就可以搭明星走红的顺风车，扶摇直上，从而放松了对品牌的管理和广告宣传。另外一些企业仅在聘请代言人之初进行了大量投入，但后续宣传没有跟上，其明星效应也只能是昙花一现。

所以企业要谨慎选择代言明星，并对明星有所约束。第一，企业要认真进行市场调研，要清楚产品目标群体的主要特征，在此基础上选择与本企业产品或品牌定位相符的明星。第二，企业尽量不要选择代言产品或品牌过多的明星，尤其要避免选择曾代言与本企业产品同类或相近产品的明星。也不要随意更换不同个性的代言明星，以免给消费者留下定位混乱的印象。第三，企业要认真考察候选明星的品行和操守，尽量避免选择那些是非不断、绯闻缠身、品行不端的明星。在合约里也要对明星的行为有所约束，签订法律条款，以免明星出现问题时，企业能将损失降到最低限度。

明星也要谨慎选择代言的产品或品牌。第一，选择的产品或品牌形象一定要与自身形象相符，避免选择那些无助于提升甚至有损于自身形象的代言产品。第二，尽量避免代言食品、保健品、药品等关系消费者健康安全的产品。第三，不能见利忘义，不能代言假冒伪劣产品，所代言的产品不能涉嫌虚假广告或违规广告。第四，代言产品不能过多过滥，对代言企业或产品要做市场调查，尽量选择市场品牌知名度高、信誉良好的企业。第五，要遵守国家相关的法律法规，要对代言产品负责。

文艺常识全真模拟试题十八

一、填空题（每空1分，共30分）

1. ________国作家歌德早期创作的最具好评的作品是________。

2. ______________，人情练达即文章。

3. 左思创作了________，豪贵之家争相传抄，使洛阳纸价上涨，遂有“洛阳纸贵”这个典故。

4. 俄国文学中第一个“多余的人”的典型，诞生于普希金的诗体小说______。

5. 西班牙的现实主义作家________创作的《堂吉诃德》是欧洲文艺复兴时期最重要的长篇小说之一。

6. 1924年经过留美专攻戏剧的洪深的积极倡导，沪剧团成功地演出了根据英国王尔德作品改编的________，从此开始了中国的现代话剧。

7. 贝克特的《等待戈多》和尤涅斯库的________等作品是________派戏剧的代表作。

8. 提出冷媒介和热媒介的是著名传播学者________。

9. 《论语·述而》里讲到处都有值得我们学习的人，我们应向别人多学习的名句是：______________。

10. 被誉为“究天人之际，通古今之变，成一家之言”的是________________的______________。

11. 人类最古老的绘画形式是________。

12. 用以形容赵孟頫和夫人管道升夫妻感情很好的一个成语是________。

13. 为徐敬业讨伐武则天的义兵起草了《讨武氏檄》的诗人是________。

14. ________是唯美主义代表人物奥斯卡·王尔德的唯一一部长篇小说，也是一部唯美主义经典之作。

15. 古人把从黄昏到第二天拂晓分为________更。其中“三更”大致相当于地支纪时法的________时，也就是现在的________点到 ________点。

16. 古人的作品命名方法有多种，有的用籍贯所在地命名，如________的作品称《柳河东集》；有的以书斋名命名，如________的作品称《饮冰室合集》，________的作品称《惜抱轩全集》；有的以谥号命名，如________的作品称《范文正公集》。

17. 有些现代作品常借助古人诗赋表达思想情感。《纪念刘和珍君》用了《挽歌》，《雨中登泰山》用了《望岳》，《南州六月荔枝丹》用了《过华清宫》，《为了忘却的纪念》用了《思旧赋》，《猎户》用了《寻隐者不遇》，这些被引用的作品的作者依次是________、________、________、________和________。

二、选择题（每题 0.5 分，共 15 分）

1. 下列关于“殷墟”甲骨文的说法，正确的是（　　）。

A. 全部书写在甲骨上　　B. 造字有异于“六书”的构字规律

C. 是研究商、周历史的珍贵资料　　D. 是占卜活动的记录

2. 宋代朱熹提出“存天理，灭人欲”，其中的“天理”主要是指（　　）。

A. 天体运动法则　　B. 社会发展规律

C. 封建道德规范和等级秩序　　D. “天人感应”理论

3. 几乎所有的艺术家都认为真正的艺术创作来源于生活积累。清代文学评论家金圣叹说：“天下妙士，必有妙眼，渠见妙景，便会妙手写出来……无他，只因妙手所写纯是妙眼所见，若眼未有见，他决不肯放手便写，此良工之所永异于俗工也。”这句话表明（　　）。

A. 感性认识可以上升为理性认识　　B. 认识是人脑特有的机能

C. 实践是认识的唯一的来源　　D. 艺术创作要通过偶然把握必然

4. 宋朝张择端所绘的《清明上河图》反映了现在哪一城市的繁华景象？（　　）

A. 苏州　　B. 开封　　C. 泉州　　D. 洛阳

5. “君子博学而日参省乎己，则知明而行无过矣”出自（　　）。

A. 《荀子·劝学》　　B. 《论语·述而》

C. 《孟子·梁惠王上》　　D. 《孟子·告子下》

6. 黑格尔说：“第一个把美女比作鲜花的是天才，第二个重复这一比喻的是庸

才，第三个重复这一比喻的是蠢材。”这句话体现的哲理是（　　）。

A. 要培养创新精神　　B. 要注意区分不同事物的不同矛盾

C. 要分清主流和支流　　D. 要坚持适度的原则

7. 王维文集称《王右丞集》，杜甫的文集称《杜工部集》，高适的文集称《高常侍集》，宋濂的诗文集称《宋学士文集》，这是各自以他们的（　　）命名他们的作品。

A. 号　　B. 谥号　　C. 官职　　D. 字

8.“临川派”是明代中期出现的戏曲创作流派，以江西临川人（　　）为代表人物。

A. 沈景　　B. 李玉　　C. 朱佐朝　　D. 汤显祖

9. 沙威是小说作品（　　）中的人物。

A.《悲惨世界》　B.《巴黎圣母院》C.《大革命》　　D.《茶花女》

10. 中国古代史上，到达过印度和印度尼西亚的僧人是（　　）。

A. 一行　　B. 义净　　C. 玄奘　　D. 鉴真

11.“至于写人，亦颇有失，以至欲显刘备之长厚而似伪，状诸葛亮之多智而近妖。”鲁迅对《三国演义》的这一评述所蕴涵的哲理是（　　）。

A. 对事物要一分为二　　B. 要区分事物的两重性

C. 要把握好事物的度　　D. 要把事物看成是一个过程

12. 明清时期，西洋文化传入，中国科学技术在吸收外来文化中获得生机。下列科技著作中介绍了西方科技成果的是（　　）。

A.《本草纲目》　B.《农政全书》　C.《徐霞客游记》D.《天工开物》

13.“燕山雪花大如席，片片吹落轩辕台”出自李白的（　　）。

A.《古风》　　B.《上李邕》　　C.《北风行》　　D.《题峰顶寺》

14.“篆书之一，也称‘秦篆’，秦代通行的文字。在秦始皇统一中国后，由李斯等人整理而成。字体较籀体简化，书写线条化、文字符号化、偏旁简单化、笔画固定化，形体大小一致，结构规律明显，是中国自有文字以来第一次规范化的结果。”与以上叙述相符的字体是（　　）。

A. 大篆　　B. 小篆　　C. 金文　　D. 石鼓文

15. 最早在《新青年》上提倡以白话文代替文言文，成为文学革命先声的是（　　）。

A. 鲁迅的《狂人日记》　　B. 胡适的《文学改良刍议》
C. 陈独秀的《文学革命论》　　D. 李大钊的《庶民的胜利》

16. 这种乐器是中国古老的弹拨乐，其形制为扁长共鸣箱，琴身宽的一端为头，窄的一端为尾，琴头有承弦的岳山，琴尾有承弦的龙龈和护琴尾的焦尾，琴面外侧有13个圆点称为“徽”。这种琴为（　　）。
A. 瑟　　B. 筝　　C. 古琴　　D. 奚琴

17. 这是一种曲艺形式，它是由清咸丰、同治年间的民间笑话演变而成，起源于北京，用北京话表演，后来流行于全国。最初由一个人表演，后来才形成两个人、三个人表演的形式。它是（　　）。
A. 评书　　B. 相声　　C. 大鼓　　D. 滑稽戏

18. 它被称为是“世界电影之窗”，每年的5月份在地中海边的一个小城市举行，该电影节选片严格，一向以“作家电影大本营”自称，该电影节的最高奖是“金棕榈奖”。这个电影节是（　　）。
A. 威尼斯电影节　B. 柏林电影节　　C. 戛纳电影节　　D. 东京电影节

19. 下列电影作品中，黑泽明执导的第一部影片是（　　）。
A. 《乱》　　B. 《罗生门》　　C. 《七武士》　　D. 《姿三四郎》

20. 下列作品、作家、时代（国别）及体裁对应正确的一项是（　　）。
A. 《闲情偶记》——李渔——清代——剧本
B. 《再别康桥》——徐志摩——中国现代——新诗
C. 《草叶集》——泰戈尔——印度——散文集
D. 《悲惨世界》——雨果——英国——长篇小说

21. 这是一部芭蕾舞剧，描写王子齐格弗里德和公主奥杰塔的爱情故事，由柴可夫斯基作曲，深受世界各国人民的喜爱。这部作品是（　　）。
A. 《天鹅湖》　　B. 《胡桃夹子》　C. 《天鹅之死》　D. 《睡美人》

22. “湘灵瑟，吕仙杯，坐揽云涛人宛在；子美诗，希文笔，笑题雪壁我重来。”此联吟诵的名胜古迹是（　　）。
A. 黄鹤楼　　B. 屈子祠　　C. 岳阳楼　　D. 鹳雀楼

23. 李白《闻王昌龄左迁龙标遥有此寄》诗：“杨花落尽子规啼，闻道龙标过五溪。我寄愁心与明月，随君直到夜郎西。”写这首诗的季节是（　　）。
A. 初夏　　B. 暮夏　　C. 仲夏　　D. 暮秋

24. 下列戏曲剧目中，不属于宋代戏的是（　　）。

A. 《打龙袍》　B. 《铡美案》　C. 《打樱桃》　D. 《三岔口》

25. 下面哪部音乐作品不是约翰·施特劳斯的作品？（　　）

A. 《溜冰圆舞曲》　B. 《春之声圆舞曲》

C. 《蓝色多瑙河圆舞曲》　D. 《维也纳森林的故事圆舞曲》

26. 我国古代有四种动物是吉祥的象征，合称“四灵”，它们分别是龙、凤、麒麟和（　　）。

A. 虎　B. 龟　C. 蛇　D. 犰

27. 下列关于书法的叙述，错误的一项是（　　）。

A. 籀文，又称“大篆”，出现于春秋战国时期的秦朝。

B. 石鼓文，为秦时刻于十块鼓形石上的文字，它是我国现存最早的石刻文字。

C. 小篆是篆书的一种，也叫“秦篆”，是秦代的通行文字。

D. 瓦当文，秦汉时刻于房屋之上，因其状如瓦当而得名。

28. “第五代”是中国电影史上的一个特殊的指称，以下对于第五代的表述，正确的是（　　）。

A. 第五代电影人主要是指“文革”时期被耽误学业，落脚在乡村插队或工厂从事体力劳动，新时期考入北京电影学院的第一批导演们，以及相近年龄经历而在 20 世纪 80 年代开始创作的青年导演们。

B. 陈凯歌导演的《一个和八个》打响了第五代导演的第一枪。

C. 张艺谋的《红高粱》，陈凯歌的《黄土地》、《大阅兵》，黄建新的《黑炮事件》、《孩子王》，田壮壮的《猎场扎撒》等都是第五代电影的重要代表。

D. 第五代导演着眼于历史、传统和文化的反思，使新中国电影达到少有的内涵深度。

29. 以下哪位是从北京电影学院导演系毕业的？（　　）

A. 张艺谋　B. 张元　C. 娄烨　D 贾樟柯

30. 被称作“歌曲之王”的是（　　）。

A. 舒伯特　B. 约翰·施特劳斯　C. 巴赫　D. 莫扎特

三、名词解释（每题4分，共20分）

1. 肖邦
2. 暖色
3. 脸谱
4. 制片人
5. 塞尚

四、简答题（每题10分，共20分）

1. “新浪潮”与“左岸派”的比较。
2. 简述表现主义戏剧的特征。

五、论述题（共15分）

你认为一个节目主持人应具备哪些素养？

参考答案

一、填空题

1. 德 《少年维特之烦恼》 2. 世事洞明皆学问 3.《三都赋》 4.《叶甫盖尼·奥涅金》 5. 塞万提斯 6.《少奶奶的扇子》 7.《秃头歌女》 荒诞 8. 麦克卢汉 9. 三人行，必有我师焉 10. 司马迁《史记》 11. 壁画 12. 举案齐眉 13. 骆宾王 14.《道林·格雷的画像》 15. 五 子 11点 1点 16. 柳宗元 梁启超 姚鼐 范仲淹 17. 陶潜 杜甫 杜牧 向子期（向秀） 贾岛

二、选择题

1. D 2. C 3. C 4. B 5. A 6. A 7. C 8. D 9. A 10. B 11. C 12. B 13. C 14. B 15. B 16. C 17. B 18. C 19. D 20. B 21. A 22. C 23. A 24. C 25. A 26. B 27. D 28. D 29. C 30. A

三、名词解释

1. 肖邦：伟大的波兰音乐家、作曲家。肖邦一生不离钢琴，所有创作几乎都是

钢琴曲，被称为“浪漫主义的钢琴诗人”。其中有与波兰民族解放斗争相联系的英雄性作品，如《第一叙事曲》、《bA大调波兰舞曲》等；有充满爱国热情的战斗性作品，如《革命练习曲》、《b小调第一谐谑曲》等；有哀恸祖国命运的悲剧性作品，如《降b小调奏鸣曲》等；还有怀念祖国、思念亲人的幻想性作品，如夜曲与幻想曲。

2. 暖色：色环中红、橙一边的色相称暖色，包括红色、橙色、黄色、粉红色、褐色，能带给人温馨、和谐的感觉。它会使人联想到太阳、火焰、热血等，因此给人们一种温暖、热烈、活跃的感觉。

3. 脸谱：是中国戏曲演员脸上的绘画，用于舞台演出时的化妆造型艺术，是我国戏剧舞台上塑造人物形象的一种手段。其特点有以下三点：(1) 美与丑的矛盾统一；(2) 与角色的性格关系密切；(3) 其图案是程式化的。

4. 制片人：一般指电影公司的老板或资方代理人，负责统筹指挥影片的筹备和投资，有权改动剧本情节，决定导演和主要演员的人选等。制片人大多了解电影艺术创作，了解观众心理和市场信息，善于筹集资金，熟悉经营管理。电影生产中有时把制片人称为监制。

5. 塞尚：法国著名画家，是后期印象派的主将，19世纪末被推崇为“新艺术之父”。作为现代艺术的先驱，西方现代画家称他为“现代艺术之父”或“现代绘画之父”。他对物体体积感的追求和表现，为“立体派”开启了道路，其独特的主观色彩大大区别于强调客观色彩的画家。代表作品主要有《玩纸牌者》《静物苹果篮子》《穿红背心的少年》等。

四、简答题

1. “新浪潮”与“左岸派”的比较。

答：(1) 人员构成

“新浪潮”的成员大都是巴赞创办的《电影手册》杂志的评论员，他们多是由到电影俱乐部看影片、在杂志上写评论文章逐步走上影坛的，如“新浪潮”的主要成员特吕弗、戈达尔、夏布洛尔、里维特、卡斯特等人。而“左岸派”的成员则是聚集在塞纳河左岸“门阶出版社”这一左翼作家团体的周围的一批文人，其中有作家杜拉、罗伯-格里耶等，有戏剧家雷乃、亨利等，有记者阿尔芒·卡蒂等，有摄影师阿涅斯·瓦尔达等。真正从事电影工作的只有克里斯·马克一人。一般地讲，“左岸派”导演的文化修养要比“新浪潮”导演高。

（2）时间

“新浪潮”运动始于20世纪50年代末期。“左岸派”电影导演的探索要比“新浪潮”导演早。

（3）影片主题和表现手法

“新浪潮”电影有着强烈的个人传记色彩，而“左岸派”电影反映的是具有普遍意义的全人类性质的主题；“新浪潮”电影较多采用“第一人称”的叙事手法，而“左岸派”电影则较多采用“第二人称”和“第三人称”，甚至混乱地采用人称来叙事；“新浪潮”电影有一种真实诚恳的风格，而“左岸派”电影却有着强烈的文学、戏剧色彩，艺术的假定性也远远超过了“新浪潮”电影。

（4）美学追求

“新浪潮”电影追求的是向生活靠拢，向真实深入；而“左岸派”电影感兴趣的则是人的精神活动、思想和内心。

（5）制作周期

“新浪潮”导演们以半即兴方式拍摄电影，因此制作周期短，一年能够拍摄几部影片；而“左岸派”导演却是以精雕细琢的方式拍摄电影，因此制作周期比较长，常常是好几年才拍摄完成一部影片。

2. 简述表现主义戏剧的特征。

答：表现主义戏剧是西方现代戏剧流派之一，19世纪末出现于德国、瑞典，随后波及欧洲其他国家和美国，极盛于20世纪初至20年代前后。一部分左翼资产阶级知识分子对资本主义现实深感不满，受到柏格森直觉主义和弗洛伊德精神分析心理学的影响，表现主义戏剧从而产生。

在创作理念上，表现主义戏剧不满于对外在事物的描绘，要求突破事物的表象揭示其内在的本质，突破对人物言行的摹写而表现其“深藏在内部的灵魂”，不注重人物的个性而表现其原始性的“永恒的品质”。

在表现形式上，为了表现人物的潜意识，借用象征主义戏剧的各种象征手法，大量运用内心独白、幻象和梦境的具象化等主观表现方式。

在舞台表演上，表现主义戏剧长于用灯光变幻，造成各种光怪陆离的梦幻效果，用各种歪曲变形、抽象的舞台美术手段，造成强烈震撼观众心灵的舞台效果。

五、论述题

你认为一个节目主持人应具备哪些素养？

答：随着时代的发展，广播和电视节目受众的需求在不断变化，节目主持人作为联系媒体和受众的纽带，扮演着越来越重要的角色。在新媒体环境中，节目主持人一改往日的播报风格，转向突出主持人个人的风格和魅力。节目主持人代表了节目的特色和定位，逐渐成为衡量节目质量的重要参照物。一个优秀的节目主持人应具备如下素质：

（1）较高的政治素养。媒体作为党的喉舌，必须保证正确的政治方向。因此，主持人必须提高政治素养，加强理论学习，具有较高的政治理论水平。主持人应学习党的方针政策，在广播电视节目中弘扬主旋律、倡导新风尚，真正做到“以正确的舆论引导人”。

（2）丰富的专业知识和深厚的文化修养。主持人语言表达能力的高低、控场能力的强弱等专业素养，对节目的成功与否起着重要的作用。长期接受文学艺术的熏陶感染，会在潜移默化中陶冶主持人的情操、美化主持人的心灵，从而使主持人形成高雅的审美情趣和独特的人格魅力。

（3）良好的心理素质。节目主持具有较大的灵活性、随机性和挑战性，主持人经常会面对各种突发事件，因此，主持人的心理素质直接关系着节目的效果。这就要求主持人在节目的前期策划阶段做好充分的案头准备，在面对突发事件的时候，要机敏灵活地予以应变。

（4）独特的主持风格。很多成功的主持人，在播音主持创作中能体现出对节目内容、对生活的独特感受，表现出自己的精神风貌和艺术素养，显示自己的个性。白岩松的理性沉稳、崔永元的幽默睿智、董卿的亲切热忱，都是在长期的节目主持实践中形成的独特风格。

综上所述，作为节目主持人，要增强创新能力、提升文化修养、探索主持风格，这样才能在日益激烈的竞争中独树一帜。

文艺常识全真模拟试题十九

一、填空题（每空1分，共30分）

1. 电影画面的景别一般可分为__________、__________、__________、__________、__________。

2. 中国共产党领导文学艺术、科学研究工作的基本方针是________、________。

3. 莎士比亚的戏剧作品分为三类，分别是悲剧、喜剧和________。

4. 鲁迅的第一本小说集是________，第一本杂文集是________。

5. 《蓝》、《白》、《红》三部曲是________（国家）导演________的作品。

6. 中国现代文学史上著名的童话作品《稻草人》、《古代英雄的石像》的作者是________，《大林和小林》、《宝葫芦的秘密》的作者是________。

7. 《孩子王》的作者是________，后被导演________改编成电影。

8. 《有话好好说》是中国导演________的作品。

9. 朱自清的文学创作以散文为主，其中________写清华校园月下荷塘的美景，________歌颂了父爱。

10. 鲁迅的小说________塑造了一位麻木的农民形象，使之成为世界文学史上不朽的典型形象，他自我麻醉的办法被称为________。

11. 意大利新现实主义电影的代表作主要有________、________等。

12. 艾青原名________，代表作是________。

13. 三部曲源于古希腊，指情节连贯的三部悲剧，又称三联剧，现指三部内容各自独立互相联系的作品。高尔基的自传三部曲是__________、__________、________。________的农村三部曲是《春蚕》、《秋收》、《残冬》。

14. “盖文章者，经国之大业，不朽之盛事”出自________的文章。

15. ______________，雪却输梅一段香。

二、选择题（每题0.5分，共15分）

1. 下列不属于古典主义代表人物的是（　　）。

A. 莫里哀　B. 拉辛　C. 维吉尔　D. 列宾

2. 在战国变法运动中，提出了“圣人苟可以强国，不法其故；苟可以利民，不循其礼”的思想家是（　　）。

A. 商鞅　B. 墨子　C. 孟子　D. 荀子

3. 下列文学常识表述中有误的一项是（　　）。

A.“建安文学”是指汉末建安时期的文学，代表作家有曹氏父子和建安七子。

B.“风雅”指的是《诗经》中的《国风》和《大雅》、《小雅》，儒家诗论把“风”、“雅”，列为“六义”中的两类。

C.《倪焕之》、《骆驼祥子》、《子夜》、《上海屋檐下》的作者依次是叶圣陶、老舍、茅盾、夏衍。

D. 雨果是19世纪浪漫主义文学运动的领袖，代表作品有《悲惨世界》、《巴黎圣母院》、《幻灭》等。

4. 话本是宋代出现的一种新的文学形式，促使它兴起的直接社会原因是（　　）。

A. 理学的形成与发展　B. 商业和城市的繁荣

C. 各民族文化的发展　D. 阶级矛盾和民族矛盾的尖锐

5. 中国古代史上，到达过印度和印度尼西亚的僧人是（　　）。

A. 一行　B. 义净　C. 玄奘　D. 鉴真

6.“国际电影节之父”是指（　　）电影节。

A. 威尼斯国际　B. 戛纳　C. 柏林国际　D. 圣丹斯国际

7. 下列作品中为郭沫若所著的是（　　）。

A.《女神》　B.《呐喊》

C.《春风沉醉的晚上》　D.《超人》

8. 中国第一部有声电影是（　　）。

A.《火烧红莲寺》B.《白金龙》　C.《定军山》　D.《歌女红牡丹》

9. 被称为“国际会议之都”的城市是（　　）。

A. 日内瓦　B. 维也纳　C. 华盛顿　D. 柏林

10. 中央电视台的综艺频道是第几套节目？（　　）

A. 四　　B. 八　　C. 三　　D. 九

11.《在那遥远的地方》是哪个地区的民歌？（　　）

A. 新疆　　B. 西藏　　C. 广西　　D. 青海

12. 我国历史古迹龙门石窟位于哪个城市？（　　）

A. 河南洛阳　　B. 河南开封　　C. 甘肃天水　　D. 陕西咸阳

13. 歌剧《图兰朵》中采用了我国哪首民歌的曲调？（　　）

A.《兰花花》　　B.《茉莉花》　　C.《南泥湾》　　D.《映山红》

14. “蒙太奇”一词源于哪国语言？（　　）

A. 法国　　B. 美国　　C. 德国　　D. 英国

15. 下列音乐作品中，由柴可夫斯基作曲的是（　　）。

A.《命运》　　B.《蓝色多瑙河》　　C.《悲怆交响曲》　　D.《多瑙河之波》

16. “玛祖卡舞”起源于（　　）。

A. 荷兰　　B. 罗马尼亚　　C. 波兰　　D. 保加利亚

17. 下列有关文学常识的表述，错误的一项是（　　）。

A.《诗经》是我国最早的一部诗歌总集，收集了从西周初到春秋中叶近500年间的诗歌305篇。它以四言诗为主，普遍运用赋、比、兴的表现手法。

B. 杂剧在元代文学中有突出的地位，代表作有关汉卿的《窦娥冤》、王实甫的《西厢记》、孔尚任的《桃花扇》和马致远的《汉宫秋》等。

C. 巴金，原名李尧棠，是我国现代文学著名的小说家、散文家。小说《灭亡》、《家》、《寒夜》及散文集《随想录》等都是他的代表作。

D. 高尔基一生创作甚丰，有长篇小说、中篇小说、剧本、散文等。小说《童年》、《在人间》、《我的大学》是他的自传体三部曲。

18.《生活与美学》的作者是（　　）。

A. 巴赞　　B. 塞尚

C. 车尔尼雪夫斯基　　D. 爱因汉姆

19. 泰戈尔是哪个世纪的文学家、艺术家和社会活动家？（　　）

A. 19—20 世纪　　B. 20 世纪　　C. 17—18 世纪　　D. 19 世纪

20. 下列作品是契诃夫所作的是（　　）。

A.《战争与和平》 B.《母亲》 C.《变色龙》 D.《苦难的历程》

21. 浪漫主义的特征是（ ）。

A. 理想主义 B. 社会主义 C. 现实主义 D. 生活主义

22. 中阮属于乐器中的哪一类？（ ）

A. 弹拨类 B. 拉弓类 C. 敲击乐 D. 中勾弹拨类

23. 电影的发明人是卢米埃尔兄弟，他们是哪国人？（ ）

A. 法国 B. 英国 C. 德国 D. 美国

24. 世界上第一部有声电影是（ ）。

A.《工厂大门》 B.《天涯歌女》 C.《火车进站》 D.《爵士歌王》

25. 下列属于中国第一代导演的是（ ）。

A. 吴天明 B. 蔡楚生 C. 张石川 D. 谢晋

26.《桃花扇》塑造了一位可敬可爱的青楼女子形象，她是（ ）。

A. 赵盼儿 B. 杜十娘 C. 李亚仙 D. 李香君

27. “讨一个说法”，这句经典台词出自下列哪部电影？（ ）

A.《幸福时光》 B.《我的父亲母亲》

C.《秋菊打官司》 D.《红高粱》

28. 我国由群众投票，代表群众意见的电影奖项是（ ）。

A. 华表奖 B. 金鹰奖 C. 百花奖 D. 金鸡奖

29. 张养浩的《山坡羊·潼关怀古》文体属于（ ）。

A. 词 B. 曲 C. 赋 D. 诗

30. 1949 年以前，中国最重要的电影制作基地是（ ）。

A. 北京 B. 香港 C. 南京 D. 上海

三、名词解释（每题 4 分，共 20 分）

1. 长镜头
2. 特写
3. 老舍
4. 自然主义戏剧
5. 江西诗派

四、简答题（每题10分，共20分）

1. 什么是有声源音乐和无声源音乐？
2. 简述广播电视传播“窄播化”的具体体现和形成背景。

五、论述题（共15分）

微电影越来越受到受众的欢迎，目前，微电影已不再局限于摄影爱好者们的随性自拍，而开始逐渐名人化、机构化、产业化、主流化。有人断言，微电影为影像带来的革命才刚刚开始。你认为微电影火爆的原因是什么？

☞ 参考答案

一、填空题

1. 远景　近景　中景　全景　特写　2. 百花齐放　百家争鸣　3. 历史剧　4.《呐喊》《坟》　5. 波兰　基耶斯洛夫斯基　6. 叶圣陶　张天翼　7. 阿城　陈凯歌　8. 张艺谋　9.《荷塘月色》《背影》　10.《阿Q正传》　精神胜利法　11.《偷自行车的人》《罗马11时》《大地在波动》《罗马，不设防的城市》（任写两个即可）　12. 蒋正涵　《大堰河——我的保姆》　13.《童年》《在人间》《我的大学》　茅盾　14. 曹丕　15. 梅须逊雪三分白

二、选择题

1. D　2. A　3. D　4. B　5. B　6. A　7. A　8. D　9. A　10. C　11. D　12. A　13. B　14. A　15. C　16. C　17. B　18. C　19. A　20. C　21. A　22. A　23. A　24. D　25. C　26. D　27. C　28. C　29. B　30. D

三、名词解释

1. 长镜头：是一种相对于蒙太奇的拍摄方法。这里的“长镜头”，指的不是实体镜头外观的长短或是焦距，也不是摄影镜头距离拍摄物的远近，而是拍摄之开机点与关机点的时间距，也就是影片的片段的长短。长镜头并没有绝对的标准，是相对而言较长的单一镜头，通常用来表达导演的特定构想和审美情趣。长镜头通过连续的时空运动把真实的现实自然地呈现在屏幕上，形成一种独特的纪实风格。长镜

头一般划分为固定长镜头、变焦长镜头、景深长镜头、运动长镜头四种。

2. 特写：指拍摄人物的面部或被摄对象的一个局部的镜头。其取景范围小，画面内容单一，可使表现对象从周围环境中突现出来，形成清晰的视觉形象，起到强调表现对象的作用。

3. 老舍：原名舒庆春，字舍予，中国现代小说家、文学家、戏剧家。老舍笔下的市民世界最能体现老北京的文化和生活，他作品中的“北京味儿”、以北京话为基础的凝练纯净的语言，在现代作家中别具一格，创作了《骆驼祥子》《四世同堂》《茶馆》《二马》《龙须沟》等大量文学作品，获得“人民艺术家”的称号。

4. 自然主义戏剧：产生于19世纪下半叶的法国，19世纪末与20世纪初传到欧美与世界各国。它强调用病理学、生理学、遗传学等方法来分析、研究社会和个人，把人物的行为动机解释为纯粹的生理冲动或病理原因。作品淡化情节，强调平淡琐碎的日常生活的细节；强调演员表演要生活化，人物语言要像留声机一样模拟日常生活语言；舞台布景要求高度逼真，以至于让观众产生幻觉。

5. 江西诗派：北宋徽宗初年，吕本中作《江西诗社宗派图》，把黄庭坚、陈师道为首的诗歌流派取名为“江西诗派”。宋末方回把杜甫和黄庭坚、陈师道、陈与义称为江西诗派的“一祖三宗”。该流派崇尚黄庭坚的“点铁成金”“夺胎换骨”之说，追求字字有出处。诗歌内容以吟咏书斋生活为主，重视文字的推敲技巧。

四、简答题

1. 什么是有声源音乐和无声源音乐？

答：就形态来说，影视音乐一般分为有声源音乐和无声源音乐。有声源音乐也称画内音乐、现实性音乐或客观音乐，指影片中出现的音乐是画面中的有声源所提供的，例如演唱者、乐器、电视机等。无声源音乐也称画外音乐、功能性音乐或主观音乐，指影片中出现的音乐并非来自画面中可见的发声体，例如打斗场面中出现的钢琴曲等，着重于心理活动、情绪情感的渲染和表达。

一般来说，影视作品中的有声源音乐和无声源音乐是可以相互转化、交替使用的，比如同一首钢琴曲在影片中多次出现，第一次可以是主人公自己演奏，是有声源音乐，第二次可以出现在其他人回忆主人公时，是无声源音乐。

2. 简述广播电视传播“窄播化”的具体体现和形成背景。

答：（1）具体体现

①系列广播电台（频率）。系列台（频率）是指广播电台从所有频率都播出综

合性广播节目向不同频率播出不同的专门性节目转化形成的新格局，即一个电台的不同频率传播节目各有侧重，内容取向上各有分工，如新闻台、音乐台、经济台、交通台等。②专业电视频道。与广播系列台（频率）一样，电视专业频道的出现和发展，也是为了满足社会受众的多样化需求。“频道专业化，节目对象化”，以中央电视台为例，除了一个综合性频道（CCTV－1）之外，其他都是专业频道，如经济频道（CCTV－2）、综艺频道（CCTV－3）、电影频道（CCTV－6）等。

（2）形成背景

以产权的多元化和经济运作的市场化为基本内容的社会主义经济体制改革，促使社会结构由总体性向自主性、分群化转变，各阶层受众对媒介的需求也日趋丰富和复杂。自主性、分群化社会的逐步形成，为大众传播中受众中心地位的确立提供了社会基础。在自主性、分群化的社会中，受众具有如下特征：①受众兴趣趋于多元化。②受众更关注自身的利益。③受众权利意识增强。这就要求传播者不再把受众视作一个无分别的整体，而是针对受众的不同群落和不同需求层面，分别实施特定的传播策略。广播电视媒体也必须积极地以其丰富多彩的电视节目来满足受众的多样化要求。

五、论述题

微电影越来越受到受众的欢迎，目前，微电影已不再局限于摄影爱好者们的随性自拍，而开始逐渐名人化、机构化、产业化、主流化。有人断言，微电影为影像带来的革命才刚刚开始。你认为微电影火爆的原因是什么？

答：微电影最大的特点是“微时长、微制作、微投资”，这样的“微小身躯”适应了现代传播技术的变化。在进入网络时代的今天，微视听文化因其方便、简洁等特点会得到越来越多受众的喜爱，微电影正是如此。

微电影并不是真正意义上的电影，它具有一种传播和广告效应，这也是其火爆的原因之一。因为这使很多商家看到了商机，一些植入式广告或者围绕品牌、商品而创作的营销微电影随之产生。作为真正意义上的第一部广告“微电影”是吴彦祖主演的《一触即发》，这部90秒的微电影就把吴彦祖和凯迪拉克赛威2.0T当作同等重要的主角。而实践证明，这样的“微电影”宣传效果良好。

微电影的火爆，还有一个重要原因，那就是发行渠道。在“渠道为王”的中国电影行业，微电影给那些做着电影梦的人带来了希望，这也已经成为一些人表达自我的舞台。微电影除了网友释放情绪的恶搞类型外，更多的是传递正能量的励志题材、传递人间亲情的感人故事。

综上所述，微电影对现代电影产业的发展起到了积极的助推作用，但是它并不能满足人们对现代高科技视听品质的需求。所以尽管微电影十分火爆，但是它不会取代电影，而是作为现代电影工业体系的一个有效补充。而微电影要想做得更好，必须向“精品”方向努力，只有那些制作精致、画面优美、故事生动感人、情节起伏跌宕、迎合时代热点的微电影，才能受到受众的欢迎。

文艺常识全真模拟试题二十

一、填空题（每空1分，共30分）

1. 电影的发明者是法国人________兄弟，他们最早拍摄的影片有________、________等。

2. 19世纪世界文坛上有三大短篇小说之王，他们是________、________和________。

3. 电影《卧虎藏龙》的导演是________。

4. “山外青山楼外楼，西湖歌舞几时休”出自________，作者是________。

5. 我国台湾地区设立的电影奖是________，香港地区设立的电影奖是________。

6. 中国文联、中国作协主办了中国文学界的两个奖项，以此纪念两位文学巨匠，一是专门奖励长篇小说创作的________，一是奖励其他文学体裁创作的________。

7. 《岳阳楼记》的作者是北宋初年著名的政治家________。宋代第一个专业词人是________，他常为歌女填词，多写城市风貌和歌女生活。

8. ________是清代一部文言文短篇小说集，大都为妖狐鬼怪故事，作者是________。

9. 长风破浪会有时，________。（李白《行路难》）________，长使英雄泪满襟。（杜甫《蜀相》）

10. 以赵树理为代表的一批擅写山西农村生活的作家群被称为________派，以孙犁为代表的一批擅写河北农村生活的作家群被称为________派。

11. 荷兰有两位世界级画家，一位是《夜巡》的作者、17世纪的现实主义画家

________，一位是《向日葵》的作者、19世纪的印象派画家________。

12. 我国第一部系统全面的戏曲理论著作是清代________的《闲情偶寄》，第一部戏曲史是清末时期王国维的________。

13. 魔幻现实主义文学的代表作家是哥伦比亚的________，他的《百年孤独》反映了拉丁美洲本土文化的传统，是一部内容庞杂、人物众多，情节曲折离奇的小说。

14. 电影________改编自著名小说《飘》，它不仅是好莱坞的经典作品，而且是好莱坞从黑白片走向彩色片的一座里程碑，充分展示了彩色片的魅力。

15. ________指画面的渐显、显隐，是一种舒缓渐变的连接两个镜头的手段。画面由暗转明，甚至完全清晰，是________；画面由明转暗，甚至完全消失，是________。

二、选择题（每题0.5分，共15分）

1.《阿细跳月》这部舞蹈是由下列哪个民族创作的？（　　）

A. 苗族　B. 傣族　C. 彝族　D. 白族

2.（　　）是指各个音在进行时的长短和强弱关系，它包含于旋律之中。

A. 节奏　B. 旋律　C. 音区　D. 音域

3. 艺术接受的主体是艺术作品的（　　）。

A. 传播主体　B. 传播媒介　C. 艺术信息　D. 传播受众

4.《海岛冰轮初转腾》是哪个京剧剧目中的选段？（　　）

A.《打渔杀家》B.《贵妃醉酒》C.《西厢记》　D.《玉堂春》

5. 维纳斯是希腊神话中的（　　）。

A. 爱神　B. 太阳神　C. 海神　D. 好运神

6. 十二木卡姆是哪个民族的一种歌舞形式？（　　）

A. 蒙古族　B. 维吾尔族　C. 哈萨克族　D. 藏族

7. 小提琴协奏曲《梁祝》的作曲者是（　　）和陈钢。

A. 李叔同　B. 何占豪　C. 聂耳　D. 徐沛东

8. 下列哪种说法不是出自儒家人物？（　　）

A. 畏天命　B. 名正言顺　C. 克己复礼　D. 无为而无不为

9. 绘画作品《维亚农少女》的创作者是（　　）。

A. 塞尚　B. 高更　C. 毕加索　D. 莫奈

10. 下列属于易卜生作品的是（　　）。

A.《百年孤独》　B.《红与黑》　C.《玩偶之家》　D.《阴谋与爱情》

11. 描写特洛伊战争的《伊利亚特》和《奥德赛》的作者是（　　）。

A. 亚里士多德　B. 但丁　C. 荷马　D. 狄更斯

12. 19 世纪英国文坛出现了三位著名女作家，她们是勃朗特三姐妹，其中夏洛蒂·勃朗特的代表作是（　　）。

A.《简·爱》　B.《呼啸山庄》

C.《艾格尼斯·格雷》　D.《傲慢与偏见》

13. 我国古典四大名著是《红楼梦》、《西游记》、《三国演义》和（　　）。

A.《聊斋志异》　B.《水浒传》　C.《金瓶梅词话》　D.《封神演义》

14. 下列作品不属于“三言二拍”的是（　　）。

A.《喻世明言》　B.《警世通言》

C.《二刻拍案惊奇》　D.《醒世通言》

15.《威尼斯商人》的作者是（　　）。

A. 巴尔扎克　B. 雨果　C. 莎士比亚　D. 司汤达

16. 科幻小说《伏羲》的作者是（　　）。

A. 江渐离　B. 苏学军　C. 王晋康　D. 莫言

17. 中国第一部电视剧作品是（　　）。

A.《凡人小事》　B.《蹉跎岁月》

C.《一口菜饼子》　D.《女记者的画外音》

18.《盗梦空间》的导演是（　　），继《蝙蝠侠前传 2：黑暗骑士》后再次给我们带来惊喜。

A. 斯皮尔伯格　B. 詹姆斯·卡梅隆

C. 克里斯托弗·诺兰　D. 山姆·雷米

19. 下列不属于米开朗基罗为美第奇家族陵墓设计的大理石雕刻的作品是（　　）。

A.《夜》　B.《晨》　C.《昼》　D.《大卫》

20. 中景一般表现的范围是（　　）。

A. 人物身体膝盖以上的景别　B. 人物全身的景别

C. 人物身体胸部以上的景别　D. 人物身体肩部以上的景别

21. (　　) 的《欧那尼》的上演，标志着古典主义戏剧的结束、浪漫主义戏剧的开始。

A. 雨果　B. 席勒　C. 莱辛　D. 博马舍

22. 著名的包豪斯设计学院发源于（　　）。

A. 德国　B. 美国　C. 英国　D. 法国

23. 唐代青绿山水的代表人物是（　　）。

A. 李思训　B. 吴道子　C. 王维　D. 李唐

24. 电影《定军山》的出现标志着（　　）。

A. 中国电影的诞生　B. 中国有声电影的诞生

C. 中国电影故事片的诞生　D. 中国战争电影的诞生

25. 下列哪一位导演最先提出“纯电影”的口号？(　　)

A. 雷内・克莱尔　B. 路易・德鲁克

C. 路易斯・布努埃尔　D. 谢尔曼・杜拉克

26. 以下哪个导演不属于法国电影“左岸派”？(　　)

A. 阿伦・雷乃　B. 玛格丽特・杜拉斯

C. 阿伦・罗布-格里耶　D. 克洛德・夏布洛尔

27.《尝试集》的作者是谁？(　　)

A. 鲁迅　B. 胡适　C. 郭沫若　D. 茅盾

28. 歌德写《浮士德》用了多长时间？(　　)

A. 30 年　B. 40 年　C. 50 年　D. 60 年

29. 有“小提琴之王”之称的作曲家是（　　）。

A. 帕格尼尼　B. 贝多芬　C. 海顿　D. 莫扎特

30. 下列影片中，以歌颂少数民族新生活为题材的是（　　）。

A.《李双双》　B.《洞箫横吹》C.《柳堡的故事》D.《达吉和她的父亲》

三、名词解释（每题 4 分，共 20 分）

1. 学堂乐歌
2. 荒诞派戏剧
3. 米点山水
4. 灵感

5. 元杂剧

四、简答题（每题10分，共20分）

1. 就光源与对象之间的相对位置（光位）来说，影视创作中的光线可以分为几种？请简要说明各自的含义。

2. 简述艺术活动中的三种审美效应。

五、论述题（共15分）

论述艺术起源的不同观点。

☞ 参考答案

一、填空题

1. 卢米埃尔 《工厂大门》《火车进站》 2. 莫泊桑 契诃夫 欧·亨利 3. 李安 4.《题临安邸》 林升 5. 金马奖 金像奖 6. 茅盾文学奖 鲁迅文学奖 7. 范仲淹 柳永 8.《聊斋志异》 蒲松龄 9. 直挂云帆济沧海 出师未捷身先死 10. 山药蛋 白洋淀 11. 伦勃朗 梵·高 12. 李渔《宋元戏曲考》 13. 加西亚·马尔克斯 14.《乱世佳人》 15. 淡入淡出 淡入 淡出

二、选择题

1. C 2. A 3. D 4. B 5. A 6. B 7. B 8. D 9. C 10. C 11. C 12. A 13. B 14. D 15. C 16. A 17. C 18. C 19. D 20. A 21. A 22. A 23. A 24. A 25. D 26. D 27. B 28. D 29. A 30. D

三、名词解释

1. 学堂乐歌：是随着新式学堂的建立而兴起的歌唱文化，一般指学堂开设的音乐（当时称歌唱或乐歌）课或为学堂歌唱而编创的歌曲。它是一种选曲填词的歌曲，起初多是归国的留学生用日本和欧美的曲调填词，后来还有用民间小曲或新创曲调来填词。致力于学堂乐歌创作的音乐家有沈心工、李叔同等人，代表作有《送别》等。

2. 荒诞派戏剧：20世纪50年代兴起于法国的反传统戏剧流派。荒诞派戏剧家提倡纯粹的戏剧性，放弃了形象塑造与戏剧冲突，运用支离破碎的舞台直观场景、奇特怪异的道具、颠三倒四的对话、混乱不堪的思维，表现现实的丑恶与恐怖、人生的痛苦与绝望，达到一种抽象的荒诞效果。代表作家作品有尤涅斯库《秃头歌女》，贝克特《等待戈多》等。

3. 米点山水：宋代米芾山水画的别称，米芾特别喜爱江南山川顷刻变幻的烟雨气雾景致，他以水墨挥洒点染表现烟雨掩映的江南山水，特别创造了一种积点成山的山水画技法，被后世称为“米点”，其山水画被称为“米家云山”或“米点山水”。

4. 灵感：指艺术家在创造活动中，由于大脑皮层的高度兴奋，所产生的一种特殊的心理状态，是艺术家在抽象思维和形象思维的基础上，通过意识和无意识的相互作用，突然激发的、极富创造力的精神状态。灵感具有突发性、超常性和易逝性。

5. 元杂剧：是戏曲发展到元代的一种特殊形式，它受到当时社会经济、政治、民族政策的影响，较之前代有极大的发展。它以宋杂剧和金院本为基础，融合宋金以来的音乐、说唱、舞蹈等艺术。最初流行于北方，元代后期逐渐衰落，是中国戏曲艺术发展到成熟阶段的重要标志。代表作家作品有“元曲四大家”：关汉卿《窦娥冤》、郑光祖《汉宫秋》、马致远《倩女离魂》、白朴《梧桐雨》等。

四、简答题

1. 就光源与对象之间的相对位置（光位）来说，影视创作中的光线可以分为几种？请简要说明各自的含义。

答：按照光源与对象之间的相对位置（光位）划分，影视创作中的光线可以分为顺光、逆光、侧光、顶光、脚光。

（1）顺光：是呈现物体样貌、提供基本照度的光线，灯光高度与摄影机高度接近，处于同一水平面上，光线投射方向与摄影机方向一致。

（2）逆光：光线与摄影机相对，拍摄时受光面在背部，可以作为物体轮廓光，具有提取线条的重要功能。

（3）侧光：侧光照射下的物体会有由明到暗的过渡，能体现物体表面凹凸的层次，也能表现出人物的毛发、皮肤的质感。

（4）顶光：光线来自被摄对象顶部，把凸亮凹暗夸张到极致，物体着光、背光的反差较大，造型效果比较反常，常用来塑造恐怖、凶恶的形象。

（5）脚光：光线来自被摄对象下方，异常感强烈，常用来表现特定光效，制造恐怖气氛，使人物形象显得狰狞可怕。

2. 简述艺术活动中的三种审美效应。

答：（1）共鸣。它是指在艺术欣赏中，接受者被作品中的思想感情、理想愿望、人物命运所打动，从而形成的一种强烈的心灵感应。在欣赏同一部艺术作品时可能会产生相同、相似的审美感受，称为审美共鸣。

（2）净化。它是指接受者通过对作品的欣赏和共鸣的产生，可以陶冶情操、调节精神，从而达到提升人格的状态。

（3）领悟。领悟是指接受者在欣赏艺术作品时，对于世界奥秘的洞悉、人生真谛的领悟，以及精神境界的升华，这是一种更高层次的审美效应。

五、论述题

论述艺术起源的不同观点。

答：目前，关于艺术起源的问题，主要有以下几种学说：

第一是模仿说。模仿说认为，艺术起源于人类对世界的模仿。古希腊哲学家德谟克利特和亚里士多德都认为模仿是人类的本能。无论是中国还是西方，模仿说都在艺术史上产生了巨大的影响。但是模仿说缺乏对艺术根本性质与社会功能的考察，只能在一定层次上对原始艺术进行阐释。

第二是表现说。表现说认为艺术是艺术家情感的表现，柏拉图、康德、克罗齐、科林伍德等都支持这一理论。表现说的合理之处在于突出了艺术家的主体精神，缺点是忽视了当时的社会环境。

第三是游戏说。游戏说认为，艺术起源于人类的游戏冲动，人类的过剩精力通过艺术得以发泄，呈现为一种无目的、无功利的游戏特征。游戏说认为艺术的主要特征是没有现实的功利目的。

第四是巫术说。巫术说产生最晚，它认为艺术起源于人类的巫术活动，其哲学基础是原始社会的万物有灵观念，巫术的基本功能是通过某种巫术仪式掌握世界，艺术正是产生于巫术活动的需要。

第五是劳动实践说。劳动实践说源于马克思主义创始人恩格斯的著名观点："劳动创造了人本身"。劳动实践说揭示了艺术与人类劳动实践的关系，从人类最基本的物质生产来寻找艺术起源。在诸多关于艺术起源的学说中，相对而言，劳动实践说是最为根本的一种学说。

文艺常识全真模拟试题二十一

一、填空题（每空 1 分，共 30 分）

1. 贺岁片《甲方乙方》、《不见不散》的导演是________。

2. 获得威尼斯影帝的华人男演员是________，他当时只有 16 岁，主演的影片是________。

3. 中国有一处伟大的建筑物，是中华民族的骄傲，号称世界七大奇迹之一，这处建筑物是________。

4. 《西厢记》的作者是________。

5. “东床快婿”原本是指________。

6. 岳飞的________中写道“三十功名尘与土，八千里路云和月”，后面的一句是______________。

7. 被称为画圣的古代画家是________，提出“天下兴亡，匹夫有责”爱国思想的是________。

8. 蒲松龄有一名联，上联是：“有志者，事竟成，破釜沉舟，百二秦关终属楚”，请接下联________________________________。

9. 苏联电影导演爱森斯坦首先提出了著名的________理论。

10. 当代世界三大男高音歌唱家是________、________和卡雷拉斯。

11. 法国著名的农民画家________是巴比松派的代表人物，他出身农民，一生绘画农民。他的作品《播种者》、《拾穗者》、《晚钟》被称为________。

12. 约瑟夫·海勒的________是“黑色幽默”文学的代表作。

13. 古罗马著名的戏剧作家是普劳图斯，他的代表作是________。

14. 意大利新现实主义电影的第一部作品是________的《罗马，不设防的城市》。

15. 19 世纪前半期，拿破仑统治结束后，注重感情表现，以色彩和笔法奔放为特征的浪漫主义美术出现。其中，法国画家德拉克洛瓦反映 1830 年法国七月革命的名作是________。

16. ________又称导演剧本，是导演案头工作的集中表现，是将剧本中的文学内容分切成一系列可以摄制的镜头的一种剧本。

17. 电影史上有名的“悬念”大师是美国的导演________，他以《蝴蝶梦》一夜成名，代表作有《后窗》、《爱德华大夫》等。

18. 在 20 世纪 50 年代末，巴黎塞纳河畔聚集了一批文学出身的电影导演。他们被后人称之为________，主要成员及代表作有：阿伦·雷乃的________、瓦尔达的《克列奥的两小时》、科尔皮的《长别离》，杜拉斯、格里耶则主要从事文学创作。

19. 宋代著名风俗画画家张择端的________，被现代美术史家称为“中国古代的现实主义杰作”。

20. ________是汉代兴盛起来的，以采集改编民间音乐为主的音乐机构，它的设置可上溯到________代。

21. 被称为“20 世纪欧洲的最后一位骑士”、“欧洲的良心”的是法国作家________，其代表作有________等。

22. ________是我国古代最杰出的长篇叙事诗，记叙了焦仲卿、刘兰芝夫妇的爱情悲剧，控诉了封建婚姻的不自主性，塑造了三个富于个性的人物形象。

二、选择题（每题 0.5 分，共 15 分）

1. 在江浙一带最流行的地方戏曲是（　　）。

A. 越剧　　B. 黄梅戏　　C. 京剧　　D. 昆曲

2. “何处招魂，香草还生三户地；当年呵壁，湘流应识九歌心”，这副对联说的是（　　）。

A. 贾谊　　B. 诸葛亮　　C. 屈原　　D. 文天祥

3. “五十步笑百步”出自（　　）。

A. 《三国志》　　B. 《孟子》　　C. 《晏子春秋》　　D. 《三国演义》

4. “问世间情为何物，直教生死相许”语出（　　）。

A. 李莫愁　　B. 金庸　　C. 元好问　　D. 李商隐

5. “野兽主义”的代表画家是（　　）。

A. 马蒂斯　B. 毕加索　C. 梵·高　D. 雷诺阿

6. 被誉为“钢琴之王”的作曲家是（　　）。

A. 肖邦　B. 勃拉姆斯　C. 李斯特　D. 约翰·施特劳斯

7. 我国第一部在国际电影节上获奖的影片是（　　）。

A.《定军山》　B.《渔光曲》　C.《祝福》　D.《红高粱》

8. 以下为斯皮尔伯格执导的影片是（　　）。

A.《泰坦尼克号》　B.《蝙蝠侠》

C.《辛德勒名单》　D.《星球大战》

9.“众芳摇落独暄妍，占尽风情向小园。疏影横斜水清浅，暗香浮动月黄昏。”形容的是什么花？（　　）

A. 桂花　B. 梅花　C. 月季　D. 牡丹

10. 戛纳电影节在（　　）举办。

A. 法国　B. 意大利　C. 英国　D. 德国

11. 在电影《阿甘正传》中，阿甘觉得人生就像一盒（　　）。

A. 鸡蛋　B. 奶糖　C. 巧克力　D. 口香糖

12. 下列鲁迅作品中哪部不是杂文集？（　　）

A.《热风》　B.《坟》　C.《呐喊》　D.《二心集》

13. 下列古典名著哪部不是悲剧？（　　）

A.《窦娥冤》　B.《赵氏孤儿》　C.《汉宫秋》　D.《救风尘》

14. 著名琴曲歌辞《胡笳十八拍》是谁的作品？（　　）

A. 左芬　B. 蔡琰　C. 李清照　D. 苏惠

15.《三国演义》里身在曹营心在汉，在曹营却不献一策的是谁？（　　）

A. 关羽　B. 孔明　C. 徐庶　D. 鲁肃

16.“信誓旦旦”一语出自下列哪篇作品？（　　）

A.《蒹葭》　B.《离骚》　C.《短歌行》　D.《氓》

17. 下列四个剧本中，以描写“人与命运的冲突”而著称于世的古希腊悲剧作品是（　　）。

A.《哈姆莱特》　B.《俄狄浦斯王》

C.《浮士德》　D.《玩偶之家》

18. 电影《神行太保》是描写哪项体育活动的故事片？（　　）

A. 长跑　　B. 滑冰　　C. 登山　　D. 自行车

19. 下列有关文学常识的表述，不正确的一项是（　　）。

A. “骚体”又称“楚辞体”，得名于屈原的《离骚》，特点之一是多用“兮”字。

B. 元曲包括套曲和杂剧，是盛行于元代的一种曲子形式，形式比较自由。

C. 《白洋淀纪事》是孙犁最负盛名和最能代表他创作风格的一部作品集。

D. 惠特曼是美国伟大的诗人，他的诗对我国“五四”以来的新诗影响很大。

20. 下列哪一部电影是希区柯克的作品？（　　）

A. 《鸟》　　B. 《彗星美人》　C. 《西区故事》　D. 《情迷巴塞罗那》

21. 春秋时，楚相孙叔敖修建芍陂，推动了所在地区农业生产的发展。该水利工程位于（　　）。

A. 成都平原　　B. 河北地区　　C. 渭河流域　　D. 淮河流域

22. “长沙不久留才子，宣室求贤访逐臣”，“笔诤时政，心在苍生，万户争传新乐府；堤建西湖，神归东洛，千古永祀老诗翁”，“覆地翻天，纪元重开新史；空前绝后，人物且看今朝”，这三副对联称颂的对象分别是（　　）。

A. 贾谊——苏轼——毛泽东　　B. 贾谊——白居易——毛泽东

C. 屈原——白居易——毛泽东　D. 屈原——柳宗元——毛泽东

23. “冯唐易老，李广难封”，出自（　　）。

A. 《史记·李将军列传》　　B. 王勃《滕王阁序》

C. 杜牧《阿房宫赋》　　D. 《汉书·苏武传》

24. 《梅花岭记》“吴中孙公兆奎以起兵不克，执至白下”，这里的“白下”是指（　　）。

A. 南京　　B. 苏州　　C. 杭州　　D. 扬州

25. 楹联是汉语独有的文体。有一幅励志读书的楹联：“青灯一盏文章铺锦绣，苦心几番诗词发春华。”下列名言中与之蕴涵相同哲学道理的是（　　）。

A. 天行有常，不为尧存，不为桀亡

B. 勿以善小而不为，勿以恶小而为之

C. 宝剑锋从磨砺出，梅花香自苦寒来

D. 纸上得来终觉浅，绝知此事要躬行

26.（　　）编写的《海国图志》是中国近代第一部较详尽地介绍西方的著作。

A. 魏源　　B. 严复　　C. 梁启超　　D. 谭嗣同

27. 曾获得过茅盾文学奖的小说《芙蓉镇》的作者是（　　）。

A. 古华　　B. 余华　　C. 水华　　D. 谢晋

28. 卡夫卡的《变形记》中的主人公的名字是（　　）。

A. 别里科夫　　B. 格里高尔　　C. 约瑟夫　　D. 布莱希特

29. 诗歌《致大海》的作者是（　　）。

A. 高尔基　　B. 普希金　　C. 泰戈尔　　D. 裴多菲

30. 万家宝是哪位文学家的原名？（　　）

A. 老舍　　B. 沈从文　　C. 曹禺　　D. 茅盾

三、名词解释（每题 4 分，共 20 分）

1. 巴洛克音乐
2. 唯美主义艺术
3. 大众传播媒介
4. 编剧
5. 建安文学

四、简答题（每题 10 分，共 20 分）

1. 什么是硬光和软光？
2. 世界三大表演体系是什么？

五、论述题（共 15 分）

谈谈对周星驰“无厘头”影片风格的认识。

参考答案

一、填空题

1. 冯小刚　2. 夏雨　《阳光灿烂的日子》　3. 长城　4. 王实甫　5. 王羲之　6.《满江红》　莫等闲，白了少年头，空悲切　7. 吴道子　顾炎武　8. 苦心人，天不负，卧薪尝胆，三千越甲可吞吴 9. 蒙太奇 10. 帕瓦罗蒂 多明戈 11. 米勒 米勒三部曲 12.《第二十二条军规》 13.《孪生兄弟》(《一坛黄金》、《撒谎者》) 14. 罗西里尼 15.《自由领导人民》 16. 分镜头剧本 17. 希区柯克 18. 左岸派 《广岛之恋》 19.《清明上河图》 20. 乐府 秦 21. 罗曼·罗兰《约翰·克利斯朵夫》 22.《孔雀东南飞》

二、选择题

1. A 2. C 3. B 4. C 5. A 6. C 7. B 8. C 9. B 10. A 11. C 12. C 13. D 14. B 15. C 16. D 17. B 18. D 19. B 20. A 21. D 22. B 23. B 24. A 25. C 26. A 27. A 28. B 29. B 30. C

三、名词解释

1. 巴洛克音乐：从1600年到1750年这150年间，在西方音乐史上被称为巴洛克时期。巴洛克音乐节奏强烈、跳跃，采用多旋律、复音音乐的复调法，强调曲子的起伏和力度、速度的变化。代表人物有巴赫、维瓦尔蒂和亨德尔。

2. 唯美主义艺术：较早出现于法国，王尔德集唯美主义思想之大成，把这一理论逻辑化、体系化。唯美主义主张为艺术而艺术，艺术与政治、道德、功利无关；推崇形式美，艺术是心灵的故乡，高于生命、高于神灵，至高无上；主张艺术超然于现实，现实生活应追随和模仿艺术。

3. 大众传播媒介：媒介是一种社会物质性存在，它是艺术媒体在艺术传播关系中的社会延伸与属性衍生。大众传播媒介是伴随着大众传播时代而来的大众传播方式的重要组成部分，它既包括传统的文学、戏剧、音乐、美术等传播方式的传统媒介载体，也包括随着科学技术的发展而出现的报纸、杂志、书籍等印刷媒介以及广播、电视、卫星、光纤通信等电子媒介。

4. 编剧：一是指创作剧本的作家，二是指影视编剧者根据自身的审美经验，对特定的生活素材进行艺术加工和提炼，并运用特殊的思维方式和表现形式，以文学语言为物质材料，进行艺术创作的过程，文学剧本则是它的物质表现形式。

5. 建安文学："建安"是汉献帝的年号，"建安文学"包括建安时期以及魏前期的文学，代表人物是曹操、曹丕、曹植和"建安七子"。他们在诗中忧时伤乱，表达建功立业的理想抱负以及人生短暂的哀叹，有强烈的艺术个性，语言简练刚健，风格悲凉慷慨。

四、简答题

1. 什么是硬光和软光？

答：按照光效的反差性质，光效可以分为硬光和软光。硬光光源是直射光，如直射的阳光或者光源明显的人工光。被摄主体上产生明显投射的光线，着光和背光的区别明显，一般多用作主光。

软光是散射光，如阴天的天空散光源和加了柔光设备的灯光。被摄主体上的投射光线不明显，着光和背光的区别不明显，物体亮度均匀，人物轮廓比较柔和。

硬光和软光会形成不同的画面造型效果：硬光为主的画面明暗反差大，形成硬调画面，明暗之间缺少过渡，能造成视觉心理的紧张，适合表现恐怖、残酷的场面，或者塑造有力量感的人物形象。软光为主的画面调子柔和，反差小，经常用来表现日常生活场景，或者用于塑造温柔善良的人物形象。

2. 世界三大表演体系是什么？

答：俄国的斯坦尼斯拉夫斯基表演体系、德国的布莱希特表演体系、以梅兰芳为代表的中国戏曲表演体系。

（1）斯坦尼斯拉夫斯基体系。要求演员真正存在于舞台上，不是在表演，而是在生活。演员应当永远是舞台上活生生的人，要遵守生活的逻辑，在规定情景中真诚地去感觉、去想、去动作。

（2）布莱希特体系。核心主张是“陌生化效果”和“间离方法”。要求演员和观众在感情上与角色保持距离，突出戏剧的假定性；使演员扮演角色时具有双重形象，既是角色又是自己本身，把自己放在角色的对面；观众观看演出时，不能被演员带到规定情境中，而是要保持理智的思考和批判。

（3）以梅兰芳为代表的中国戏曲表演体系。一是写意的表现方法。突破时间、空间的限制，以动作虚拟、布景虚拟，创造一个与实际生活相去甚远、富有意境美的舞台艺术世界。二是程式化的表现方法。程式化是中国戏曲为表现生活所采取的一种艺术处理的手段，它源于客观生活，对客观生活中的动作、音响等进行分析、选择，抽取其中独特的部分，进行装饰、美化与加工，使之具有一定的规范化、统一性，既是生活真实的再现，又比自然状态中的生活更准确、更鲜明。

五、论述题

谈谈对周星驰“无厘头”影片风格的认识。

答：“无厘头”原是广东佛山等地的一句俗语，意思是一个人做事、说话都令人难以理解，没有中心思想，其语言和行为没有明确的目的，粗俗随意，但并非没有道理。而周星驰在电影中的大量的经典台词，便是通过这种“无厘头”风格表达出来并为受众所熟知。

周星驰经过多年的电影生涯，已经逐渐成为香港“无厘头”喜剧的代名词。他的“无厘头”喜剧在香港传统喜剧的基础上，又自成风格，用滑稽夸张的动作和癫狂的语言，形成了一种娱乐的狂欢。

周星驰所出演的角色，大多数是在人们心中有着固定形象或者是经典作品中的人物形象，他往往在古装戏中加入很多现代的元素，例如流行用语或者是流行动作，使得电影熟悉中带着陌生、嬉皮中带着犀利。语言的狂欢最为直接，对于观众的影响也最为深远，同时也是周星驰“无厘头”电影的最大的特点。

桥段的反复拼贴使用，是周星驰电影中一个比较突出的特点。很少有并非同一系列的电影有这么多的重复和拼贴。根植于香港“无根情怀”土壤中的“无厘头”电影，对于喜剧电影的发展来说，具有无法替代的价值和意义。那些癫狂的语言、滑稽的动作，会随着时间的流逝越发地彰显“无厘头”电影的艺术魅力。摒弃了精英化的思考和美学追求，放弃了“文以载道”的重任之后，周星驰的“无厘头”电影既没有对彼岸世界的憧憬，也没有终极关怀。

文艺常识全真模拟试题二十二

一、填空题（每空1分，共30分）

1. 20世纪30年代著名剧作家曹禺创作了《雷雨》、《日出》和________，这三部作品被称为“抗战三部曲”。

2. 晚清戏曲舞台艺术改革中最有影响的人物是________，他创作了《哭祖庙》、《马前泼水》、《骂阎罗》等名剧，被誉为“活跃在京剧舞台四十余年的一代宗师”。

3. 宋元南戏在流行中与各地民间艺术相结合，至明代形成有代表性的四大声腔，即________、________、海盐腔和余姚腔。

4. 在美术方面，“文艺复兴三杰”是指________、________和拉斐尔。

5. 世界上第一次公开放映电影是在1895年，第一部影片的导演是________。

6. 惠特曼是美国最伟大的民主诗人，以其代表作品________闻名于世。

7. 毕加索在1950年前后曾创作一幅画作获国际和平奖，这幅画作是________。

8. “先天下之忧而忧，后天下之乐而乐”出自________。

9. 我国第一位以山水诗著名的诗人是曾做过永嘉太守的________。

10. 1704年苏格兰水手塞尔柯克在海上与船长争吵，被船长遗弃在荒岛上，四年后被救回英国。这一故事引起社会轰动，也引起作家们的关注，其中一位叫________的作家据此为原型创作了小说________。

11. “文革”结束后，1978年第一位访华的西方指挥家是日本籍的指挥家________，当时他担任美国波士顿交响乐团的指挥。

12. 在欧洲，有“音乐之都”美称的是奥地利的首都________。由________创作的《蓝色多瑙河圆舞曲》被认为是维也纳的非正式市歌。

13. 古曲《渔舟唱晚》的标题取自唐代诗人________的《滕王阁序》，此句为

________。

14. ________是世界著名电影艺术家，他导演的力作《战舰波将金号》，时至今日仍被认为是电影史上的经典之作。

15. 世界上最早出现的电影节是________（国家）的________，1932 年首次举办。

16. 我国第一部获得国际荣誉的影片是________，导演是________，它于 1935 年 2 月在莫斯科电影节上获荣誉奖。

17. 主演过《十字街头》、《马路天使》、《林则徐》的著名电影艺术家是________，他主演的最后一部影片是根据罗广斌、杨益言的小说________改编的________。

18. 新中国第一家电视台开办时称________，即现在的中央电视台的前身。

19. 《致橡树》、《船》是“朦胧派”著名诗人________的代表作品。刘心武的短篇小说________的发表，是“伤痕小说”创作潮流兴起的最初标志。蒋子龙的________被称为是“改革小说”的发轫之作。

二、选择题（每题 0.5 分，共 15 分）

1. “红娘”是哪部作品中的人物？（　　）

A. 《西厢记》　B. 《牡丹亭》　C. 《桃花扇》　D. 《汉宫秋》

2. 相传我国古代能作“掌上舞”的人是（　　）。

A. 杨玉环　B. 貂蝉　C. 赵飞燕　D. 西施

3. 什么时候适合用“七月流火”来形容？（　　）

A. 炎炎夏日　B. 夏去秋来　C. 春去夏来　D. 秋去冬来

4. 徐志摩、胡适等作家是属于哪一个文学流派的？（　　）

A. 江湖派　B. 桐城派　C. 公安派　D. 新月派

5. 中华人民共和国国旗五星红旗的设计者是（　　）。

A. 毛泽东　B. 周恩来　C. 曾联松　D. 梁思成

6. 下列著名雕塑中哪一件是罗丹的作品？（　　）

A. 《掷铁饼者》　B. 《大卫》　C. 《思想者》　D. 《维纳斯》

7. 下列不属于京剧四大名旦的是（　　）。

A. 梅兰芳　B. 尚小云　C. 程砚秋　D. 于是之

8. 下列哪一首交响曲不是贝多芬的作品？（　　）

A. 《英雄交响曲》　　B. 《命运交响曲》

C. 《合唱交响曲》　　D. 《悲怆交响曲》

9. 有一个很著名的“斯芬克斯之谜”，说有一种动物，早上用四条腿走路，中午用两条腿走路，傍晚用三条腿走路。你知道这种动物是什么吗？（　　）

A. 一种鬼怪　　B. 一种远古动物

C. 人类　　D. 树

10.《悲惨世界》中的主人公冉阿让因为偷了什么东西而服了19年的苦役？（　　）

A. 一瓶葡萄酒　　B. 一杯牛奶

C. 一片面包　　D. 一块饼干

11. 我国第一部词典是（　　）。

A. 《说文解字》 B. 《尔雅》 C. 《切韵》 D. 《史籀篇》

12. 日本导演黑泽明的《乱》改编自（　　）。

A. 《麦克白》 B. 《李尔王》 C. 《哈姆雷特》 D. 《奥赛罗》

13. 被尊为“花间派”鼻祖的词人是（　　）。

A. 温庭筠 B. 韦庄 C. 李煜 D. 柳永

14.《麦琪的礼物》是美国作家（　　）的作品。

A. 马克·吐温 B. 毛姆 C. 欧·亨利 D. 乔伊斯

15.《边城》是哪位作家的代表作？（　　）

A. 钱钟书 B. 沈从文 C. 萧军 D. 废名

16. 电影《一江春水向东流》的片名取自我国古代一位词人词作中的句子。这位词人是（　　）。

A. 辛弃疾 B. 李煜 C. 晏殊 D. 李清照

17. 下列不属于我国四大传说故事的是（　　）。

A. 《牛郎织女》 B. 《孟姜女》 C. 《白蛇传》 D. 《山海经》

18.“青梅竹马”取自下列哪篇诗作？（　　）

A. 李白《长干行》　　B. 白居易《长恨歌》

C. 李煜《虞美人》　　D. 李商隐《无题》

19. 下列哪个乐曲不是十大古代名曲之一？（　　）

A. 《高山流水》 B. 《阳春白雪》 C. 《梅花三弄》 D. 《二泉映月》

20. 中国现存最大的古代戏楼在（　　）。

A. 北京颐和园　B. 曲阜孔庙　C. 四川乐山　D. 河南开封

21. 景泰蓝技术的发源地是（　　）。

A. 苏州　B. 广州　C. 北京　D. 成都

22. 下列哪部日本文学作品被誉为“日本的《红楼梦》”？（　　）

A. 《伊豆的舞女》　B. 《罗生门》

C. 《雪国》　D. 《源氏物语》

23. 现代文学家臧克家，主要以哪种文学体裁的创作而著名？（　　）

A. 小说　B. 散文　C. 诗歌　D. 戏剧

24. 下列电视节目不属于谈话类节目的是（　　）。

A. 《艺术人生》　B. 《小崔说事》

C. 《正大综艺》　D. 《面对面》

25. 中央电视台第一次举办春节联欢晚会是在（　　）。

A. 1982 年　B. 1983 年　C. 1984 年　D. 1985 年

26. “羽扇纶巾，谈笑间，樯橹灰飞烟灭”描写的是下列哪位历史人物？（　　）

A. 刘备　B. 周瑜　C. 曹操　D. 诸葛亮

27. “愚公移山”的故事最早出自哪一部古典著作？（　　）

A. 《列子》　B. 《道德经》　C. 《庄子》　D. 《离骚》

28. 下列电影由香港演员张国荣担当男主角的是（　　）。

A. 《喜剧之王》　B. 《胭脂扣》

C. 《大话西游》　D. 《狮王争霸》

29. 张艺谋执导的电影《红高粱》改编自下列哪位作家的小说？（　　）

A. 梁晓声　B. 贾平凹　C. 莫言　D. 刘恒

30. 我国第一部在国际上获奖的影片是（　　）。

A. 《雨过天晴》　B. 《火烧红莲寺》

C. 《春蚕》　D. 《渔光曲》

三、名词解释（每题 4 分，共 20 分）

1. 语丝体

2. 海派

3. 南戏
4. 《诗经》
5. 蒙太奇学派

四、简答题（每题10分，共20分）

1. 举例说明生产劳动是艺术产生的根本动力。
2. 结合某部作品，试分析艺术与哲学之间的关系。

五、论述题（共15分）

在人们对春晚的各种夸评、骂评的基础上，出现了两种针锋对立的主张：其一是主张春晚停办，或者隔一年办一次（有人主张每逢双数年份办一次）；其二是主张春晚非但不能停办，而且要大办特办，办成一个“世界级大品牌”。请根据以上材料，从春晚所应承担的文化功能这一角度谈谈你对春晚的看法和认识。

参考答案

一、填空题

1.《原野》 2. 汪笑侬 3. 昆山腔 弋阳腔 4. 达·芬奇 米开朗基罗 5. 卢米埃尔兄弟 6.《草叶集》 7.《和平鸽》 8.《岳阳楼记》 9. 谢灵运 10. 笛福《鲁滨逊漂流记》 11. 小泽征尔 12. 维也纳 约翰·施特劳斯 13. 王勃 渔舟唱晚，响穷彭蠡之滨 14. 爱森斯坦 15. 意大利 威尼斯国际电影节 16.《渔光曲》蔡楚生 17. 赵丹 《红岩》 《烈火中永生》 18. 北京电视台 19. 舒婷《班主任》 《乔厂长上任记》

二、选择题

1. A 2. C 3. B 4. D 5. C 6. C 7. D 8. D 9. C 10. C 11. B 12. B 13. A 14. C 15. B 16. B 17. D 18. A 19. D 20. A 21. C 22. D 23. C 24. C 25. B 26. B 27. A 28. B 29. C 30. D

三、名词解释

1. 语丝体：是在现代文学史上第一个散文刊物《语丝》上形成的一种独特的散文文体。它以简短的感想、幽默的语言、泼辣的文风进行社会批评和文化批评，具有形象性、趣味性、知识性和哲理性的特点。

2. 海派："海"是指上海，同"京派"相对而言，又称为江派，清末逐渐形成。主要特点是勇于改革创新，善于吸收新鲜事物，及时反映现实生活，对京剧艺术的革新创造有很大贡献，这是海派的优良传统。另一方面，它受到资本主义商业化的影响，文章内容有些华而不实、肤浅庸俗。近年来，这种商业化的影响已经逐渐消除，一般改称为南派。

3. 南戏：是宋元和明初在浙江、福建等东南沿海地区流行的戏曲形式，其戏曲作品称为戏文。因为南戏最早形成于浙江温州，温州旧名永嘉，因此，南戏又称为"温州剧"或"永嘉戏曲"。为了和北方的元杂剧相区别，又称为南戏。

4. 《诗经》：是我国第一部诗歌总集，收入西周初年至春秋中叶大约500年间的诗歌305篇。这些诗歌在先秦时代，只称为"诗"或者"诗三百"，西汉初年立于学官，被奉为经典，从此被尊为《诗经》。它是中国现实主义诗歌的源头，对后世文学有深远的影响。《诗经》分为《风》、《雅》、《颂》三大类，赋、比、兴的艺术手法为后世诗人的创作提供了成功的艺术借鉴。复叠的章法、四言为主的句式和生动形象的语言，确立了其在文学史上的地位。

5. 蒙太奇学派：出现在20世纪20年代中期的苏联，以爱森斯坦、库里肖夫、普多夫金为代表，他们力求探索新的电影表现手段来表现新时代的革命电影艺术。他们的探索主要集中在对蒙太奇的实验与研究上，创立了电影蒙太奇的系统理论，并将理论的探索用于艺术实践，创作了《战舰波将金号》《母亲》《土地》等蒙太奇艺术的典范之作。

四、简答题

1. 举例说明生产劳动是艺术产生的根本动力。

答：劳动创造了人，也为艺术的产生提供了前提。劳动使人从自然中分离出来，促进了手脚的分工，锻炼出发达的大脑、复杂的神经系统与灵巧的双手，形成了人特有的感觉能力、思维能力和语言表达能力。

劳动使人的审美感觉、审美能力逐渐形成和发展起来。艺术创作是一种审美活动，要从事艺术创作，必须具有审美感觉和审美能力。而人的审美能力与人的感觉器官一样，也是在劳动中形成和发展起来的。

在原始社会，某些劳动本身就伴有艺术性活动，原始艺术的内容主要是再现劳动生产的内容或是与劳动生产有关的事物。人类对诸如对称、均衡、和谐、多样统一等形式美法则的掌握，以及对色彩美的认识，也源于劳动生产实践。

2. 结合某部作品，试分析艺术与哲学之间的关系。

答：哲学是人类对人生和世界的思考，它蕴涵了人类的高度智慧，是对人生观、价值观的高度概括和总结。艺术是艺术家的自我表达，对生活体验的再现，同样蕴涵着人类的高度智慧。从这一点来看，哲学与艺术是同源而生却有着不同的表达方式，哲学较之艺术更理性、更概括、更概念化。

以歌德的《浮士德》为例，浮士德是一个象征性的艺术形象，歌德是将他作为全人类命运的一个化身来加以塑造的。浮士德与玛甘泪的爱情悲剧，是对追求狭隘的个人幸福和享乐主义的利己哲学的反思和否定。浮士德从政的失败，表现了启蒙主义者开明君主的政治理想的虚幻。浮士德与海伦结合的不幸结局，则宣告了以古典美对现代人进行审美教化的人道主义理想的幻灭。

浮士德的形象还有更高的哲学内涵。这主要表现在著名的“浮士德难题”上。“浮士德难题”其实是人类共同的难题，它是每个人在追寻人生的价值和意义时都无法逃避的“灵”与“肉”、自然欲求与道德、个人幸福与社会责任之间的两难选择。在《浮士德》中，这一矛盾贯穿了主人公的毕生追求，体现为浮士德的内心冲突和他与靡非斯特的冲突的相互交织。

总之，艺术与哲学是相辅相成的。哲学思想能够促成某些艺术流派的形成，并直接产生某些哲理性作品。反过来，艺术也可以通过审美创造对哲学家产生启迪，艺术作品可以传播特定的哲学思想。

五、论述题

在人们对春晚的各种夸评、骂评的基础上，出现了两种针锋对立的主张：其一是主张春晚停办，或者隔一年办一次（有人主张每逢双数年份办一次）；其二是主张春晚非但不能停办，而且要大办特办，办成一个“世界级大品牌”。请根据以上材料，从春晚所应承担的文化功能这一角度谈谈你对春晚的看法和认识。请根据以上材料，从春晚所应承担的文化功能这一角度谈谈你对春晚的看法和认识。

答：春节是我国传统的盛大节日，每年除夕晚上都会举办综艺性文艺晚会。春节联欢晚会简称“春晚”，由中央电视台春节联欢晚会（简称“央视春晚”）、地方台春节联欢晚会、网络春节联欢晚会与各地各部门举办的春节联欢晚会等组成。其中，最受关注的是央视春晚。

对于央视春晚，年年既有好评，同时也有批评声。随着群众生活水平的提高，央视春晚尽管仍备受关注，但是已经不是大年三十晚上唯一的“文化大餐”。而且，观众对于央视春晚的批评、建议也在增多。央视春晚也在不断锐意进取、力推新人，以满足观众日益增长的文化需求。

首先，春晚具有仪式的功能。“仪式”是在历史中沉淀下来的文化符号，是能够对千千万万人起作用的“每逢此时必做此事”。拥有30多年历史的春晚已成为过年的“仪式”，使身在其中的受众获得某种踏实感，从而成为影响当代年俗生活的精神力量。

从某种意义上讲，春晚节目的好坏倒在其次，“观看”的形式比“观看”的内容更为重要。形式即“观看”行为本身，将观看者纳入到对“年”的仪式化体验之中，从而获得一种自下而上的参与使命感。如果将晚会取消或隔年办一次，那么，对于习惯在“春晚中过年”的许多受众，势必会产生某种“年”文化的心理失落感。

其次，春晚具有凝聚功能。与世界上其他民族相比，中华民族有着突出的凝聚力、亲和力，更注重家人间的亲情。春晚通过电视媒体和晚会手段，将传统过年时的个人聚会与家庭团圆，扩展和演绎为包括社会、国家和民族的大联欢与大团圆。

总之，从春晚30多年的发展历程看，它经历了20世纪80年代发展期的火爆，走过了90年代成长期的壮大，也迎来了21世纪成熟期的稳定。但无论如何变化，春晚这个诞生在改革开放初期的电视综合文艺形式，已经成为家喻户晓、闻名海内外的春节期间的文化大餐，成为所有中华儿女追求和谐、进步、吉祥的民俗盛典。

文艺常识全真模拟试题二十三

一、填空题（每空 1 分，共 30 分）

1. ________是伊斯兰世界最美丽的建筑，被称为“印度的珍珠”。

2. 郑板桥描述的从“眼中之竹”到“________”，再到“________”，形象地阐释了艺术创作的过程。

3. “诗中有画，画中有诗”是北宋大文学家________对唐代诗人________诗画艺术特点的概括。

4. 电影是将艺术与________结合而成的一门综合艺术，它以 ________为基础元素，并与 ________和色彩共同构成电影的基本语言，在银幕上创造直观感性的艺术形象和意境。

5. 以作品的感知方式为依据，可以将艺术分为听觉艺术、________艺术和________艺术。

6. 据《不列颠百科全书》所载，迄今为止世界上最大的百科全书是________。

7. “上穷碧落下黄泉，两处茫茫皆不见”出自________的________。

8. 宋代作家________的评史议政之文，被称为“古今论议之杰”。

9. 创作《饥火》，被誉为中国新舞蹈艺术的开拓者的是________。

10. 山东三大秧歌是________、________和________。

11. “乐府双璧”是指________和________两首民间叙事诗歌。

12. 新月诗派的代表人物是________，代表作品是________。

13. ________是英国现实主义的奠基人，他的代表作是《鲁滨逊漂流记》。

14. 提出“我善养吾浩然之气”的是________。

15. “群山万壑赴荆门，生长明妃尚有村”，“明妃”是指________。

16. 于连是法国作家________在长篇小说________中塑造的人物。

17.《牯岭街少年杀人事件》的导演是________。

18.《义勇军进行曲》由 ________作词，________作曲。

二、选择题（每题 0.5 分，共 15 分）

1. 下列四部作品中写于清代的是（　　）。

A.《 红楼梦 》 B.《 水浒传 》 C.《 三国演义 》 D.《 西游记 》

2. 岳飞的《满江红》是（　　）。

A. 词　　B. 诗　　C. 古体诗　　D. 近体诗

3. 曹操在舞台上是以下列（　　）脸谱出现的。

A. 花脸　　B. 红脸　　C. 黑脸　　D. 白脸

4.《义勇军进行曲》来自影片（　　）。

A.《马路天使》B.《风云儿女》C.《渔光曲》　D.《七十二家房客》

5. 席勒的《阴谋与爱情》是（　　）的戏剧。

A. 法国　　B. 希腊　　C. 德国　　D. 挪威

6. 按演唱风格分类，下列哪种唱法起源于意大利？（　　）

A. 美声唱法　　B. 民族唱法　　C. 通俗唱法　　D. 原生态唱法

7. 莫扎特的最后一部歌剧是（　　）。

A.《安魂曲》　B.《魔笛》　C.《唐璜》　D.《剧院经理》

8.《远与近》是哪一位著名诗人的作品？（　　）

A. 顾城　　B. 北岛　　C. 江河　　D. 杨炼

9. 古典悲剧《汉宫秋》的作者是（　　）。

A. 纪君祥　　B. 马致远　　C. 关汉卿　　D. 白朴

10. 历史剧《屈原》是谁的作品？（　　）

A . 田汉　　B. 郭沫若　　C. 茅盾　　D. 郁达夫

11. 十七年时期，田汉创作了话剧（　　）。

A.《关汉卿》和《文成公主》　B.《关汉卿》和《白蛇传》

C.《文成公主》和《王昭君》　D.《王昭君》和《关汉卿》

12. 文学史上第一部以家庭日常生活为题材的长篇小说是（　　）。

A.《金瓶梅》　B.《水浒传》　C.《红楼梦》　D.《三国演义》

13. 海明威通过侨居巴黎的一群美国青年的生活，透视了一代人精神世界的深刻变化，从而揭示了战争给人们在生理上、心理上造成巨大创伤的小说是（　　）。

A. 《在我们的时代里》　　B. 《太阳照常升起》

C. 《永别了，武器》　　D. 《丧钟为谁而鸣》

14. 先秦诸子散文中最富有浪漫色彩的一部著作是（　　）。

A. 《韩非子》　B. 《庄子》　C. 《孟子》　D. 《荀子》

15. “德育、智育、体育三者，为教育缺一不可之物”这句话是我国近代哪位著名历史人物说的？（　　）

A. 梁启超　B. 蔡元培　C. 周恩来　D. 毛泽东

16. 诗句“落花时节又逢君”中的“君”指的是（　　）。

A. 李白　B. 杜甫　C. 李商隐　D. 李龟年

17. 我国第一部在国际电影节上获奖的影片是？（　　）

A. 《定军山》　B. 《渔光曲》　C. 《祝福》　D. 《红高粱》

18. 下列哪一个不是陕北民歌？（　　）

A. 信天游　B. 秧歌调　C. 酒曲　D. 评弹

19. 电脑安装 Windows XP 系统以后，桌面上必然出现的图标是（　　）。

A. 我的电脑　B. 我的文档　C. 回收站　D. IE 浏览器

20. 《四库全书》的总编纂官是谁？（　　）

A. 纪晓岚　B. 于敏中　C. 乾隆　D. 刘庸

21. 常用镜头全景的特点是（　　）。

A. 表现人物胸部以上或物体局部的画面

B. 表现视距最远、空间范围最大

C. 表现被摄景物、人物或某一场景的全貌

D. 表现人物头像或某一被摄物体细部画面

22. 下列作品是契诃夫所作的是（　　）。

A. 《战争与和平》　B. 《母亲》　C. 《变色龙》　D. 《苦难的历程》

23. 《蒙娜丽莎》的作者是（　　）。

A. 塞尚　B. 达·芬奇　C. 拉斐尔　D. 提香

24. （　　）是法国 17 世纪古典主义文学最重要的作家、古典主义喜剧的开创

者，他在欧洲戏剧史上占有十分重要的地位。他的作品对贵族、僧侣和新兴资产阶级的丑恶本质进行了揭露和讽刺，代表作为《唐璜》、《伪君子》、《吝啬鬼》等。

A. 莫里哀　　B. 雨果　　C. 福楼拜　　D. 莫泊桑

25. 近百年来，(　　) 逐渐形成博大精深的艺术体系，在戏曲舞台上的地位很高，被称之为“国剧”。

A. 川剧　　B. 湘剧　　C. 黄梅戏　　D. 京剧

26. 下列鲁迅作品中哪部不是杂文集？(　　)

A. 《热风》　　B. 《坟》　　C. 《呐喊》　　D. 《二心集》

27. 名著《基督山伯爵》的作者是（　　）。

A. 大仲马　　B. 小仲马　　C. 福楼拜　　D. 雨果

28. 古代楷书四大家哪一位是元朝人？(　　)

A. 欧阳询　　B. 柳公权　　C. 颜真卿　　D. 赵孟頫

29. 我国河北吴桥是以哪一种娱乐活动最为盛名？(　　)

A. 魔术　　B. 杂技　　C. 木偶　　D. 风筝

30. 我国最早的诗歌总集是（　　）。

A. 《诗经》　　B. 《全唐诗》　　C. 《花间集》　　D. 《诗品》

三、名词解释（每题 4 分，共 20 分）

1. 电影艺术
2. 神话
3. 类型电影
4. 歌剧
5. 企业形象设计

四、简答题（每题 10 分，共 20 分）

1. 简述电影剧作中的人物和情节的关系。
2. 什么是广播电视？

五、论述题（共 15 分）

你对中国电视剧的现状有什么样的看法？

参考答案

一、填空题

1. 泰姬陵　2. 胸中之竹　手中之竹　3. 苏轼　王维　4. 科学　画面　声音　5. 视觉　视听　6.《永乐大典》　7. 白居易　《长恨歌》　8. 苏轼　9. 吴晓邦　10. 鼓子秧歌　胶州秧歌　海阳秧歌　11.《孔雀东南飞》《木兰辞》　12. 徐志摩《再别康桥》　13. 笛福　14. 孟子　15. 王昭君　16. 司汤达《红与黑》　17. 杨德昌　18. 田汉　聂耳

二、选择题

1. A　2. A　3. D　4. B　5. C　6. A　7. B　8. A　9. B　10. B　11. A　12. A　13. B　14. B　15. A　16. D　17. B　18. D　19. C　20. A　21. C　22. C　23. B　24. A　25. D　26. C　27. A　28. D　29. B　30. A

三、名词解释

1. 电影艺术：是以电影技术为手段，以画面和音响为媒介，在银幕上运动的时间和空间中创造形象，再现和反映生活的一门艺术。

2. 神话：是远古人民表现对自然现象的理解与想象的故事，是人类早期的不自觉的艺术创作。神话并非现实生活的科学反映，而是由于远古时代生产力的水平很低，人们不能科学地解释世界、自然现象和原始社会文化生活的起源和变化，以他们贫乏的生活经验为基础，借助想象和幻想把自然力和客观世界拟人化的结果。

3. 类型电影：是按照不同类型或样式的规定要求制作出来的影片。作为一种影片制作方式，20世纪三四十年代类型电影在好莱坞曾占据统治地位。所谓类型是指由于不同题材或技巧而形成的影片范畴、种类或形式。类型电影具有如下特点：(1) 公式化的情节；(2) 定型化的人物；(3) 图解式的视觉形象。最有典型性的是四个类型，即喜剧片、西部片、犯罪片、幻想片。

4. 歌剧：是将音乐、戏剧、文学、舞蹈、舞台美术等融为一体的综合性艺术，通常由咏叹调、宣叙调、重唱、合唱、序曲、间奏曲、舞蹈场面等组成（有时也有说白和朗诵）。

5. 企业形象设计：是指企业的经营理念、文化素质、经营方针、产品开发、商品流通等有关企业经营的所有因素。从信息这一观点出发，从文化、形象、传播的角度进行筛选，发现企业的潜力、存在价值及美的价值，加以整合，使其在信息社会环境中转换为有效的标志。这种开发以及设计的行为就是企业形象设计。

四、简答题

1. 简述电影剧作中的人物和情节的关系。

答：(1) 情节的发展是由人物的行动推进的。情节就是描写人物对于事件所采取的行动，在事件中由于人物的性格、思想、感情等的相同或不同，于是在行动中间，有些人互相联系起来，有些人之间发生矛盾冲突，从而使得情节不断发展。由此可以看出，情节的发展是由人物的行动推进的，人物的行动又是根据他的性格而产生的。所以，情节的发展服从于人物性格的发展，它不可能脱离了人物性格凭空而来。

(2) 人物的形象往往通过具体的情节来刻画。要研究一个人物究竟有着什么样的性格、思想和感情，就要研究他对事对人究竟抱着什么样的态度、采取什么样的行动。描写人物对事对人的态度和行动，这正是情节的任务。

因此，对人物形象的刻画和情节发展的描写，两者之间相辅相成。情节如果不根据人物性格而凭空去发展，它就一定不会是合情合理的；而情节的发展不合情理，也不会塑造出典型的人物形象。

2. 什么是广播电视?

答：广播电视是通过无线电波或通过导线向广大地区播送音响、图像节目的传播媒介，统称为广播。只播送声音的，称为声音广播；播送图像和声音的，称为电视广播。狭义上讲，广播是利用无线电波和导线，只用声音传播内容的一种传播媒介。广义上讲，广播包括我们平常认为的仅有声音的广播、声音与图像并存的电视。

五、论述题

你对中国电视剧的现状有什么样的看法?

答：1. 电视剧发展现状

中国电视剧消费量巨大，发展空间广阔，制作力量规模庞大，有着覆盖面积庞大的放映网络支持。同样，也存在市场混乱、缺乏规范，制作队伍素质良莠不齐，名品精品少，发行网络、制作设施设备存在浪费等一些问题。

2. 原因分析

电视剧市场缺乏有效的政策法规、监督管理机制，缺乏行之有效的准入机制和人才等级评定制度，缺乏产业化的制作发行意识和专业知识、精品意识，投资方、制作团队短视行为普遍，重复投资等历史遗留问题严重。

3. 解决措施

（1）规范电视剧市场管理，建立行之有效的管理机制；建立健全完善的人才选用机制，提高电视剧的制作质量，多出精品名品；完善宣传和发行渠道，使其能获取较好的回报，从而带动区域发展；充分利用资源，杜绝重复性投资，消除投资方、制作团队的短视行为，节省资源；参与竞争，在竞争中求发展。

（2）进一步加大改革力度，理顺产业发展机制。要切实完成从事业到产业的转变，遵循电视剧产业规律，认真研究市场需求，大力进行市场营销，努力扩大市场份额，规范市场秩序，学习借鉴民营机构在宣传发行上的成功经验，使优秀国产电视剧赢得市场、占领市场。

（3）进一步树立精品意识，大胆创新。要突破固有的创作模式，提升作品的质量，增强作品的吸引力和感召力，把作品的思想性、艺术性、观赏性结合起来。

（4）进一步完善电视剧评奖体系，建立激励机制。改进评奖方式，要把群众满意不满意、群众喜欢不喜欢作为检验作品的标准，使人民群众更多地参与电视剧评奖。

文艺常识全真模拟试题二十四

一、填空题（每空1分，共30分）

1. 新中国电影的三大基地分别在北京、上海和________。此外，还有在________的峨眉电影制片厂、在长沙的潇湘电影制片厂等。

2. 美国当代著名电影导演________导演过________、《兄弟连》、《拯救大兵瑞恩》等影片，这几部影片都以“二战”为题材。

3. 唐代擅画人物的是________，他的画有《历代帝王图》和________。

4. 书法界有“颜筋柳骨”之说，“颜”指________，“柳”指________，分别创立了“颜体”和“柳体”楷书，二人合称“颜柳”。

5. ________是美国女作家，她的小说《汤姆叔叔的小屋》反映了美国农奴制度的罪恶。

6. 19世纪世界文坛上有三大短篇小说之王，他们是法国的莫泊桑、美国的________和俄国的________。

7. 英国有两位著名的推理小说家，一位是写《福尔摩斯探案集》系列小说的________，另一位是写《尼罗河上的惨案》的女作家________。

8. ________是古代阿拉伯的民间故事集，它的另一译名为________。

9. 19世纪前期，英国涌现出一批杰出的女作家，如《傲慢与偏见》的作者________、《简·爱》的作者________、《呼啸山庄》的作者艾米莉·勃朗特。

10. 19世纪前期，法国文坛有两位杰出的批判现实主义作家，一位是写《人间喜剧》的________，一位是《红与黑》的作者________。

11. 莫泊桑是法国杰出的作家，他的________写普法战争时一辆马车上一群逃难者的故事，________则讽刺了爱慕虚荣的小市民。

12. ________是日本平安时期杰出的女作家，她的________是日本也是世界上第一部长篇小说。

13. 荷马是近三千年前古希腊的一位盲诗人，他创作的巨型长诗被称作《荷马史诗》。它包括两部，一部是________，另一部是________。

14. 20世纪末，中国文坛涌现出一批长篇历史小说，如________的《曾国藩》、《张之洞》，________的《雍正皇帝》、《乾隆皇帝》等。

15. 以赵树理为代表的一批擅写山西农村生活的作家群被称为________派，以孙犁为代表的一批擅写河北农村生活的作家群被称为________派。

16. ________描写了某公司销售员格里高尔·萨姆沙一夜之间变成大甲虫的故事。

二、选择题（每题0.5分，共15分）

1.（　　）的诗具有“诗中有画，画中有诗”的艺术风格。

A. 王维　　B. 陶渊明　　C. 杜牧　　D. 谢灵运

2.“破釜沉舟”这个成语出于哪次战争？（　　）

A. 赤壁之战　　B. 长平之战　　C. 巨鹿之战　　D. 官渡之战

3. 古代六艺“礼、乐、射、御、书、数”中的“御”是指（　　）。

A. 下棋　　B. 种花　　C. 武术　　D. 驾车

4.“风声雨声读书声声声入耳，家事国事天下事事事关心”这副对联是在（　　）。

A. 东林书院　　B. 岳麓书院　　C. 石鼓书院　　D. 白鹿书院

5.“采菊东篱下，悠然见南山”的生活方式被现代人所向往。被称为“菊月”的月份是（　　）。

A. 八月　　B. 九月　　C. 十月　　D. 七月

6. 我国古代最有系统的文学批评著作是（　　）。

A.《诗品序》　　B.《文赋》　　C.《人间词话》　　D.《文心雕龙》

7.“不为五斗米折腰”的故事表现了谁的高尚品格？（　　）

A. 白居易　　B. 杜甫　　C. 陶渊明　　D. 柳宗元

8.“成也萧何，败也萧何”说的是谁的经历？（　　）

A. 刘邦　　B. 项羽　　C. 韩信　　D. 张良

9.“茅盾”是一位作家的笔名，这位作家的原名是（ ）。

A. 朱自清 B. 沈德鸿 C. 茅以升 D. 周树人

10. 电影《一个都不能少》的导演是（ ）。

A. 冯小刚 B. 冯小宁 C. 陈凯歌 D. 张艺谋

11. 电视剧《四世同堂》是根据现代作家（ ）的同名小说改编而成的。

A. 茅盾 B. 巴金 C. 老舍 D. 沈从文

12. 著名油画作品《格尔尼卡》是（ ）的代表作之一。

A. 梵·高 B. 高更 C. 伦勃朗 D. 毕加索

13.《安魂曲》是（ ）的作品。

A. 贝多芬 B. 莫扎特 C. 海顿 D. 舒伯特

14.《威尼斯商人》是英国作家（ ）的作品。

A. 乔叟 B. 莎士比亚 C. 艾略特 D. 维吉尔

15. 诗剧《浮士德》是（ ）的代表作。

A. 雨果 B. 歌德 C. 狄德罗 D. 席勒

16. 影片《远山的呼唤》是（ ）的重要作品。

A. 美国 B. 法国 C. 日本 D. 苏联

17. 被认为是费里尼顶峰之作的影片是（ ）。

A.《道路》 B.《八部半》

C.《甜蜜的生活》 D.《她在黑夜中》

18.《俄狄浦斯王》、《安提戈涅》是（ ）的代表作品。

A. 欧里庇得斯 B. 索福克勒斯 C. 阿里斯托芬 D. 埃斯库罗斯

19. 莎士比亚作品《王子复仇记》的主人公哈姆雷特是哪一国人？（ ）

A. 英国 B. 法国 C. 荷兰 D. 丹麦

20.“名落孙山”是指落第或没有中选，其中“孙山”是指（ ）。

A. 地名 B. 人名 C. 形容心情沮丧 D. 国名

21. 古文运动的倡导者是（ ）。

A. 韩愈 B. 杜甫 C. 白居易 D. 欧阳修

22. 清朝丛书《四库全书》包括（ ）四部分。

A. 经论子集 B. 经史子集 C. 经史论集 D. 学史论集

23. 中央电视台最著名的新闻评论栏目是（ ）。

A.《新闻联播》 B.《东方之子》 C.《实话实说》 D.《焦点访谈》

24. 我国戏剧作品的盛行是在（　　）。

A. 唐朝　　B. 宋朝　　C. 元朝　　D. 明朝

25. 戏剧的独白是剧中人物的（　　）。

A. 动作提示　　B. 心理活动　　C. 对话　　D. 解说词

26. 我国由群众投票，代表群众意见的电影奖项是（　　）。

A. 华表奖　　B. 金鹰奖　　C. 百花奖　　D. 金鸡奖

27. 下列古诗吟咏的分别是哪种花？（　　）

①暗暗淡淡紫，融融冶冶黄。陶令篱边色，罗含宅里香。

②一朵忽先变，百花皆后香。欲传春信息，不怕雪埋藏。

③不是人间种，移从月中来。广寒香一点，吹得满山开。

④翠盖亭亭好护持，一枝艳影照清漪。鸳鸯家在烟波里，曾见田田最小时。

A. 梅花 菊花 荷花 桂花　　B. 菊花 梅花 桂花 荷花

C. 桂花 梅花 菊花 荷花　　D. 菊花 荷花 桂花 梅花

28. 中国历史上被誉为“药王”的是（　　）。

A. 扁鹊　　B. 华佗　　C. 孙思邈　　D. 李时珍

29. “生当作人杰，死亦为鬼雄。至今思项羽，不肯过江东。”是谁咏赞项羽的名句？（　　）

A. 辛弃疾　　B. 李清照　　C. 陆游　　D. 苏轼

30. 现在我们常用“阳春白雪”和“下里巴人”指代高雅和通俗的文艺作品，请问这两个成语最初指的是什么？（　　）

A. 文章　　B. 画作　　C. 乐曲　　D. 雕塑

三、名词解释（每题4分，共20分）

1. 漫画
2. 广播剧
3. 跟镜头
4. 清唱剧
5. 唱念做打

四、简答题（每题10分，共20分）

1. 简述象征主义戏剧的特征。

2. 在艺术创作中什么是“熟悉的陌生人”？

五、论述题（共15分）

如何理解艺术创作中的民族性？

参考答案

一、填空题

1. 长春　四川　2. 斯皮尔伯格　《辛德勒的名单》　3. 阎立本　《步辇图》　4. 颜真卿　柳公权　5. 斯托夫人　6. 欧·亨利　契诃夫　7. 柯南道尔　阿加莎·克里斯蒂　8. 《一千零一夜》《天方夜谭》　9. 简·奥斯汀　夏洛蒂·勃朗特　10. 巴尔扎克　司汤达　11. 《羊脂球》《项链》　12. 紫式部　《源氏物语》　13. 《伊利亚特》《奥德赛》　14. 唐浩明　二月河　15. 山药蛋　荷花淀　16. 《变形记》

二、选择题

1. A　2. C　3. D　4. A　5. B　6. D　7. C　8. C　9. B　10. D　11. C　12. D　13. B　14. B　15. B　16. C　17. B　18. B　19. D　20. B　21. A　22. B　23. D　24. C　25. B　26. C　27. B　28. C　29. B　30. C

三、名词解释

1. 漫画：是以简练的手法直接表现事物的本质、特征的绘画，不受时间、空间等条件的限制，习惯用比喻、夸张、象征等手法和形式，有较强的讽刺、歌颂、抒情、娱乐等方面的功能，尤以讽刺与幽默见长。

2. 广播剧：以语言、音乐、音响为手段，由机械录制而成的戏剧形式。广播剧以人物对话和解说为基础，并充分运用音乐伴奏、音响效果来加强气氛。人物对话是推动剧情发展的主要手段。广播剧要求演员配音要个性化、口语化，富于动作性，音响效果生动、逼真，解说词应当帮助听众了解剧中情景和人物的动作状态。1924

年，英国广播公司播出的《危险》是世界上第一部由电台录制的广播剧。

3. 跟镜头：又称“跟拍”，是摄影机跟随运动着的被摄对象拍摄的画面。跟镜头可连续而详尽地表现人物在行动中的动作和表情，既能突出运动中的主体，又能交代运动体的运动方向、速度、体态及其与环境的关系，使运动体的运动保持连贯，有利于展示人物在动态中的精神面貌。

4. 清唱剧：最早的清唱剧是宗教题材的歌剧，剧中人物像在歌剧中一样粉墨登场，有布景，有动作，但戏剧性不强，以此区别于歌剧。清唱剧与歌剧产生于同一时期，歌剧产生于佛罗伦萨，清唱剧则产生于罗马。其后，清唱剧就只唱不演，既没有布景，也不化装，虽有剧中人物，却不上台或下台表演，成为真正的清唱的音乐戏剧。

5. 唱念做打：是京剧表演的四种艺术手段，也是京剧表演的四项基本功。“唱”指歌唱，“念”指具有音乐性的念白，“做”指舞蹈化的形体动作，“打”是指武打和翻跌。习称“四功五法”的“四功”，即指唱念做打的四种技艺功夫。

四、简答题

1. 简述象征主义戏剧的特征。

答：象征主义戏剧是西方现代戏剧流派之一。它首先兴起于诗歌，法国诗人波德莱尔是象征主义诗歌的先驱。莫雷亚斯于1886年在《费加罗报》上发表了一篇“文学宣言”，将这派诗人称之为“象征主义者”。这个流派从诗歌扩展到戏剧，并成为一个波及欧洲数国的戏剧流派。比利时诗人梅特林克于1886年去巴黎参加象征主义运动，并于1889年发表剧本《玛兰纳公主》，被公认为是第一个象征主义剧作家。

在创作理念上，象征主义戏剧否定真实、客观地描写现实，强调表现直觉和幻想，注重主观性与内向性，追求所谓内心的“最高的真实”。

在表现手法上，多采用象征、暗示、隐喻等表现手法。作品通过奇特的想象把抽象的观念和有形、无形的事物，都化为具有特征的象征形象，如梅特林克《青鸟》中各种各样的“幸福”、“欢乐”、“火”、“光”等；有时则用各种象征手法表现不可捉摸的神秘力量，如梅特林克《闯入者》中用音响象征“死神”的闯入等。

2. 在艺术创作中什么是“熟悉的陌生人”？

答：这是别林斯基关于艺术形象的典型性和独创性、共性和个性所提出的著名论断。“熟悉”指明了典型形象的现实基础，“陌生”指出了典型形象的独创性。

“熟悉的陌生人”从典型人物的社会效应方面，深刻地揭示了典型人物共性与个性的关系。一方面，由于典型人物身上总能反映出社会生活中某类人或某种事物的本质和普遍性，是人们所常见的，所以会产生似曾相识的“熟悉”感。另一方面，由于典型人物具有与众不同的独特个性，这种个性是不可重复的，是作者独特的审美创造，在现实生活中也很少见，所以，人们又会有“陌生”感。

比如阿Q，他的“精神胜利法”，他那种虚荣好胜、自欺欺人的可笑品格，在半封建半殖民地的旧中国是一种普遍存在于社会各阶层的国民劣根性。所以，“阿Q精神”是人们所熟悉的。但阿Q的具体个性，他那独特的思维方式、语言习惯、行为特征，比如被人欺侮挨打后就说上一句“儿子打老子”来自我解嘲等言行举止，是罕见的，只有阿Q才会如此，所以，人们又对他产生新鲜感、陌生感。正是人物共性和个性的统一，构成了读者“熟悉”和“陌生”的统一。只有“熟悉”而不“陌生”，便成为只有共性缺少个性的公式化、概念化的人物；只有“陌生”而无“熟悉”，则虽有个性却缺乏共性，容易变得离奇荒诞，陷入非理性主义的泥潭。所以，艺术创作必须将二者巧妙地结合起来。

五、论述题

如何理解艺术创作中的民族性？

答：所谓艺术创作中的民族性，是指世界上不同的民族在其历史发展的过程中，创造和发展起来的具有本民族特征和民族传统，并以民族风格为表现手法的艺术形式。

在人类历史发展的一些阶段，因为政治、经济等因素，会出现以某一个国家、民族、地区为文化中心或艺术中心的现象，如古代埃及、古代巴比伦、古代希腊、古代印度、古代中国、文艺复兴时期的意大利、19世纪的法国等。20世纪以来，巴黎、纽约、莫斯科等都曾经是西方或东欧的文化和艺术中心。

19世纪70年代，巴黎印象画派的影响遍及整个欧洲。俄国的一些艺术家，如克拉姆斯柯依、列宾、苏里科夫等，在关注巴黎思潮变化的同时，根据本民族的实际，开创了“巡回展览画派”。此派的主要代表人物之一列宾，在创作《伏尔加河上的纤夫》后，去法国进修。其时，法国关注色彩革命的印象画派正在登上历史舞台，于1874年在巴黎举行了第一届印象主义展览。列宾研究、吸收了印象派的技法，三年后回到俄国，创作了一系列具有时代精神的杰作，与当时俄国进步的文学、音乐、戏剧家一起，开创了19世纪后半期批判现实主义的俄罗斯民族学派。19世纪后半期，俄国艺术家们创造的深沉、博大、充满人道主义和理想主义的艺术，为人类的发展做出了贡献。

从以上的例子可以看出，在当今外来与本土、传统与现代的交融中，我们既要以开放、积极的态度迎接外来文化，又要时刻保持头脑的冷静，不应该忘记艺术创作中的民族性。文化艺术是精神创造，离不开民族的历史文化传统。各民族的文化艺术应该既有共同性，又有差异性。正是各民族文化艺术的差异性，才构成了世界文化艺术的多元化。

文艺常识全真模拟试题二十五

一、填空题（每空1分，共30分）

1. 艺术鉴赏中的审美期待视野可分为________、________和________三个方面。

2. 历史上关于艺术产生问题的主要学说有________说、________说、________说、________说、劳动说。

3. ________是我国浪漫主义诗歌的源头，________是现实主义诗歌的源头。

4. ________独特的语言风格，标志着我国古代历史散文发展到一个新的高度。

5. 莎士比亚是英国著名的戏剧大师，其四大悲剧是________、________、________、________。

6. 《在希望的田野上》是________唱法的声乐作品。

7. 西汉大辞赋家________和卓文君的爱情故事广为流传，后被拍摄成电视剧《凤求凰》。

8. 艺术传播的四要素是艺术信息、________、________和________。

9. 总体上，汉字书法可分为五种字体，即________、________、________、________和草书。

10. 18世纪下半叶到19世纪初，在维也纳形成的以古曲风格为创作标志的音乐流派，以________、________和________为重要代表。

11. 20世纪初以美国著名舞蹈家________为先驱的现代舞，以自然的舞蹈动作打破了古典芭蕾的程式束缚。

12. 魏晋六朝时期的______、______、______三位画家被称为“六朝三杰”。

二、选择题（每题0.5分，共15分）

1. 艺术活动产生于人类的（　　）时期。

A. 原始社会　B. 封建社会　C. 奴隶制前期　D. 奴隶制后期

2.《历代帝王图》是我国（　　）朝的绘画作品。

A. 唐　B. 宋　C. 明　D. 元

3. 在湖北随县出土的编钟是我国（　　）时期的乐器。

A. 周　B. 春秋　C. 战国　D. 秦

4.“刘大哥讲话理太偏，谁说女子享清闲，男子打仗到边关，女子纺织在家园……”是（　　）《花木兰》里的唱词。

A. 京剧　B. 昆曲　C. 豫剧　D. 评剧

5. 德国美学家黑格尔的重要美学论著是（　　）。

A.《判断力批判》B.《美学》　C.《论崇高》　D.《诗艺》

6. 关于文艺的社会功能，（　　）提出了“净化说”。

A. 柏拉图　B. 贺拉斯　C. 亚里士多德　D. 康德

7. 画论上的“气韵生动”是由（　　）提出的。

A. 张彦远　B. 顾恺之　C. 吴道之　D. 谢赫

8. 提出“童心说”这一文艺思想的是（　　）。

A. 李贽　B. 王守仁　C. 袁枚　D. 袁中道

9. 在诗学理论中提出体现艺术情感特征的“滋味说”的是（　　）。

A. 陆机　B. 萧统　C. 钟嵘　D. 刘勰

10. 著名作曲家刘天华《汉宫秋月》是（　　）曲。

A. 古琴　B. 板胡　C. 丝竹　D. 二胡

11.（　　）在文学上积极倡导“小说界革命”。

A. 蔡元培　B. 胡适　C. 梁启超　D. 黄遵宪

12. 唐代著名诗人李贺被称为（　　）。

A. 诗仙　B. 诗圣　C. 诗鬼　D. 诗佛

13.“美是生活”是由（　　）提出来的。

A. 亚里士多德　B. 普洛丁

C. 车尔尼雪夫斯基　D. 列宁

14.《等待戈多》、《秃头歌女》是（　　）戏剧的代表作。

A. 古典主义　B. 浪漫主义　C. 批判现实主义　D. 荒诞派

15. 我国（　　）朝画家荆浩有著名的山水画《匡庐图》传世。

A. 汉　B. 东晋　C. 唐　D. 五代后梁

16. 相传古琴曲《阳春》、《白雪》是（　　）所作。

A. 师旷　B. 李延年　C. 李龟年　D. 朱载堉

17.（　　）提出了“间离效果”的演出方式。

A. 斯坦尼斯拉夫斯基　B. 布莱希特

C. 欧文　D. 奥尼尔

18.《人间词话》明确提出了（　　）说。

A. 境界　B. 格律　C. 神韵　D. 格调

19. 雨果的剧作《欧那尼》的成功标志着（　　）在法国的全面胜利。

A. 古典主义　B. 浪漫主义　C. 现代主义　D. 现实主义

20. 文艺复兴时期不在“画坛三杰”之列的画家是（　　）。

A. 米开朗基罗　B. 达·芬奇　C. 拉斐尔　D. 伦勃朗

21.（　　）是通过完整的情节和具体环境的描写，运用多种手法塑造人物形象，广泛、真实地反映社会生活的文学体裁。

A. 小说　B. 散文　C. 诗歌　D. 戏剧

22. 影片《偷自行车的人》是20世纪50年代（　　）影片。

A. 法国　B. 意大利　C. 英国　D. 日本

23.（　　）的问世，标志着中国新歌剧的成型。

A.《草原之歌》　B.《洪湖赤卫队》　C.《江姐》　D.《白毛女》

24. 电影属于（　　）。

A. 影像艺术　B. 综合艺术　C. 戏剧艺术　D. 表演艺术

25.“翘袖折腰之舞”形容的是（　　）代的舞蹈。

A. 唐　B. 宋　C. 元　D. 汉

26. 古希腊悲剧家索福克勒斯的代表作为（　　）。

A.《俄瑞斯忒亚》　B.《俄狄浦斯王》

C.《美狄亚》　D.《骑士》

27. 电视剧《围城》是根据（　　）的同名小说改编而成的。

A. 沈从文　　B. 张爱玲　　C. 巴金　　D. 钱钟书

28.《西游记》、《封神演义》体现了（　　）对文学的影响。

A. 政治　　B. 哲学　　C. 道德　　D. 宗教

29.《威尼斯商人》是莎士比亚的著名（　　）剧。

A. 历史　　B. 喜　　C. 悲　　D. 正

30. 巴黎圣母院是（　　）式的建筑。

A. 拜占庭　　B. 哥特　　C. 巴洛克　　D. 洛可可

三、名词解释（每题 4 分，共 20 分）

1. 写意画
2. 视觉暂留
3. “五个一工程”
4. 三一律
5. 同期声

四、简答题（每题 10 分，共 20 分）

1. 何谓“风骚”？
2. 文学体裁上“三分法”、“四分法”主要是指什么？

五、论述题（共 15 分）

20 世纪，戏曲风靡一时，成为当时我国最流行的娱乐方式，梅兰芳等老一辈艺术家还曾经把戏曲带到国外，引起了世人的关注。然而，进入 21 世纪，随着其他艺术形式的发展，戏曲却在走下坡路，各大剧院的发展也是步履艰难。结合材料，谈谈你对我国传统戏曲的发展的看法。

☞ 参考答案

一、填空题

1. 文体期待　意象期待　意蕴期待　2. 模仿　游戏　表现　巫术　3.《楚辞》《诗经》　4.《战国策》　5.《哈姆雷特》《奥赛罗》《李尔王》《麦克白》

6. 民族 7. 司马相如 8. 传播主体 受传者 传播媒介 9. 楷书 行书 隶书 篆书 10. 莫扎特 海顿 贝多芬 11. 伊莎多拉·邓肯 12. 顾恺之 陆探微 张僧繇

二、选择题

1. A 2. A 3. C 4. C 5. B 6. C 7. D 8. A 9. C 10. D 11. C 12. C 13. C 14. D 15. D 16. A 17. B 18. A 19. B 20. D 21. A 22. B 23. D 24. B 25. D 26. B 27. D 28. D 29. B 30. B

三、名词解释

1. 写意画：中国画的一种画法，用豪放简练的笔墨描绘物象的形神，抒发作者的感情。它追求高度的概括能力，着重描绘物象的意态神韵，有以少胜多的含蓄意境。代表画家有南宋梁楷、法常，明代陈淳、徐渭，清初朱耷等。

2. 视觉暂留：人眼在观察景物时，光信号传入大脑神经，需经过一段短暂的时间，光的作用结束后，视觉形象并不立即消失，这种残留的视觉称“后像”，视觉的这一现象则被称为“视觉暂留”。原因是由视神经的反应速度造成的，其时值是二十四分之一秒，是动画、电影等视觉媒体形成和传播的根据。

3. “五个一工程”：由中共中央宣传部组织的精神文明建设“五个一工程”评选活动，自 1992 年起每年进行一次，评选上一年度各省、自治区、直辖市和中央部分部委以及解放军总政治部等单位组织生产、推荐申报的精神产品中五个方面的精品佳作。这五个方面是：一部好的戏剧作品，一部好的电视剧（或电影）作品，一部好的图书（限社会科学方面），一部好的理论文章（限社会科学方面），一首好歌。

4. 三一律：是西方戏剧结构理论之一，是一种关于戏剧结构的规则。先由文艺复兴时期意大利戏剧理论家提出，后由法国古典主义戏剧家确定和推行。三一律规定剧本创作必须遵守时间、地点和行动的一致，即一部剧本只允许写单一的故事情节，戏剧行动必须发生在一天之内和一个地点。法国古典主义戏剧理论家布瓦洛把它解释为“要用一地、一天内完成的一个故事从开头直到末尾维持着舞台充实”。

5. 同期声：在拍摄电影、电视剧的同时录音。这样的音效比较真实，更有现场感。在影视后期制作的过程中，也会对同期录音的效果进行修改、完善，删除不必要的杂音等，所以同期声也并非完全真实，而是相对真实。

四、简答题

1. 何谓“风骚”？

答：“风骚”是《诗经》和《楚辞》的并称。《诗经》中的《国风》、《楚辞》中的《离骚》在《诗经》和《楚辞》中的文学成就最高，对后世文学影响极大，故常以“风骚”并举来指称这两部作品。

《诗经》是我国第一部诗歌总集，收集了从西周初年到春秋中叶大约500年间的诗歌；《楚辞》是我国第一部文人创作的诗歌总集。它们分别是先秦时期北方中原文化和南方楚文化的辉煌结晶，是中国诗歌史上现实主义和浪漫主义两大优良传统的源头，因此后来也用“风骚”泛指文学。

2. 文学体裁上“三分法”、“四分法”主要是指什么？

答：“三分法”是指根据文学作品建构审美意象的不同方式，把文学体裁分为三大类，即叙事类、抒情类、戏剧类。叙事文学包括神话、史诗、小说、叙事诗、报告文学、传记文学等，它们的共同特点是叙述故事、塑造人物形象。抒情文学包括抒情诗和抒情散文，以抒发作者的感情为主要特色。戏剧文学是供舞台演出的脚本，它通过角色的对话和动作反映社会生活、塑造艺术形象。

“四分法”是指根据文学作品在意象建构、体裁结构、语言运用、表现方法等方面的不同，可分为诗歌、散文、小说、戏剧文学。其中诗歌类包括抒情诗和叙事诗。散文类除了抒情散文、叙事散文外，范围很广，游记、小品、杂记、杂文、报告文学等，都归于此类。而小说则成为独立的一类，得到了充分的重视。这是我国文学理论界较多采用的分类法。

五、论述题

20世纪，戏曲风靡一时，成为当时我国最流行的娱乐方式，梅兰芳等老一辈艺术家还曾经把戏曲带到国外，引起了世人的关注。然而，进入21世纪，随着其他艺术形式的发展，戏曲却在走下坡路，各大剧院的发展也是步履艰难。谈谈你对我国传统戏曲的发展的看法。

答：中国是戏曲古国，戏曲种类繁多且发展历史悠久，内容十分博大精深。在我国漫长的历史长河中，戏曲曾以其富于艺术魅力的表演形式而受到人们的喜爱。尤其是20世纪，以京剧为首的戏曲形式更是被一批老艺术家带出国门，一度成为中国传统文化的对外标签。然而，进入21世纪，戏曲却面临着日益衰退的危机。虽然传统戏曲的许多剧种已被列入非物质文化遗产名录，但传统戏曲的发展仍然不容乐观。

进入21世纪，我国传统戏曲艺术的没落有以下几个方面的原因：

一是文化消费模式的转变。随着社会经济的快速发展，人们的生活节奏日益加快，人们的文化消费由此转向“短、平、快”的消费模式，电影、电视剧等艺术形式由于能够更快地展现故事情节，受到人们的欢迎。而传统戏曲艺术节奏较为缓慢、信息量较小、表现形式较为单一。因此，人们更多地倾向于到电影院、话剧院等场所进行文化消费，使得各大戏曲剧院的发展步履维艰。

二是管理体制的相对滞后。在我国传统戏曲院团实施改制之前，传统戏曲文化市场具有明显的计划经济特征，市场经济体制发展较为缓慢。政府在传统戏曲文化艺术的发展方面，重视社会效益和价值导向，从而在一定程度上忽略了经济效益。集中程度较高的文化发展模式束缚了文化产业的发展，也束缚了我国传统戏曲文化市场的发展。

三是投资渠道的狭窄。我国传统戏曲文化市场的投资主要来自于政府，只有极少部分来自于民间投资。因为投资主体受限，我国传统戏曲文化市场的投资规模较小，直接限制了产出规模。另外，由于投资渠道、投资规模以及产出规模的连锁反应，我国戏曲文化市场的竞争力不够，缺乏应有的吸引力，市场份额较低。

对待传统戏曲，我们要取其精华、去其糟粕，在批判中继承、在发扬中创新，唯有如此，方能为传统戏曲的发展注入新鲜血液。

一是创新管理方法。建立统一高效的管理机制，使之既符合社会主义市场经济的发展，遵循市场发展的内在规律，又能体现社会主义精神文明发展的要求，遵循文化发展的内在规律。

二是以市场为导向，细分戏曲受众，满足不同需求。实施以市场调配为主、政府扶持的保护性发展策略，推动我国传统戏曲文化走向市场，发挥市场资源配置的作用，实现戏曲文化市场与现代企业发展接轨，通过市场扩大投资来源、引导产品生产方向，从而满足受众需求。目前，我国的一些地区已经形成了“三级市场”的发展格局。戏曲院团可以根据自己的实际情况，在进行市场调研的基础上选择适合自身发展的市场，有针对性地开展创作演出及运营。

文艺常识全真模拟试题二十六

一、填空题（每空 1 分，共 30 分）

1. 中国现代作家________创作的小说《边城》是一部田园牧歌式的杰作。

2. 电影《乱世佳人》的女主角的扮演者是________。

3. 电影三原色是________、________、________。

4. “长沙不久留才子，宣室求贤访逐臣”，“笔诤时政，心在苍生，万户争传新乐府；堤建西湖，神归东洛，千古永祀老诗翁”，“覆地翻天，纪元重开新史；家前绝后，人物且看今朝”，这三副对联称颂的对象分别是________、________和________。

5. 诗人贺敬之的主要歌剧作品是________，长诗是________。

6. ________是中国现代文学史上塑造的最成功的典型形象。鲁迅以________为总特征的精神胜利法，概括了中国农民在长期封建统治下所形成的性格特征。

7. 被称为“音乐之父”的是德国作曲家________。

8. 莫扎特的三大歌剧是________、________、________。

9. 不积跬步，________；不积小流，________。

10. 在外科手术方面，________是世界上最早采用全身麻醉方法的医生。

11. 曾经占领过我国青岛的国家是________和________。

12. 晚清戏曲舞台艺术改革中最有影响的人物是________，他创作了《哭祖庙》、《马前泼水》、《骂阎罗》等名剧，被誉为“活跃在京剧舞台四十余年的一代宗师”。

13. 由田汉创作的________和老舍创作的《茶馆》成为新中国成立之后话剧创作的两大巅峰之作。

14. 1933 年，年仅 23 岁就读于清华大学的曹禺在毕业前夕完成了处女作________，这是一部纠缠着复杂的血缘关系和聚集着许多的巧合但又透露着必然的悲剧。

15. 在芭蕾舞剧________中，女演员第一次立起足尖舞蹈。

16. 短篇小说《华威先生》的作者是________。

17. 被誉为“现代舞之母”的是美国的________，被称为“探戈王国”的是________（国家名），被称为“桑巴王国”的是________（国家名）。

18. 创办于 1927 年 11 月的我国第一所音乐学院是________。

二、选择题（每题 0.5 分，共 15 分）

1. 从 20 世纪 20 年代开始，好莱坞电影形成独霸世界的垄断状态。它的范围之广、影响之大、持续时间之久，实属世界之首。好莱坞在（　　）。

   A. 纽约　　B. 洛杉矶　　C. 阿拉斯加　　D. 华盛顿

2.《G 大调弦乐小夜曲》的作者是（　　）。

   A. 巴赫　　B. 贝多芬　　C. 莫扎特　　D. 李斯特

3. 下列属于巴洛克时期的代表人物是（　　）。

   A. 莫扎特　　B. 亨德尔　　C. 勋伯格　　D. 舒伯特

4. 下列歌剧中被称为中国歌剧探索里程碑的是（　　）。

   A.《刘胡兰》　　B.《白毛女》　　C.《赤叶河》　　D.《小二黑结婚》

5.“感于物而动，故形于声”指的是（　　）。

   A. 音乐　　B. 舞蹈　　C. 影视　　D. 戏剧

6. 被誉为“俄罗斯文学之父”的是（　　）。

   A. 普希金　　B. 果戈理　　C. 屠格涅夫　　D. 列夫·托尔斯泰

7. 艺术的主要社会功能有认识功能、教育功能和（　　）。

   A. 宣泄功能　　B. 享受功能　　C. 审美功能　　D. 交往功能

8. 著名小说《一个陌生女人的来信》先后被奥菲尔斯和徐静蕾改编成电影，该小说的作者是（　　）。

   A. 托马斯·曼　　B. 巴金　　C. 卡夫卡　　D. 茨威格

9. 法国 20 世纪“新小说”流派的创始人是（　　）。

   A. 普鲁斯特　　B. 罗曼·马兰　　C. 凡尔纳　　D. 罗伯－格里耶

10. （　　）美国电视进入彩色时期。

A. 1954 年　B. 1944 年　C. 1940 年　D. 1946 年

11. 中国人自己拍摄的第一部新闻纪录片是（　　）。

A. 《民主东北》B. 《普通一族》C. 《桥》　D. 《定军山》

12. 最早运用平行蒙太奇的成功范例是（　　）。

A. 《党同伐异》　B. 《母亲》

C. 《战舰波将金号》　D. 《一个国家的诞生》

13. 戛纳电影节是在（　　）年创立的。

A. 1927　B. 1946　C. 1958　D. 1962

14. 在柏林电影节上，（　　）是最高奖项。

A. 金像奖　B. 金熊奖　C. 金鸡奖　D. 银熊奖

15. 艺术具有阶级性是因为（　　）。

A. 有统治阶级的存在　B. 有被统治阶级的存在

C. 阶级社会的存在　D. 社会的需要

16. 戏剧《名优之死》的作者是（　　）。

A. 郭沫若　B. 田汉　C. 曹禺　D. 欧阳予倩

17. 意大利新现实主义电影的开篇之作是（　　）。

A. 《罗马，不设防的城市》　B. 《偷自行车的人》

C. 《罗马11时》　D. 《去年在马里昂巴德》

18. 顾长卫导演的电影（　　）获第55届柏林国际电影节评审团大奖银熊奖。

A. 《孔雀》　B. 《立春》　C. 《孩子王》　D. 《代号美洲豹》

19. 神话的创作方法是（　　）。

A. 浪漫主义　B. 现实主义　C. 古典主义　D. 自然主义

20. 立体派的代表人物是（　　）。

A. 马蒂斯　B. 康定斯基　C. 毕加索　D. 达利

21. 背景气氛型音乐着重于（　　）。

A. 描绘客观景物　B. 表现自己的主观态度

C. 增强影片的艺术感染力　D. 刻画形象

22. 下列属于多乐章结构的乐曲体裁是（　　）。

A. 练习曲　B. 交响曲　C. 交响诗　D. 序曲

23. 1895 年，卢米埃尔兄弟放映了《婴儿喝汤》、（　　）、《火车进站》、《水浇园丁》等短片，标志着电影的诞生。

A. 《灰姑娘》　　B. 《工厂大门》

C. 《寻子遇仙记》　　D. 《小儿》

24.《编辑部的故事》是我国第一部（　　）。

A. 室内连续剧　　B. 电视短剧

C. 电视系列喜剧　　D. 言情剧

25.“画者，画也。废物象而取其真。物之华，取其华，物之实，取其实。不可执实为华。”这句话说明的是（　　）。

A. 艺术反映世界的真实感　　B. 艺术与经济的关系

C. 艺术与宗教的关系　　D. 艺术与哲学的关系

26.“写情则沁人心脾，写景则在人耳目，述事则如其口出是也。”这句话是说(　　)。

A. 意境　　B. 风格　　C. 抽象性　　D. 品位

27.“隐含的读者”的提出者是（　　）。

A. 胡塞尔　　B. 朗格　　C. 卡西尔　　D. 伊瑟尔

28. 电视艺术是最年轻的艺术形式，电视的主要发明人是（　　）。

A. 卢米埃尔兄弟　　B. 格里菲斯

C. 卓别林　　D. 贝尔德

29. 打响美国电影第一炮的是（　　）。

A. 《一个国家的诞生》　　B. 《城市之光》

C. 《摩登时代》　　D. 《大独裁者》

30. 下列有关电影的说法不正确的是（　　）。

A. 近代电影最早是由法国人卢米埃尔兄弟发明的

B. 格里菲斯被誉为“电影界的莎士比亚”

C. 最早的电影是无声电影

D. 默片时代的电影多为悲剧电影

三、名词解释（每题 4 分，共 20 分）

1. 咏叹调

2.《韩熙载夜宴图》

3. 伊索寓言

4. 多景别

5. 造型语言

四、简答题（每题10分，共20分）

1.《孔雀东南飞》叙述了一个怎样的故事？在汉乐府中的地位如何？

2.《再别康桥》的作者是谁？他属于哪个诗派？简析此诗的艺术特色。

五、论述题（共15分）

结合具体影片，谈谈你对王家卫电影的看法。

参考答案

一、填空题

1. 沈从文 2. 费雯·丽 3. 红 绿 蓝 4. 贾谊 白居易 毛泽东 5.《白毛女》《雷锋之歌》(《放声歌唱》) 6. 阿Q 阿Q性格 7. 巴赫 8.《魔笛》《唐璜》《费加罗的婚礼》 9. 无以至千里 无以成江海 10. 华佗 11. 德国 日本 12. 汪笑侬 13.《关汉卿》 14.《雷雨》 15.《仙女》 16. 张天翼 17. 邓肯 阿根廷 巴西 18. 上海音乐学院（国立音乐学院）

二、选择题

1. B 2. C 3. B 4. B 5. A 6. A 7. C 8. D 9. D 10. C 11. A 12. A 13. B 14. B 15. C 16. B 17. A 18. A 19. A 20. C 21. B 22. B 23. B 24. C 25. A 26. A 27. D 28. D 29. A 30. D

三、名词解释

1. 咏叹调：指歌剧、大合唱中的独唱曲，通常篇幅较大，富于抒情性和戏剧性，结构多为反复三段体，即ABA（第三段是第一段的反复），例如《洪湖赤卫队》中韩英的咏叹调《看天下劳苦人民都解放》。

2.《韩熙载夜宴图》：是中国十大传世名画之一，五代南唐时期画家顾闳中所作。它以连环长卷的形式描摹了五代南唐中书侍郎韩熙载家开宴行乐的场景。韩熙载为避免南唐后主李煜的猜疑，以声色为韬晦之所，每每夜宴宏开，与宾客纵情嬉游。此图描绘的就是一次韩府夜宴的全过程。这幅长卷线条准确流畅，工细灵动，充满表现力；设色工丽雅致，且富于层次感，神韵独出。该画真实地描绘了在政治上郁郁不得志的韩熙载纵情声色的夜宴生活，成功地刻画了韩熙载的复杂心境，是古代人物画的杰作。

3. 伊索寓言：是古希腊民间口头流传的动物寓言故事，相传为公元前6世纪时被释放的奴隶伊索所作，故称伊索寓言。伊索寓言大约有400多则，采用拟人化的手法，用简短的动物故事来说明道理，开欧洲寓言的先河。其中影响较大的名篇有《狼和小羊》《农夫与蛇》《龟兔赛跑》等。

4. 多景别：同一镜头中，不间断的画面景别变化称为多景别。固定镜头中被摄体自身的运动会形成画面的景别变化，运动镜头中由于摄影机单向或复合运动而使被摄体在全景、中景、近景、特写等不同景别的交替变化中完成其戏剧动作。多景别是场面调度的重要手段，它能在自然流畅的运动中构成镜头内部节奏的起伏变化，成为蒙太奇的组成部分。

5. 造型语言：传统的造型语言指绘画、雕塑、建筑等艺术门类用一定的物质材料塑造视觉直观形象的造型手段和技法的总和。绘画、雕塑、建筑等各种造型艺术都依循自己的艺术规律形成特有的造型语言。电影是视觉形象和听觉形象的综合运动艺术，它在各种动态方式中综合了视觉造型艺术的手段和技法，如线条、色彩、光效、影调、构图、透视规律、材料结构、空间处理等。电影的视觉造型与声音造型诸因素（音量、音色、音调、运动、方位、距离等），共同形成了表达意蕴、传递情感、塑造人物的视听造型语言体系。

四、简答题

1. 《孔雀东南飞》叙述了一个怎样的故事？在汉乐府中的地位如何？

答：《孔雀东南飞》是汉乐府中篇幅最长的一首叙事诗，描写了封建礼教制度造成的婚姻爱情悲剧。故事发生在汉末建安年间，主人公刘兰芝是一个善良、美丽、聪明、勤劳的女性，她同庐江府小吏焦仲卿结婚后，夫妻感情深挚，但偏执顽固的焦母却对她百般挑剔，并且威逼仲卿将她驱逐。仲卿迫于母命，婉言劝说兰芝暂时先回娘家，并在分手时立下誓言，彼此永不相负。兰芝归家后，趋炎附势的哥哥逼她改嫁给县令的三儿子。仲卿闻变赶来，重申盟誓，两人约定“黄泉下相见”，决心以结束年轻的生命来表示反抗。就在县令家迎亲的那天，兰芝毅然“举身赴青池”，仲卿得知兰芝死讯，也“自挂东南枝”，双双殉情而死。

这首长篇叙事诗闪耀着强烈的反封建精神的光芒。它以鲜明的爱憎着力鞭挞了封建制度对青年一代特别是对妇女的迫害，对刘兰芝与焦仲卿的反抗斗争作了尽情的赞美。它不仅兼收并蓄了其他汉乐府诗的长处，诸如精彩的对话、适当的剪裁、质朴自然的风格等等，而且故事完整、形象鲜明、情节曲折、前后呼应，有一定的创新和突破，代表了汉乐府诗的最高成就。《孔雀东南飞》与南北朝的《木兰辞》并称为“乐府双璧”。

2.《再别康桥》的作者是谁？他属于哪个诗派？简析此诗的艺术特色。

答：作者是徐志摩，属于新月诗派。

《再别康桥》表达了一种留恋之情、惜别之情和理想幻灭后的感伤之情。《再别康桥》全诗共七节，每节四行，每行两顿或三顿，不拘一格而又法度严谨，二、四押韵，抑扬顿挫，朗朗上口。优美的节奏像涟漪般荡漾开来，契合着诗人感情的潮起潮落，有一种独特的审美感受。七节诗排列错落有致，韵律在其中徐行缓步地铺展，表现出诗人高度的艺术技巧。诗人将具体景物与想象糅合在一起，形成鲜明生动的艺术形象，巧妙地把气氛、感情、景象融汇为意境，景中有情、情中有景，体现了徐志摩的诗美主张。

五、论述题

结合具体影片，谈谈你对王家卫电影的看法。

答：迄今为止，王家卫的十几部作品已经凭借着极端风格化的视觉影像、富有后现代意味的表述方式以及对都市人群精神气质的敏锐把握，成功地建构了一种独特的“王家卫式”的电影美学。

王家卫电影的独特性，首先在于他对自己身处的城市和时代有着非常深入的理解，并找到了一种恰如其分的方式去表达自己的生命体验。他是最敏锐洞悉香港的艺术家：人流拥挤、华洋杂处的重庆大厦，旺角的高楼分割出的暗蓝色天空，启德机场边可以看见飞机起落的公寓窗口，还有路边摊、便利店和幽暗的酒吧。王家卫通过这些标志性的元素组合出了一个世纪末的香港，最明显的例子是《重庆森林》和《堕落天使》。现代城市的符号性使他的作品经常是内容隐藏在形式和风格里，或者说，风格本身有时候就是他的内容。

王家卫的影像世界是高度抽象后的真实，这首先表现在他叙事时流露出的独特的时间观。王家卫电影里的场景往往都在线性时间的过去和未来中呈现出一种悬置状态，尽管他不断地用细节去强调时间概念，像《阿飞正传》里那个著名的开场、《重庆森林》里对日期的反复诉说、《东邪西毒》里经常会在事件开头指出节气，但他讲述的这些故事并没有特别的时间背景，它们可能每天都会发生在这个城市的角落里，它们只是从城市生活中抽离出来的标本。《重庆森林》里两个故事的某些细节其实是互相交错的，王家卫用这种捉迷藏式的游戏来造成一种共时性的效果，既消解了传统叙事的线性时间观念，又凸显了当代都市生活的偶然和无序，从而形成了一种存在主义式的精神意蕴。

王家卫电影的“抽象真实”还表现在他偶然性、片断式的叙事结构和对流行符号的拼贴借用上。王家卫的作品引发的感动，是因为细节、片断以及絮语化的主观独白，类似于后现代美学对宏大叙事的摒弃和对细碎印象的偏好。在王家卫的电影里，有大量流行文化的符号，诸如流行音乐、商标、卡通玩具等，包括他非常喜欢使用的人物，如警察、杀手、阿飞等，都是一种都市边缘的亚文化符号。这种由都市提供的消费符号经过王家卫的拼贴变得就像一面镜子，反映出现代社会由具体实像蜕变成符号，这也使得他的电影极端敏锐而发人深省。

在王家卫的电影里，手提摄影机所拍摄的恍惚的晃动镜头、不规则的画面构图和艳丽但冷漠的色调运用，这种商标式的影像在很大程度上要归功于和他长期合作的美术指导张叔平和摄影杜可风。今天，在很多香港的独立艺术电影甚至商业电影中，都可以看到这种王家卫式的影像，但大多数都只具有形式，而缺乏内在的创意。

王家卫的电影充满了感情，像《重庆森林》里对快餐式爱情的反讽，《春光乍泄》里细腻纠缠的感情，都让人难忘。他的作品中始终贯彻的一个主题就是：人与人之间对倾诉和沟通的渴望，以及更为强烈的对个体之间无法交流的无奈。

文艺常识全真模拟试题二十七

一、填空题（每空1分，共30分）

1. 京剧四大名旦分别是________、________、________、________。

2. 中国的民间艺术种类繁多，其中“信天游”是________地区的一种民间艺术，而“二人转”则是________地区的一种民间艺术。

3. 《透明的红萝卜》的作者是__________。

4. 《笑面人》是法国作家________的作品。

5. 影片《七武士》是日本著名导演________的作品。

6. 《金锁记》是我国女作家________的中篇小说。

7. 20世纪初，以法国画家马蒂斯为代表的一群青年画家，因画风超出常规，被当时评论家称为________派画家。

8. 《神曲》是但丁的一部长诗，叙述了梦游________、________和________三界的故事。

9. 巴金的长篇小说《家》、《春》、《秋》合称________，《雾》、《雨》、《电》合称________。

10. 变脸是________剧种的绝活。

11. 电影镜头的景别大致可以分为________、________、________、________、________五种。

12. 华尔兹又称________，最早流行于________（国家名）。“圆舞曲之王”是指________，他的代表作是________。

13. 想象分为________和________，艺术创作主要依靠________。

14. ________是我国文学史上第一位杰出的浪漫主义诗人。

二、选择题（每题 0.5 分，共 15 分）

1. 先秦两汉时期成就最高、影响最大，通过人物描写来反映历史面貌的作品是（　　）。

A. 《左传》　B. 《史记》　C. 《国语》　D. 《汉书》

2. 电影《山楂树之恋》的导演是（　　）。

A. 陈凯歌　B. 冯小刚　C. 张艺谋　D. 姜文

3. 兼有体育和舞蹈双重特点的是（　　）。

A. 现代舞　B. 交谊舞　C. 国标舞　D. 芭蕾舞

4. 下列哪部作品不是歌舞剧？（　　）

A. 《丝路花雨》 B. 《音乐之声》 C. 《悲惨世界》 D. 《西区故事》

5. 先秦时代，教育内容以“六艺”为主，下列不属于“六艺”的是（　　）。

A. 射　B. 御　C. 礼　D. 武

6. 魏晋多名士，有著名的竹林七贤，《与山巨源绝交书》是竹林七贤中的谁写给山涛的？（　　）

A. 阮籍　B. 嵇康　C. 刘伶　D. 向秀

7. 郑谷有诗曰：“何事文星与酒星，一时钟在李先生。高吟大醉三千首，留著人间伴月明。”诗中的李先生指的是（　　）。

A. 李商隐　B. 李贺　C. 李白　D. 李煜

8. “西出阳关无故人”中的“阳关”位于下列哪个省或自治区？（　　）

A. 新疆　B. 甘肃　C. 宁夏　D. 陕西

9. 成都某著名古迹门口有这样一副名联：“三顾频烦天下计，一番晤对古今情”，它说的是（　　）。

A. 杜甫　B. 薛涛　C. 诸葛亮　D. 李冰

10. 陕西省乾陵的“无字碑”，它与哪位皇帝有关？（　　）

A. 秦始皇　B. 武则天　C. 李世民　D. 李隆基

11. 新中国的第一部电影是（　　）。

A. 《中华儿女》　B. 《钢铁战士》

C. 《桥》　D. 《八女投江》

12. 《生活与美学》的作者是（　　）。

A. 巴赞　　B. 塞尚
C. 车尔尼雪夫斯基　　D. 爱因汉姆

13. （　　）是法国 19 世纪画家、印象派的创始人。
A. 莫奈　　B. 修拉　　C. 罗丹　　D. 高更

14. 大仲马的（　　）属于法国 19 世纪的浪漫主义文学作品。
A.《基督山伯爵》　　B.《茶花女》
C.《塔曼果》　　D.《卡门》

15.《项链》是（　　）的代表作。
A. 毕加索　　B. 莫泊桑　　C. 伦勃朗　　D. 格林卡

16.《浮士德》是（　　）写的长篇诗剧。
A. 屠格涅夫　　B. 法捷耶夫　　C. 歌德　　D. 茨威格

17. 易卜生是 19 世纪末（　　）的伟大戏剧家。
A. 波兰　　B. 瑞典　　C. 奥地利　　D. 挪威

18. 普希金的代表作为诗体小说（　　）。
A.《叶甫盖尼·奥涅金》　　B.《谁之罪》
C.《偷东西的喜鹊》　　D.《树叶和树根》

19. 下列人物中哪一位是电影导演？（　　）
A. 祖宾·梅塔　　B. 英格玛·柏格曼
C. 安德烈·巴赞　　D. 马克·夏加尔

20. 下列电视剧作品不属于连续剧的是（　　）。
A.《围城》　　B.《编辑部的故事》
C.《四世同堂》　　D.《红楼梦》

21. 杜甫的诗句“来如雷霆收震怒，罢如江海凝清光”描绘的是以下哪种舞蹈？（　　）
A. 绿腰舞　　B. 霓裳羽衣舞　　C. 醉剑舞　　D. 剑器舞

22. 元杂剧中叙写昭君和亲故事的著名作品是（　　）。
A. 郑光祖的《倩女离魂》　　B. 马致远的《汉宫秋》
C. 王实甫的《西厢记》　　D. 白朴的《梧桐雨》

23. （　　）栏目的定位是“时事追踪报道、新闻背景分析、社会热点透视、大众话题评说”。

A.《焦点访谈》 B.《新闻调查》 C.《东方时空》 D.《新闻联播》

24. 明代著名戏曲家汤显祖是临川人，后人将他的四部戏剧合称“临川四梦”，以下不属于这“四梦”的是（　　）。

A.《紫钗记》 B.《邯郸记》 C.《南柯记》 D.《黄粱记》

25. 著名导演冯小刚拍摄的古装武侠动作片《夜宴》，是根据莎士比亚作品中的（　　）进行改编的。

A.《哈姆雷特》 B.《李尔王》

C.《罗密欧与朱丽叶》 D.《奥赛罗》

26.《茶花女》的作者是（　　）。

A. 小仲马 B. 易卜生 C. 歌德 D. 莫里哀

27. 被马克思誉为“人类最伟大的戏剧天才”的是（　　）。

A. 席勒 B. 易卜生 C. 歌德 D. 莎士比亚

28. 雨果是法国19世纪浪漫主义文学运动的领袖人物，下列哪部作品不是雨果的作品？（　　）

A.《悲惨世界》 B.《巴黎圣母院》

C.《笑面人》 D.《基督山伯爵》

29. 20世纪初，罗曼·罗兰为让世人“呼吸英雄的气息”，替具有巨大精神力量的英雄树碑立传，连续写了几部名人传记：《贝多芬传》（1903）、《米开朗基罗传》（1906）和《托尔斯泰传》（1911）（共称《名人传》）等。同时发表了他的长篇小说杰作（　　），被高尔基称为“长篇叙事诗”。

A.《约翰·克利斯朵夫》 B.《名人传》

C.《母与子》 D.《哥拉·布勒尼翁》

30. 林海音的小说《城南旧事》以低沉的笔调描写出（　　）的段段往事。

A. 台湾 B. 上海 C. 北京 D. 重庆

三、名词解释（每题4分，共20分）

1. 意大利新现实主义电影
2. 表现蒙太奇
3. 桐城派
4. 电视谈话节目

5. 莫扎特

四、简答题（每题 10 分，共 20 分）

1. 简述元杂剧艺术形式上的特点。
2. 简述什么是文化软实力。

五、论述题（共 15 分）

目前，越来越多的文学名著被改编成影视作品，但是艺术质量参差不齐。请你结合这一现象，谈谈对艺术借鉴和艺术创新的看法。

参考答案

一、填空题

1. 梅兰芳　程砚秋　尚小云　荀慧生　2. 西北 东北　3. 莫言　4. 雨果　5. 黑泽明　6. 张爱玲　7. 野兽　8. 地狱　炼狱　天堂　9. 激流三部曲　爱情三部曲　10. 川剧　11. 远景　全景　中景　近景　特写　12. 圆舞曲　奥地利　约翰·施特劳斯　《蓝色多瑙河圆舞曲》　13. 创造性想象　再造性想象　创造性想象　14. 屈原

二、选择题

1. B　2. C　3. A　4. A　5. D　6. B　7. C　8. B　9. C　10. B　11. C　12. C　13. A　14. A　15. B　16. C　17. D　18. A　19. B　20. B　21. D　22. B　23. A　24. D　25. A　26. A　27. D　28. D　29. A　30. C

三、名词解释

1. 意大利新现实主义电影：是西方现代电影流派之一，受 19 世纪末作家维尔加所倡导的“真实主义”文艺运动影响，多以真人真事为题材，描绘法西斯统治给意大利普通人民带来的灾难，是批判现实主义在特定条件下的发展。表现方法上注重平凡细节，多用实景和非职业演员，以纪实性手法取代传统的戏剧手法。首部影片是《罗马，不设防的城市》，代表作品还有《偷自行车的人》《橄榄树下无和平》等。

2. 表现蒙太奇：是以相连或相叠的镜头、场面、段落在形式上或内容上的相互对照、冲击，产生比喻、象征的效果，引发观众的联想，创造更为丰富的含义，从而表达某种心理、思想、情感和情绪。表现蒙太奇的主要作用不是叙述情节，而是表达情绪、表现寓意、揭示含义。表现蒙太奇常见的方法主要有以下几种：抒情蒙太奇、隐喻蒙太奇、对比蒙太奇、心理蒙太奇。

3. 桐城派：即桐城散文派。其主要代表人物方苞、刘大櫆、姚鼐等均是清代安徽桐城人，故名桐城派。桐城派是清代文坛最大的散文流派，其文章内容多是宣传儒家思想，尤其是程朱理学；在语言运用上，只求简明达意、条理清晰，不重罗列材料、堆砌辞藻，不用诗词与骈句，力求“清真雅正”，颇有特色。方苞的《狱中杂记》、姚鼐的《登泰山记》等，都是桐城派的代表作品。

4. 电视谈话节目：是以面对面人际传播的方式，通过电视媒介再现或还原日常谈话状态的一种节目形态，通常由主持人、嘉宾（有时还有现场观众）在演播现场围绕话题或个案展开即兴、双向、平等的交流，本质上属于大众传播活动。

5. 莫扎特：奥地利作曲家，欧洲古典主义音乐的杰出大师，有“音乐神童”的美誉。莫扎特一生共创作了22部歌剧、41部交响乐、42部协奏曲、一部安魂曲以及奏鸣曲、室内乐、宗教音乐等作品。其作品具有古典乐派严谨、对称的特点，还具有其自身的特点。在他的艺术歌曲中，令人称道的是诗与音乐完美的结合，贯穿了他创作的始终。

四、简答题

1. 简述元杂剧艺术形式上的特点。

答：元杂剧是在金院本和诸宫调的直接影响之下，融合唱、念、科、舞各种表演形式而形成的一种完整的戏剧样式。

（1）结构形式是“四折一楔子”。每个剧本一般由四折戏组成，有时再加一个楔子，演述一个完整的故事。少数作品也有一本分为五折或六折的，还有用两个楔子的。

（2）音乐曲调以北方音乐为基础。因此又称“北杂剧”，采用的是北曲联套的形式。每一折用一个套曲，每一个套曲由若干支曲牌组成。

（3）杂剧角色分为旦、末、净、杂。旦包括正旦、外旦等，正旦是歌唱的主要女演员。末包括正末、小末等，正末是歌唱的主要男演员。净是地位低下的喜剧性人物。杂是除以上三类以外的演员。

（4）一人主唱。一本戏限定由男主角（正末）或女主角（正旦）一个人歌唱，其他配角一般都只能道白不能唱。由男主角主唱的叫末本戏，女主角主唱的叫旦本戏。

2. 简述什么是文化软实力。

答：按照美国哈佛大学教授小约瑟夫·奈的观点，一个国家的综合国力既包括由经济、科技、军事实力等表现出来的“硬实力”，也包括文化、意识形态吸引力体现出来的“软实力”。一个国家的崛起，从根本上说，在于它的综合国力的全面提升。所谓“软实力”是指一国的文化、价值观念、社会制度、发展模式的国际影响力与感召力。相对于具体的国民生产总值、科研成果及转化率、国防力量等“硬实力”而言，哲学与社会科学属于国家“软实力”范畴。

五、论述题

目前，越来越多的文学名著被改编成影视作品，但是艺术质量参差不齐。请你结合这一现象，谈谈对艺术借鉴和艺术创新的看法。

答：在人类的各种艺术活动中，艺术借鉴和艺术创新密不可分。没有创新而一味借鉴的艺术作品将是一潭死水，脱离了艺术作品本身而一味创新的作品，则是无源之水、无本之木，不能被大众所认可。

所谓的艺术借鉴，一定要借其精华、弃其糟粕，绝不可生搬硬套、机械模仿。例如，1995 年上映的根据文学名著《三国演义》改编的同名电视剧，就是犯了借鉴有余而创新不足的错误。众所周知，《三国演义》成书于明代，所以语言上文白相间，现代人不易理解。而电视剧《三国演义》却延续了这一传统，致使该作品给人刻板、难于理解、不生动的印象。

艺术借鉴需要灵活，然而艺术创新则需要谨慎。艺术创新不能违背艺术规律，否则就会不伦不类。2010 年版《红楼梦》号称“忠实于原著”，而本质上却是披着中国传统文化的外衣，表达着“现代性”的追求。整部电视剧忽视了原著作品中非常重要的儒家的“礼”字。例如，林黛玉去贾府的路途中，站在船头的悠悠之情，看起来很美，然而表现的却是现代大家小姐的幽怨，不符合儒家传统。再如，贾元春省亲一节中，贾元春先给贾政行礼，贾政拉着元春的手嘱咐，这在现代社会合情合理，但这恰恰犯了封建礼教的大忌。除此以外，新版《红楼梦》还在人物的服装和音乐上进行了创新，起到了适得其反的作用。

所以说，将文学名著改编为影视作品一定要慎重，必要的艺术借鉴和一定程度的艺术创新是相辅相成的，切忌割裂开来表现，否则会陷入“画虎不成反类犬”的尴尬境地。

文艺常识全真模拟试题二十八

一、填空题（每空 1 分，共 30 分）

1. 戛纳电影节的最高奖项是________，威尼斯电影节的最高奖项是________。

2. 导演希区柯克最独特的影片类型是________。

3. 1958 年播出的中国第一部电视剧是________。

4. 《向日葵》的作者是画家________。

5. 车尔尼雪夫斯基是 19 世纪俄国革命民主主义的伟大战士、杰出的文艺理论家和作家。他在监狱中写下了长篇小说________，被誉为“生活教科书”。

6. 新中国第一个在国际上获奖的演员是电影《赵一曼》中的主演________。

7. 世界四大吝啬鬼形象是指莎士比亚《威尼斯商人》中的________，果戈理《死魂灵》中的________，巴尔扎克《欧也妮·葛朗台》中的________，莫里哀《悭吝人》中的________。

8. ________被誉为“诗鬼”，他的诗想象丰富，构思奇特，辞藻瑰丽，不受格律束缚，充满浪漫主义色彩。

9. 电影《红高粱》的导演是________，这部电影是根据山东作家________的同名小说改编的。

10. 电影《城南旧事》的导演是________，此片改编自台湾女作家________的同名小说。

11. 毕加索是________派的画家，代表作是________。

12. 米开朗基罗是________（国家名）的雕塑家。

13. 电影三原色是指________、________、________。

14. 世界上第一部彩色故事片《浮华世界》的导演是________。

15. 我国现代画家中，“南北二石”指的是________和傅抱石；在美术方面，“文艺复兴三杰”是指达·芬奇、________和拉斐尔。

16. 电影（电视）中，活动着的画面突然变成静止画面，称之为________；画面上只有一个人的头部，类似这种景别称之为________。

17. 西班牙电影大师布努埃尔拍摄的纪录片电影是________。

18. 黑泽明导演的________在 1951 年威尼斯国际电影节上获得金狮奖。

19. 世界音乐之都是________。

二、选择题（每题 0.5 分，共 15 分）

1. 下列词语中画线处读音正确的一组是（　　）。

A. 方兴未艾（aì）　循规蹈矩（jǔ）　削足适履（xuē）　咬文嚼字（jiáo）

B. 方兴未艾（aì）　循规蹈矩（jù）　削足适履（xiāo）　咬文嚼字（jiáo）

C. 方兴未艾（yì）　循规蹈矩（jǔ）　削足适履（xuē）　咬文嚼字（júe）

D. 方兴未艾（yì）　循规蹈矩（jù）　削足适履（xiāo）　咬文嚼字（júe）

2. 下列画家、国别、作品连线正确的一组是（　　）。

A. 梵·高——法国——《农民》

B. 波提切利——意大利——《维纳斯的诞生》

C. 米勒——法国——《睡莲》

D. 毕加索——荷兰——《格尔尼卡》

3. 几乎所有的艺术家都认为真正的艺术创作来源于生活积累。清代文学评论家金圣叹说：“天下妙士，必有妙眼，渠见妙景，便会妙手写出来……无他，只因妙手所写纯是妙眼所见，若眼未有见，他决不肯放手便写，此良工之所永异于俗工也。”这句话表明（　　）。

A. 感性认识可以上升为理性认识

B. 认识是人脑特有的机能

C. 实践是认识的唯一来源

D. 艺术创作要通过偶然把握必然

4. 下列作品、作家、体裁、作品人物连线错误的一组是（　　）。

A. 《保卫延安》——杜鹏程——小说——彭德怀

B. 《王昭君》——曹禺——历史剧——王昭君

C.《哥德巴赫猜想》——徐迟——小说——陈景润

D.《第二次握手》——张扬——小说——丁洁琼

5.《论语》中载，孔子曾说：“中人以上，可以语上也；中人以下，不可以语上也。”这表明了孔子在教学方法上主张（　　）。

A. 启发诱导　　B. 学思结合　　C. 因材施教　　D. 温故知新

6.“忆昔开元全盛日，小邑犹藏万家室”和“寂寞天宝后，园庐但蒿藜”是唐代一位著名诗人的诗句。这位诗人是（　　）。

A. 陈子昂　　B. 孟浩然　　C. 杜甫　　D. 杜牧

7. 隋朝大运河的一段利用了春秋时期吴王夫差开凿的古运河，这一段是（　　）。

A. 永济渠　　B. 通济渠　　C. 邗沟　　D. 江南河

8. 明末清初，顾炎武主张做学问要“经世致用”，对后代学风影响很大。他的代表作是（　　）。

A.《农政全书》　　B.《天工开物》

C.《天下郡国利病书》　　D.《坤舆万国全图》

9. 下列各组词语中，有两个错别字的一组是（　　）。

A. 装钉　赋于　阻击手　按步就班

B. 熟练　录象　照相机　一劳永逸

C. 关健　脉博　鸡毛掸　涣然消失

D. 浏览　期货　黄霉雨　过犹不及

10. 下列有关文学常识的表述，正确的一项是（　　）。

A. 汉乐府民歌继承了《诗经》民歌的现实主义传统，如《孔雀东南飞》、《木兰诗》。

B. 文艺复兴指14至16世纪欧洲新兴资产阶级的思想文化运动。就文学说，意大利诗人但丁、英国戏剧家莎士比亚和法国小说家巴尔扎克都是其主要代表人物。

C.《钢铁是怎样炼成的》、《青年近卫军》和《静静的顿河》的作者分别是奥斯特洛夫斯基、法捷耶夫和肖洛霍夫，他们都是苏联作家。

D.《暴风骤雨》和《东方》都是我国当代长篇小说，作者分别是周立波、魏巍。

11. 有西方学者认为“近代世界赖以建立的种种发明与发现可能有一半来源于

中国”，传入欧洲并对“近代世界”产生深刻影响的宋代的科技成就是（　　）。

A. 地动仪　　B. 造纸术　　C. 雕版印刷术　D. 罗盘针

12. 20世纪50年代，周恩来总理曾邀请国际友人观看了一部根据我国民间故事改编的彩色戏曲故事片，引起很大反响，该片被誉为“东方的《罗密欧与朱丽叶》”。这部戏曲电影是（　　）。

A. 《天仙配》　　B. 《牛郎织女》

C. 《梁山伯与祝英台》　　D. 《红楼梦》

13. 在戏曲舞台上，演员轻扬马鞭表示骑马，划桨表示行船，绕场一圈表示日行千里。这些舞台表现形式体现了戏曲表演艺术的（　　）。

A. 综合性　　B. 程式化　　C. 虚拟性　　D. 现实性

14. 中世纪西欧人的书写材料是（　　）。

A. 纸草　　B. 丝帛　　C. 树皮　　D. 羊皮

15. 体现我国古代药物学最高成就的著作是（　　）。

A. 《唐本草》　B. 《千金方》　C. 《四部医典》D. 《本草纲目》

16. 下列各项最能体现老子学说精华的是（　　）。

①“道生一，一生二，二生三，三生万物”

②“祸兮，福之所倚；福兮，祸之所伏”

③“有无相生，难易相成，长短相形，高下相倾”

④“道常无为而无不为”

A. ①②　　B. ②③　　C. ③④　　D. ①④

17. “乡先辈左忠毅公视学京畿”，其中“忠毅”二字为此人的（　　）。

A. 字　　B. 斋号　　C. 谥号　　D. 爵名

18. 在《三字经》中，一开始就说“人之初，性本善”，这样的说法是源自战国时代（　　）的主张。

A. 孔子　　B. 孟子　　C. 荀子　　D. 墨子

19. 英语“Practice makes perfect”，用下面哪句成语表示最恰当？（　　）

A. 投机取巧　B. 弄巧成拙　C. 熟能生巧　D. 勤能补拙

20. 这是一部中国民族舞剧，它取材于19世纪50年代太平天国运动中上海一次武装组织起义反抗清政府统治的故事，主人公包括刘丽川、潘启祥、周秀英等，作品成功地将中国江南民族舞蹈融入剧中，并且吸收了很多中国武术的元素。这部作品是（　　）。

A. 《丝路花雨》 B. 《小刀会》 C. 《宝石花》 D. 《东方红》

21. “不以物喜，不以己悲”出自（　　）。

A. 《岳阳楼记》 B. 《醉翁亭记》 C. 《滕王阁序》 D. 《小石潭记》

22. “人最宝贵的是生命。生命对于我们只有一次。一个人的生命应当这样度过：当他回首往事的时候，他不因虚度年华而悔恨，也不因碌碌无为而羞愧——这样，在临死的时候，他能够说：‘我整个的生命和全部精力，都已献给世界上最壮丽的事业——为人类的解放而斗争。’”保尔·柯察金的这段名言激励着一代又一代的人们。它出自（　　）。

A. 奥斯特洛夫斯基《暴风雨所诞生的》

B. 奥斯特洛夫斯基《钢铁是怎样炼成的》

C. 肖洛霍夫《静静的顿河》

D. 肖洛霍夫《被开垦的处女地》

23. 古希腊“悲剧之父”是指（　　）。

A. 埃斯库罗斯 B. 欧里庇得斯

C. 荷马 D. 索福克勒斯

24. 标志着浪漫主义对古典主义的最后胜利是剧作《欧那尼》的演出。这部剧作的作者是（　　）。

A. 拜伦 B. 雨果 C. 雪莱 D. 席勒

25. 下列搭配错误的一项是（　　）。

A. 莎士比亚——英国——《威尼斯商人》

B. 歌德——德国——《浮士德》

C. 马克·吐温——法国——《人间喜剧》

D. 雨果——法国——《巴黎圣母院》

26. 新中国第一家电视台是（　　）。

A. 中央电视台 B. 上海电视台 C. 北京电视台 D. 延安电视台

27. 张艺谋导演的电影《山楂树之恋》改编自（　　）的同名小说，该小说被称为“史上最干净的爱情”。

A. 张翎 B. 艾米 C. 莫言 D. 余华

28. 电影《黑骏马》、《本命年》的导演是（　　）。

A. 黄建新　　B. 谢晋　　C. 谢飞　　D. 田壮壮

29. 柳梦梅是（　　）中的人物。

A.《汉宫秋》　B.《西厢记》　C.《窦娥冤》　D.《牡丹亭》

30. 斯皮尔伯格最早获奥斯卡最佳导演奖的影片是（　　）。

A.《辛德勒的名单》　　B.《大白鲨》

C.《拯救大兵瑞恩》　　D.《侏罗纪公园》

三、名词解释（每题4分，共20分）

1. 平行蒙太奇
2. 《荷马史诗》
3. “荆刘拜杀”
4. 脸谱化
5. 狂草

四、简答题（每题10分，共20分）

1. 简述魔幻现实主义的概念、代表作家及其主要作品。
2. 简述蒙太奇的定义以及蒙太奇的分类。

五、论述题（共15分）

电视真人秀节目2001年进入中国，一度引发收视高潮却也引起颇多争议，被认为是“水土不服”。2005年，表演真人秀节目《超级女声》在收视、广告等方面创造了“神话”。近年来，真人秀节目发展迅速，已经成为电视屏幕上热播的一种主流电视节目样式。请根据以上材料，写一篇关于中国电视选秀节目的评析文章，字数不少于500字。

参考答案

一、填空题

1. 金棕榈奖　金狮奖　2. 悬念片　3.《一口菜饼子》　4. 梵·高　5.《怎么

办?》 6. 石联星 7. 夏洛克 泼留希金 葛朗台 阿巴贡 8. 李贺 9. 张艺谋 莫言 10. 吴贻弓 林海音 11. 现代《格尔尼卡》 12. 意大利 13. 红 绿 蓝 14. 马莫里安 15. 齐白石 米开朗基罗 16. 定格 特写 17. 《无粮的土地》 18. 《罗生门》 19. 维也纳

二、选择题

1. A 2. B 3. C 4. C 5. C 6. C 7. C 8. C 9. C 10. C 11. D 12. C 13. B 14. D 15. D 16. B 17. C 18. B 19. C 20. B 21. A 22. B 23. A 24. B 25. C 26. C 27. B 28. C 29. D 30. A

三、名词解释

1. 平行蒙太奇：又称并列蒙太奇，是指两条或两条以上的情节线并行表现，分别叙述，最后统一在一个完整的情节结构中；或两个以上的事件相互穿插表现，揭示一个统一的主题或情节。这几条情节线或事件，可以是同时同地，也可以是同时异地，还可以是在不同时空里进行。平行蒙太奇应用广泛，首先因为用它处理剧情，有利于概括集中，节省篇幅，增加影片的信息量，加强影片的节奏；其次，由于这种手法是几条线索并列表现，相互烘托，形成对比，易于产生强烈的艺术感染力。

2. 《荷马史诗》：是相传由古希腊盲诗人荷马创作的两部长篇史诗《伊利亚特》和《奥德赛》的统称。两部史诗都分成 24 卷，最初可能是基于古代传说的口头文学，依靠乐师的背诵流传。《荷马史诗》在西方古典文学史上具有无可取代的地位，被认为是最伟大的古代史诗。《荷马史诗》不仅具有文学艺术上的重要价值，在历史、地理、考古学和民俗学方面也有很多值得研究的内容。

3. “荆刘拜杀”：是元代南戏《荆钗记》、《刘知远白兔记》、《拜月亭》、《杀狗记》的合称，是南戏中除《琵琶记》外，最负盛名的作品。《荆钗记》一般认为是元人柯丹丘作，写王十朋与钱玉莲的婚姻故事。《刘知远白兔记》为永嘉书会才人编，写五代后汉开国皇帝刘知远与李三娘悲欢离合的故事。《拜月亭》一般认为是元人施惠作，以蒋世隆与王瑞兰的爱情婚姻波折为主线，写金朝末年蒙古兵南下，金迁都汴梁。《杀狗记》作者不详，写孙华、孙荣兄弟重归于好的故事。其中，以《拜月亭》思想、艺术成就最高。

4. 脸谱化：比喻文艺创作中刻画人物的公式化倾向，即作者塑造人物过于简单化和概念化。脸谱化表演是传统戏曲中用各种色彩在演员面部勾画纹样图案，以突出人物性格特征并且起到褒贬作用的一种程式，如红色表示英勇、白色表示奸诈。在这里借用脸谱的含义，用以形象地指明那些从角色的类型概念出发，以固定的外在手法去表现人物性格的表演。

5. 狂草：是在今草的基础上将点画连绵书写，形成“一笔书”，在章法上与今草一脉相承。狂草是唐代书法的另一高峰，代表人物是唐代的张旭和怀素，有“张颠素狂”或“颠张醉素”之称。

四、简答题

1. 简述魔幻现实主义的概念、代表作家及其主要作品。

答：魔幻现实主义是20世纪五六十年代在拉丁美洲具有深远影响的文学思潮和创作流派之一。该流派的作家深受拉美原始社会的自然环境、印第安古典文化的神秘传说、欧洲现代主义文学流派的文学观念和创作手法的影响，他们借助于变形象征、隐喻夸张等艺术手法，曲折地反映社会现实。

魔幻现实主义流派的著名作家和作品有：

（1）危地马拉作家阿斯图里亚斯的小说《玉米人》。《玉米人》主要描写危地马拉土著印第安人的生活和斗争，并以此为主线，真实地反映了20世纪50年代以前危地马拉社会广阔的生活领域。

（2）墨西哥作家鲁尔福的小说《佩德罗·帕拉莫》。《佩德罗·帕拉莫》描写了庄园主佩德罗·巴拉莫狡诈、残忍的一生，被认为是“拉丁美洲文学的巅峰小说之一”，被译成多国文字，在世界各地广为流传。

（3）哥伦比亚作家马尔克斯的小说《百年孤独》。《百年孤独》通过布恩地亚家族7代人充满神秘色彩的坎坷经历，反映了哥伦比亚乃至拉丁美洲的历史演变和社会现实。《百年孤独》被誉为“再现拉丁美洲历史社会图景的鸿篇巨制”，马尔克斯凭借这部小说荣获1982年诺贝尔文学奖。

（4）秘鲁作家阿格达斯的《深沉的河流》。《深沉的河流》是一部自传体小说，描写了在印第安人中长大的混血儿埃内斯托的生活，表现了印第安人正直、善良、勤劳的美德。

（5）古巴作家卡彭铁尔的《这个世界的王国》。《这个世界的王国》由四部分组成，以人物内心独白的形成铺展开来，内容具有鲜明的历史真实性。

2. 简述蒙太奇的定义以及蒙太奇的分类。

答：蒙太奇原为建筑学术语，意为构成、装配。蒙太奇是影视创作的主要叙述手段和表现手段之一，一般包括画面剪辑和画面合成。影视作品将一系列在不同地点，从不同距离和角度，以不同方法拍摄的镜头排列组合起来，叙述情节，刻画人物。但当不同的镜头组接在一起时，往往又会产生各个镜头单独存在时所不具有的含义。

蒙太奇具有叙事和表意两大功能，据此可以把蒙太奇划分为三种最基本的类型：叙事蒙太奇、表现蒙太奇和理性蒙太奇。叙事蒙太奇包括平行蒙太奇、交叉蒙太奇、重复蒙太奇、连续蒙太奇，表现蒙太奇包括抒情蒙太奇、心理蒙太奇、隐喻蒙太奇、对比蒙太奇，理性蒙太奇包括杂耍蒙太奇、反射蒙太奇、思想蒙太奇。

五、论述题

电视真人秀节目2001年进入中国，一度引发收视高潮却也引起颇多争议，被认为是“水土不服”。2005年，表演真人秀节目《超级女声》在收视、广告等方面创造了“神话”。近年来，真人秀节目发展迅速，已经成为电视屏幕上热播的一种主流电视节目样式。请根据以上材料，写一篇关于中国电视选秀节目的评析文章，字数不少于500字。

答：我国的电视选秀节目学习的是美国福克斯公司的电视业余青年歌手大赛《美国偶像》，2004年湖南卫视成功推出了电视选秀节目《超级女声》，全国其他电视台也相继推出了类似的节目。尤其是2006年，我国各级电视媒体中播出的选秀节目多达30多个。如今，电视选秀节目所带来的“海选”、“PK”等全新的娱乐形式已经扩散到社会生活的各个层面。

电视选秀节目在带动全民娱乐的同时也产生了一定的社会效应，我们有必要思考电视选秀节目的利与弊。

1. 优势

（1）零门槛的全民参与。在电视选秀节目推出之前，我国的竞赛类节目如《中国青年歌手大奖赛》、《神州大舞台》等都要求参赛选手具有一定的特长。湖南卫视推出的《超级女声》大大降低了参赛的门槛，其报名条件为“不拘年龄、不问地域、不拘长相、不限身份，真正无门槛选拔”。这种“零门槛”的报名条件显然具有巨大的吸引力，吸引受众参与活动，从而展示自我、实现梦想。因此电视选秀节目的规模远远大于我国其他类型的歌手比赛，特别是近两年，在全国范围内掀起了全民选秀的热潮。

（2）原生态的样式展现。电视节目的原生态是指用电视传播符号真实反映事物的原始状态，形式上不需要过多的艺术加工和修饰，内容上关注生活的本来面目，着力表现对象的原初形态。我国电视屏幕上的演艺活动一贯是精致包装制作，罕有平实的生活画面的真实再现。

（3）平民的互动娱乐。电视选秀节目独特的赛制和播出方式完全实现了媒体与受众的互动，广大受众可全程参与节目的表演、制作等各个环节并在其中扮演着重要的角色，观众手机短信投票已经成为可以主导比赛进程的力量。

2. 弊端

（1）节目同质化催生审美疲劳。目前国内的电视选秀类节目同质化问题严重，节目大多内容相近、形式雷同。这些同质化的节目充斥着电视荧屏，很容易造成观众的审美疲劳。

（2）导向的缺失导致不良影响。电视这一大众传播媒介作为社会公器，应承担起媒体的社会责任，不能只注重经济利益而忽视社会效益，需要考虑节目的传播会给受众和社会带来怎样的影响，应当自觉地传播积极、健康向上的文化内容。目前，我国电视选秀节目的这一功能缺失明显。

（3）短信投票产生负面效应。在电视选秀节目中，观众短信投票是大众参与节目的重要途径，是决定参赛选手去留、晋级的主要依据，同时也是制作方的主要赢利来源之一。同时，基于短信投票而产生的“贿选说”、“买票说”等各种质疑纷至沓来。一些选秀节目不时传出选手“买票”丑闻，一些投票公司从中获利，严重影响了选秀节目的公平。

总之，电视娱乐节目都有一个从诞生到兴盛到衰退的过程，在我国曾经火爆荧屏的《玫瑰之约》等节目最终都淡出了观众的视线，连电视选秀节目的鼻祖《美国偶像》也难以逃脱盛极必衰的命运。只有在形式上坚持创新、在内容上提升节目品位，才能保持电视选秀节目的旺盛的生命力。

文艺常识全真模拟试题二十九

一、填空题（每空1分，共30分）

1. 20世纪二三十年代欧洲超现实主义电影《一条安达鲁狗》的导演是________。

2. 斯坦尼斯拉夫斯基的表演理论是________体系，布莱希特的表演理论是________体系。

3. 《闲情偶寄》的作者是________。

4. 梅兰芳是著名的________剧表演大师，导演________拍摄了电影《梅兰芳》。

5. 话剧传入中国的时候被称为新戏或________，1928年由洪深定名为话剧。

6. ________号称"西部歌王"，代表作品有________。

7. 电影《卧虎藏龙》的作曲是________，他为该片创作的主题曲为________。

8. 魔幻现实主义代表作家有哥伦比亚的马尔克斯，其代表作为________。

9. 我国古代有许多杰出的浪漫主义作品，其中最著名的抒情长诗是________创作的________，最著名的长篇小说是________创作的________。

10. 交响乐队一般有________个乐手。

11. 高尔基的自传体小说三部曲是________、________、________。

12. 中国历史上第一部纪传体通史是________。

13. 最早传入我国的一幅油画是在明末清初时一位意大利的传教士________带来的，画的是圣母怀抱圣子。

14. 被誉为"高音之王"的帕瓦罗蒂是________人。

15. 吴宇森的电影________开创了香港英雄片的先河。

16. 《美国往事》的导演是意大利人________。

17. 中国第一部室内剧是________。

18. 《小城之春》先后两次被拍成电影，导演分别是________和________。

19. 《范进中举》选自________的小说________。

二、选择题（每题0.5分，共15分）

1. 下列哪项不属于“小说三要素”之一？（　　）

A. 人物　　B. 时间　　C. 故事情节　　D. 环境描写

2. 在鲁迅的小说中，把封建社会归结为“一部吃人的历史”，并在结尾喊出“救救孩子”的呼声的小说是（　　）。

A. 《祝福》　　B. 《阿Q正传》　C. 《故乡》　　D. 《狂人日记》

3. 下列作品中，不属于巴金“激流三部曲”的是（　　）。

A. 《家》　　B. 《春》　　C. 《秋》　　D. 《冬》

4. “荷花淀派”和“山药蛋派”是我国现代文学史上影响很广的两个文学流派，其代表作家分别是（　　）。

A. 孙犁　赵树理　　B. 丁玲　沈从文

C. 赵树理　孙犁　　D. 沈从文　丁玲

5. 以下作品中，合称为“农村三部曲”的是（　　）。

A. 《幻灭》、《动摇》、《追求》　B. 《春蚕》、《秋收》、《残冬》

C. 《惶惑》、《偷生》、《饥荒》　D. 《青龙潭》、《香稻米》、《五奎桥》

6. 下列不属于王小波的“时代三部曲”的是（　　）。

A. 《黄金时代》B. 《白银时代》C. 《水晶时代》D. 《青铜时代》

7. “万卷经书曾读过，平生机巧心灵，六韬三略究来精。胸中藏战将，腹内隐雄兵。谋略敢欺诸葛亮，陈平岂敌才能。略施小计鬼神惊。”这首诗赞美的是《水浒传》中的哪位好汉？（　　）

A. 宋江　　B. 吴用　　C. 公孙胜　　D. 林冲

8. “率妻子邑人来此绝境”中，“妻子”指的是（　　）。

A. 男子的配偶　B. 妻子和儿女　C. 妻子和儿子　D. 妻子的儿子

9. 下列莎士比亚的剧作中不属于悲剧的是（　　）。

A. 《麦克白》　B. 《李尔王》　C. 《威尼斯商人》D. 《奥赛罗》

10. 我国四大名亭中的“爱晚亭”是因为谁的诗句而成名？（　　）

A. 李白　B. 杜甫　C. 杜牧　D. 白居易

11. “世上疮痍，诗中圣哲；民间疾苦，笔底波澜”是指（　）。

A. 杜甫　B. 白居易　C. 屈原　D. 辛弃疾

12. 下列作品中（　）不是白朴的杂剧作品。

A. 《西厢记》　B. 《东墙记》　C. 《墙头马上》　D. 《梧桐雨》

13. （　）被恩格斯评价为：“中世纪的最后一位诗人，同时也是新时代的最初一位诗人。”

A. 但丁　B. 波特莱尔　C. 叶芝　D. 德莱塞

14. 以下作品为老舍的戏剧作品的是（　）。

A. 《龙须沟》　B. 《日出》　C. 《四世同堂》　D. 《子夜》

15. 在元代杂剧中，扮演“花脸”的角色名叫（　）。

A. 旦　B. 末　C. 净　D. 丑

16. 一般认为，古希腊戏剧起源于对某个神的祭祀，这个神是（　）。

A. 酒神　B. 天神　C. 爱神　D. 战神

17. 被誉为“现代戏剧之父”的是（　）。

A. 席勒　B. 易卜生　C. 歌德　D. 莫里哀

18. 陈白露是哪一部作品中的人物？（　）

A. 《日出》　B. 《雷雨》　C. 《原野》　D. 《北京人》

19. 以下人物中，哪个不是莎士比亚作品中的人物？（　）

A. 李尔王　B. 奥赛罗　C. 凯西奥　D. 海尔茂

20. 西方荒诞派戏剧的奠基者之一贝克特的代表作是（　）。

A. 《等待戈多》　B. 《荒原》

C. 《最后一局》　D. 《啊，美好的日子》

21. 莫奈被称为（　）绘画之父。

A. 现实主义　B. 抽象主义　C. 象征主义　D. 印象主义

22. 中央电视台第十套节目是（　）频道。

A. 经济　B. 电视剧　C. 科教　D. 新闻

23. 根据哪一个事件改编的电影曾长期占据电影史上的票房最高纪录？（　）

A. 泰坦尼克号沉没　B. 日军空袭珍珠港

C. 美国独立　D. 美国内战

24. 作为现代电影开端的《公民凯恩》的导演是（　　）。

A. 戈达尔　B. 卓别林　C. 格里菲斯　D. 奥逊·威尔斯

25. 意识流电影的代表作《去年在马里昂巴德》的导演是（　　）。

A. 伯格曼　B. 费里尼　C. 阿伦·雷乃　D. 戈达尔

26. 梅里爱的《灰姑娘》和（　　）把电影带入了艺术的门槛。

A. 《贵妇人的失踪》　B. 《巴黎歌剧院广场》

C. 《工厂大门》　D. 《月球旅行记》

27. 近代中国“放眼看世界”的第一人是（　　）。

A. 魏源　B. 林则徐　C. 姚莹　D. 许继沂

28. 下面不属于京剧四大名旦的是（　　）。

A. 梅兰芳　B. 尚小云　C. 程砚秋　D. 于是之

29. 象脚鼓是哪个民族的打击乐器？（　　）

A. 傣族　B. 彝族　C. 壮族　D. 藏族

30. 短篇小说《装在套子里的人》的作者是（　　）。

A. 雨果　B. 莫泊桑　C. 契诃夫　D. 左拉

三、名词解释（每题 4 分，共 20 分）

1. 场面调度
2. 三远
3. 伏笔
4. 独幕剧
5. 声画同步

四、简答题（每题 10 分，共 20 分）

1. 简述特写镜头的特点和作用。
2. 山东地方戏有哪些？（至少列举五种）

五、论述题（共 15 分）

雅俗文化之争，从来就没有在人类历史上停止过。请结合你自己的感受，谈谈雅俗文化在当代社会中的现状和意义。

参考答案

一、填空题

1. 布努埃尔 2. 斯坦尼斯拉夫斯基 布莱希特 3. 李渔 4. 京 陈凯歌 5. 文明戏 6. 王洛宾 《在那遥远的地方》 7. 谭盾 《月光爱人》 8.《百年孤独》 9. 屈原 《离骚》 吴承恩 《西游记》 10. 90 11.《童年》《在人间》《我的大学》 12.《史记》 13. 利玛窦 14. 意大利 15.《英雄本色》 16. 瑟吉欧·莱昂 17.《渴望》 18. 费穆 田壮壮 19. 吴敬梓 《儒林外史》

二、选择题

1. B 2. D 3. D 4. A 5. B 6. C 7. B 8. B 9. C 10. C 11. A 12. A 13. A 14. A 15. C 16. A 17. B 18. A 19. D 20. A 21. D 22. C 23. A 24. D 25. C 26. D 27. B 28. D 29. A 30. C

三、名词解释

1. 场面调度：是导演在银幕上创造电影形象的一种特殊的表现手段。该词源自法语，原指在戏剧舞台上处理演员表演活动位置的一种技巧，后被借用到电影艺术创作中来，指导演对话框内事物的安排，包括演员高度和摄影机高度，有纵深场面高度、重复性场面高度、对比性场面高度和象征性场面高度四种方法。

2. 三远：中国传统山水画的透视处理方法，即高远、深远、平远。由宋代郭熙在《林泉高致》中提出，其具体说法为“自山水下仰山巅，谓之高远；自山前而窥山后，谓之深远；自近山而望远山，谓之平远”。

3. 伏笔：是写作中常用的一种表现手法。伏笔可以理解为前段文章为后段文章埋伏线索，也可以理解为上文对下文的暗示。它的好处是交代含蓄，使文章结构严密、紧凑，读者读到下文内容时，不至于产生突兀怀疑之感。

4. 独幕剧：是戏剧作品的一种形式，全剧情节在一幕内完成。篇幅较短，情节简单，结构紧凑，要求戏剧冲突迅速展开，形成高潮，戛然而止。多数独幕剧不分场并且不换布景。

5. 声画同步：是指影片中声音与画面的协调一致。要求影片的声音与画面严格匹配，使发声的人或物体（包括配音）在银幕上与所发声音保持同步进行的自然关系，画面中视像的发声动作与它所发出的声音同时呈现并同时消失，两者吻合一致。

声画同步的作用，主要在于加强画面的真实感，提高视觉形象的感染力。

四、简答题

1. 简述特写镜头的特点和作用。

答：(1) 特写镜头的特点

①特写镜头通常描绘事物最有价值的细部或者人物最有表现力的面部，排除一切多余形象，画面内容单一。

②特写镜头最大的特点是避免框架。

③特写镜头中的环境已经被完全排斥。一方面环境在画面上所占的面积已经很小，被摄主体几乎占据了整个画面；另一方面，特写画面中景深范围很小，环境通常在景深范围以外，呈虚化的形式。

(2) 特写镜头的作用

①突出强调人或物的某一局部，放大细小物体，形成强烈清晰的视觉形象。

②准确地表现出被摄体的质感、形体、颜色等。

③在特写画面内的形象呈现出突破画框向外扩张的趋势，创造了视觉张力。

④调整画面节奏。

⑤由于特写分隔了被摄体和周围环境的空间联系，因而常被用做转场镜头。

2. 山东地方戏有哪些？(至少列举五种)

答：山东的戏曲艺术历史悠久、丰富多彩，先后曾有几十个种类流行，主要的地方戏有山东梆子、吕剧、柳子戏、莱芜梆子、两夹弦、坠子戏、渔鼓戏、八仙戏等。

(1) 山东梆子：是山东地方戏曲中较古老的剧种之一，至今已有三百余年的历史，又名“高调梆子”，简称“高调”或“高梆”。该剧种唱腔激昂高亢，形式复杂多变，表演形式粗犷夸张。

(2) 吕剧：由山东琴书演变而来，又名“化装扬琴”、“琴戏”。其唱腔以板腔体为主，兼唱曲牌。曲调简单朴实、优美动听、灵活顺口、易学易唱。

(3) 柳子戏：以元、明、清以来流传于中原一代的民间俗曲小令为基础，并吸引高腔、乱弹、昆腔等声腔的部分剧目及唱腔，逐渐发展演变而来。因曲牌中有一种柳子调，故得名柳子戏。

(4) 莱芜梆子：又名“莱芜讴”，音乐唱腔高亢激昂、豪迈奔放、风格独特。

(5) 两夹弦：伴奏乐器主要是四胡，这种四胡上的四根弦每两根分别夹一束弓上的马尾，进行拉奏，故称之为两夹弦。

五、论述题

雅俗文化之争，从来就没有在人类历史上停止过。请结合你自己的感受，谈谈雅俗文化在当代社会中的现状和意义。

答：高雅文化和通俗文化是针对文化创作及作品的审美品格而言的。高雅文化是指形式复杂、绚丽，技术精湛，内容深邃、高远，能揭示自然、社会和人生哲理，把人引入一种较高的精神境界和文化境界的文化。通俗文化是指形式上采用大众喜闻乐见的表现手法，淳朴简洁，一目了然，内容上与现实密切相关，注重审美的娱乐功能的文化。

二者之间是对立统一的关系。今天的许多高雅文化都来源于民间的通俗文化和流行文化。通俗文化经过提炼和加工，可升华为高雅文化，也可以说，通俗文化是高雅文化存在和发展的源泉，如《诗经》、京剧等。具有较高审美水准和技艺的人们对民间文化形式进行提炼加工，并历经社会的筛选，使之在形式、技法和内容上日趋精美和深邃，从而成为代表特定时代最高水准的文化，民间通俗文化便升华为高雅文化。但与此同时，它也就脱离了广大群众，成为少数人赏玩的文化。

关于二者的发展问题。高雅文化的生存和发展需要国家一定的保护和支持，尤其是古老的戏曲和歌舞文化。在文化走向市场的今天，尤其要在资金和政策等方面对高雅文化加以支持。从许多国家级和省级文化团体的实践来看，高雅文化也可走向市场，获得巨大的经济效益和发展空间。但要注意的是，高雅文化走向市场的目的不仅仅是为了获得经济效益，更重要的是走出曲高和寡的发展困境，贴近大众，引导大众的审美取向，繁荣社会主义文化。高雅文化要赢得市场，就必须做到：(1) 认真研究并满足大众的审美、欣赏需要。(2) 树立精品、品牌意识，努力挖掘自身的特点和潜力，以质量和特色取胜。

通俗文化直接来源于社会生活，为大众所喜爱和接受，是任何社会都不可缺少的文化形式。通俗文化并不等于低俗，由于它的生存和发展常常依赖于市场，经济利益的驱使易使通俗文化趋向于低俗和粗劣。对此，各级文化管理部门应加以注意：(1) 给予其广阔的生存空间，使之得以繁荣发展，以满足人民群众多元化的审美要求。(2) 善于挖掘其中的优势因素，对其进行加工提炼，使之成为雅俗共赏的优秀文化。(3) 注重对市场的培育和引导，使之朝健康的方向发展，坚决抵制低级、粗俗的精神垃圾产品。

文艺常识全真模拟试题三十

一、填空题（每空1分，共30分）

1. 讽刺喜剧《升官图》的作者是________，《虎符》的作者是________，《龙须沟》的作者是________。

2. “三品”是中国古代画论中品评艺术高低的三个等级，即________、妙品和能品。

3. 《钢琴师》的导演是________，《海上钢琴师》的导演是 ________。

4. 华彦钧（瞎子阿炳）创作的著名的二胡曲是________。

5. 《推销员之死》的作者是美国的著名剧作家________。

6. 中国的民间“四大爱情传说”是指________、________、________、________。

7. 西方长篇小说《铁皮鼓》的作者是________国的小说家________。

8. 世界畅销小说《生命中不能承受之轻》的作者是出生于________的著名作家________。

9. 传说中的开天辟地、炼石补天、衔石填海的神话人物依次是________、________、________。

10. 被称为“世界三大短篇小说之王”的是________、________、________。

11. 电影《野草莓》的导演是________。

12. 《双城记》的双城指的是________和________。

13. 法国新浪潮电影把________推崇为精神之父，在其“电影是现实的渐近线”和“场面调度理论”的影响下，提倡创作更接近生活，更贴近现实，代表导演有________、夏布洛尔、戈达尔等，他们的代表作分别为《四百击》、《表兄弟》和________。

14. 苏门四学士是指北宋________门下的四位诗人黄庭坚、张耒、晁补之和________。

二、选择题（每题 0.5 分，共 15 分）

1. 蒙太奇是法国（　　）术语的音译，指连接、装配、构成。

A. 绘画　　B. 建筑　　C. 雕塑　　D. 音乐

2. 下列哪一部电视剧是我国第一部电视系列喜剧？（　　）

A.《渴望》　　B.《北京人在纽约》

C.《编辑部的故事》　　D.《三国演义》

3. 下列由张艺谋导演的一组影片是（　　）。

A.《红高粱》、《秋菊打官司》、《我的父亲母亲》

B.《红高粱》、《秋菊打官司》、《黄土地》

C.《红高粱》、《秋菊打官司》、《霸王别姬》

D.《红高粱》、《秋菊打官司》、《老井》

4.《月光曲》是被誉为“乐圣”的（　　）的佳作。

A. 肖邦　　B. 贝多芬　　C. 莫扎特　　D. 舒伯特

5. 下列文学知识说法完全正确的是（　　）。

A. 按表达方式，诗歌可以分为抒情诗、叙事诗。《木兰诗》、《周总理，你在哪里》都是叙事诗。

B.《背影》和《春》都是朱自清的散文，《藤野先生》和《社戏》都选自鲁迅的小说集《呐喊》。

C.《最后一课》、《竞选州长》都是短篇小说，前一篇的作者是都德，后一篇的作者是马克·吐温，他们都是法国人。

D.《捕蛇者说》的作者柳宗元、《陋室铭》的作者刘禹锡和《石壕吏》的作者杜甫都是唐朝人。

6. 被称为“歌曲之王”的是（　　）。

A. 舒伯特　　B. 约翰·施特劳斯

C. 巴赫　　D. 莫扎特

7. 电视剧中的（　　）构成主要是语言、音乐和音响，语言以表意为主，音乐以表情为主，而音响则以表真为主。

A. 画外音　B. 声音　C. 艺术　D. 画面

8. 中国第一部电影《定军山》的主演是（　　）。

A. 谭鑫培　B. 谭小培　C. 梅兰芳　D. 程砚秋

9. 戏剧《春香传》故事的源产地是（　　）。

A. 中国　B. 日本　C. 朝鲜　D. 越南

10. 著名通讯社路透社是哪一个国家的通讯社？（　　）

A. 中国　B. 美国　C. 英国　D. 法国

11. 李清照的《如梦令》里的“绿肥红瘦”是描写什么季节的景象？（　　）

A. 晚春　B. 盛夏　C. 初秋　D. 寒冬

12. 左思花10年时间完成的一部名著是（　　）。

A.《两都赋》　B.《二京赋》　C.《三都赋》　D.《洛神赋》

13. 古希腊历史上诞生了著名的三大悲剧诗人，请选择正确的诗人与其对应的作品（　　）。

A. 埃斯库罗斯——《被缚的普罗米修斯》

B. 索福克勒斯——《美狄亚》

C. 欧里庇得斯——《俄狄浦斯王》

D. 阿里斯托芬——《巴比伦人》

14.（　　）是我国古代最长的叙事诗，代表了汉乐府的最高艺术成就。

A.《孔雀东南飞》　B.《木兰诗》

C.《古诗十九首》　D.《乐府诗集》

15. 下列哪一种不是民族乐器？（　　）

A. 竹笛　B. 二胡　C. 小提琴　D. 古筝

16. 山东电视台根据古典文学名著《水浒》改编的（　　），开创了电视连续剧改编古典文学名著之先河。

A.《李逵》　B.《武松》　C.《林冲》　D.《宋江》

17. 由柴可夫斯基作曲的古典芭蕾舞剧（　　）达到了古典浪漫主义舞剧的光辉顶点。

A.《天鹅湖》　B.《天鹅之死》

C.《罗密欧与朱丽叶》　D.《浮士德》

18. 梅特林克的《青鸟》、《不速之客》等作品是（　　）戏剧的典型之作。

A. 荒诞派　　B. 象征派　　C. 写实派　　D. 印象派

19. 影片《偷自行车的人》是20世纪50年代的（　　）影片。

A. 法国　　B. 意大利　　C. 英国　　D. 日本

20.《草叶集》是美国作家（　　）的作品。

A. 海明威　　B. 惠特曼　　C. 马克·吐温　　D. 德莱塞

21. 诗剧《浮士德》是（　　）的代表作。

A. 雨果　　B. 歌德　　C. 狄德罗　　D. 席勒

22. 海勒的《第二十二条军规》是（　　）的代表作品之一。

A. 荒诞派　　B. 魔幻现实主义

C. 黑色幽默　　D. 意识流

23.《西斯廷圣母》是画家（　　）的代表作之一。

A. 达·芬奇　　B. 拉斐尔　　C. 米开朗基罗　　D. 欧里庇得斯

24. 我国的"五岳"是指?（　　）

A. 泰山、华山、衡山、武夷山、嵩山

B. 黄山、华山、衡山、恒山、雁荡山

C. 泰山、华山、衡山、恒山、嵩山

D. 泰山、天目山、华山、衡山、恒山

25. 下列剧本哪部不是由曹禺所著?（　　）

A.《日出》　　B.《雷雨》　　C.《北京人》　　D.《孔雀胆》

26. 国画《愚公移山》的作者是（　　）。

A. 张大千　　B. 李可染　　C. 赵无极　　D. 徐悲鸿

27. 电影《大红灯笼高高挂》是根据作家（　　）的小说《妻妾成群》改编的。

A. 刘恒　　B. 苏童　　C. 余华　　D. 莫言

28."朝为越溪女，暮作吴宫妃"描写的是（　　）。

A. 西施　　B. 王昭君　　C. 貂蝉　　D. 杨玉环

29."月上柳梢头，人约黄昏后"描写的是哪个传统节日?（　　）

A. 中秋节　　B. 元宵节　　C. 端午节　　D. 七夕节

30."会当凌绝顶，一览众山小"是杜甫的名句，诗人登上了哪座山发出了这样的感慨?（　　）

A. 黄山　　B. 泰山　　C. 华山　　D. 衡山

三、名词解释（每题 4 分，共 20 分）

1. 电视栏目
2. 《西厢记》
3. 唐传奇
4. 移镜头
5. 视觉暂留原理

四、简答题（每题 10 分，共 20 分）

1. 谈谈你对“艺术作品是再现与表现的统一”这一观点的认识。
2. 简述第四代电影导演的艺术特征。

五、论述题（共 15 分）

目前，中国内地有着名目繁多的电影节：上海国际电影节、金鸡百花电影节、中国长春电影节、哈尔滨冰雪电影节、北京国际电影节等等。然而这些电影节不但在国际上缺乏影响力，在国内影响力也越来越小。谈谈你对中国内地电影节的看法。

☞ 参考答案

一、填空题

1. 陈白尘　郭沫若　老舍　2. 神品　3. 罗曼·波兰斯基　吉赛贝·托纳多雷　4.《二泉映月》　5. 阿瑟·米勒　6. 牛郎织女　孟姜女　梁山伯与祝英台　白蛇传　7. 德　君特·格拉斯　8. 捷克　米兰·昆德拉　9. 盘古　女娲　精卫　10. 莫泊桑　欧·亨利　契诃夫　11. 英格玛·伯格曼　12. 伦敦　巴黎　13. 巴赞　特吕弗　《筋疲力尽》　14. 苏轼　秦观

二、选择题

1. B　2. C　3. A　4. B　5. D　6. A　7. B　8. A　9. C　10. C　11. A　12. C　13. A　14. A　15. C　16. B　17. A　18. B　19. B　20. B　21. B　22. C　23. B　24. C　25. D　26. D　27. B　28. A　29. B　30. B

三、名词解释

1. 电视栏目：是电视编导们按照一定的宗旨和目的，把一组题材内容、性质、功能目的、形态相近的小节目纳入一个定期、定时长的某时段中播出，并将这一定期、定时长播出的某时段冠以名称，这一冠名播出时段的节目我们习惯称之为栏目。

2. 《西厢记》：描写了书生张珙与相府小姐崔莺莺的爱情故事。他们在侍女红娘的帮助下，冲破崔夫人的阻挠，克服自身弱点，终于结成夫妇。剧本提出“愿普天下有情人都成了眷属”，有反封建礼教、争取婚姻自由的进步观点。剧中人物性格鲜明，内心世界丰富。侍女红娘的形象更是光彩照人，成为撮合婚姻乃至牵线沟通的代名词。剧情波澜起伏、引人入胜，文辞华美、充满诗意。

3. 唐传奇：指唐代流行的文言短篇小说。它远继神话传说和史传文学，近承魏晋南北朝志怪和志人小说，发展成为一种以史传笔法写奇闻异事的小说体式。唐传奇内容更加丰富，题材更为广泛，艺术上也更成熟。唐传奇“始有意为小说”，标志着中国古代小说创作进入了一个新的创作阶段。如陈玄佑的《离魂记》、沈既济的《任氏传》、李朝威的《柳毅传》、元稹的《莺莺传》等。

4. 移镜头：分为横移镜头和跟移镜头两种。横移镜头是指向左或向右横向移动镜头，跟移镜头是指向前或向后纵向移动镜头。

5. 视觉暂留原理：人眼在观察景物时，光信号传入大脑神经，需经过一段短暂的时间，光的作用结束后，视觉形象并不立即消失，这种残留的视觉称“后像”，视觉的这一现象则被称为“视觉暂留”。原因是由视神经的反应速度造成的，其时值是二十四分之一秒。视觉暂留原理是动画、电影等视觉媒体形成和传播的根据。

四、简答题

1. 谈谈你对“艺术作品是再现与表现的统一”这一观点的认识。

答：再现是指在艺术创造中将客观世界及人物真实地呈现于作品之中。表现是指在艺术创造中重在表达主体的思想情感，以及对客观世界的思考和评判。再现艺术是以再现社会生活，再现生活中的人、事、景、物为主；表现艺术则以表现主观思想感情、表现理想愿望为主。

艺术创作是客观现实与主观情思的统一，因此，在艺术作品中，对客观现实与主观情思的表现是紧密联系的。在侧重再现的艺术作品中，不可能没有表现的因素；在侧重表现的艺术作品中，也不会没有再现的因素，其间只是比重的差别，各有侧重。再现艺术是以再现社会生活为主，同样需要艺术家主观因素的参与，需要融入主体的思想情感。表现艺术以表现主体的思想感情为主，其思想感情是在客观现实的基础上生成，因此也要注重对客观现实的描写。

2. 简述第四代电影导演的艺术特征。

答：第四代导演大多是20世纪70年代末走上导演岗位的一批中年导演，代表人物有谢飞、郑洞天、吴贻弓、吴天明、滕文骥、张暖忻、黄蜀芹等。他们是新中国成立后第一批“科班出身”的电影导演，以开放的视野吸取新的艺术经验，探索艺术的特性，力图用新观念来改造和发展中国电影。他们提出中国电影要“丢掉戏剧的拐杖”，打破戏剧式结构；提倡纪实性，追求质朴、自然的风格和开放式的结构；注重主题与人物的意义性，从生活中、从凡人小事中去挖掘社会和人生的哲理。

第四代导演充满理想主义和浪漫主义精神，影片在取材上偏向于乡村题材，致力于诗话理想和“纯美”追求，表现出伤感和忧郁的风格。在都市文明与乡村文明、现代性追求与道德化理想之间，表现出困惑、迷茫的特点。

例如吴贻弓的代表作品《城南旧事》，通过小女孩英子的纯真眼光展示了20世纪20年代老北京的社会风貌，使人们重温了那个年代普通百姓的生活。影片为中国的散文电影提供了一个范本，注重意象的唯美风格也代表了20世纪80年代一批导演的创作倾向。影片在结构上犹具独创性，排除了由开端、发展、高潮、结局所组成的情节线索，以“淡淡的哀愁，浓浓的相思”为基调，采用串珠式的结构方式，串连起英子与疯女秀贞、英子与小偷、英子与乳母宋妈三段并无因果关系的故事。这样的结构使影片具有多棱镜的功能，从不同的角度映照出当时社会的具体历史风貌，形成了一种以心理情绪为内容主体、以画面与声音造型为表现形式的散文体影片。

五、论述题

目前，中国内地有着名目繁多的电影节：上海国际电影节、金鸡百花电影节、中国长春电影节、哈尔滨冰雪电影节、北京国际电影节等等。然而这些电影节不但在国际上缺乏影响力，在国内影响也越来越小。谈谈你对中国内地电影节的看法。

答：现在，中国内地电影节的影响力之所以越来越小，除了电影节上没有新的、好的电影和评奖不公正以外，还有一个重要的原因就是，中国的电影节均为政府主办，这就导致政治色彩过于浓厚，逐渐失去了自己的特色和发展的空间。

从长远角度考虑，中国电影节要想获得长足发展，必须改变这种现状和运营模式，改为政府给予政策支持，交由专业的电影人或民间团体去办。让电影人去办电影节，自筹经费自负盈亏，从而保证的电影节长足发展。

同时，鼓励民间举办电影节，也有利于电影节的多样性。例如实验性比较强的新导演作品，可以通过First青年电影展推出；主旋律的电影，可以参加金鸡百花电影节；体育题材的影片，可以在北京国际体育电影周放映；希望能在海外市场有所作为的影片，可以参加上海国际电影节，直接与海外片商洽谈。电影节的多样性有利于展出更多、更好的电影，对整个电影市场的繁荣起到一定的推动作用。

图书在版编目（CIP）数据

文艺常识全真模拟试题/赵海卫，张福起主编．--2版．--北京：中国传媒大学出版社，2015.8（2020.12重印）
ISBN 978-7-5657-1314-9

Ⅰ.①文… Ⅱ.①赵… ②张… Ⅲ.①文艺理论—高等学校—入学考试—习题集
Ⅳ.①I0-44

中国版本图书馆CIP数据核字（2015）第055607号

文艺常识全真模拟试题（第2版）
WENYI CHANGSHI QUANZHEN MONI SHITI（DI-ER BAN）

主　　编　赵海卫　张福起
策划编辑　赵　欣
责任编辑　李艳华　赵　欣
责任印制　阳金洲
封扉设计　风得信设计·阿东

出版发行　中国传媒大学出版社
社　　址　北京市朝阳区定福庄东街1号　　**邮　　编**　100024
电　　话　010-65450532或65450528　　**传　　真**　65779405
网　　址　http://cucp.cuc.edu.cn
经　　销　全国新华书店

印　　刷　北京中科印刷有限公司
开　　本　787mm×1092mm　1/16
印　　张　15.5
字　　数　207千字
版　　次　2015年8月第2版
印　　次　2020年12月第7次印刷

书　　号　ISBN 978-7-5657-1314-9/I·1314　　**定　　价**　38.00元